ANITA TERPSTRA

Unsere dunkle Seite

Autorin

Die niederländische Schriftstellerin Anita Terpstra, geboren 1975, studierte Journalismus und Kunstgeschichte und arbeitete danach als freie Journalistin für einige Zeitschriften. Nach »Anders« und »Die Braut« ist »Unsere dunkle Seite« ihr dritter Roman bei Blanvalet.

Von Anita Terpstra bereits erschienen
Anders · Die Braut

Besuchen Sie uns auch auf www.facebook.com/blanvalet und
www.twitter.com/BlanvaletVerlag

ANITA TERPSTRA

UNSERE DUNKLE SEITE

Psychothriller

Deutsch von Simone Schroth

blanvalet

Die Originalausgabe erschien 2018 unter dem Titel »Vonk« bei
Cargo, an imprint of Uitgeverij De Bezige Bij, Amsterdam.

Sollte diese Publikation Links auf Webseiten Dritter enthalten,
so übernehmen wir für deren Inhalte keine Haftung, da wir uns
diese nicht zu eigen machen, sondern lediglich auf deren Stand
zum Zeitpunkt der Erstveröffentlichung verweisen.

Verlagsgruppe Random House FSC® N001967

1. Auflage
Copyright der Originalausgabe © 2018 by Anita Terpstra
Copyright der deutschsprachigen Ausgabe © 2020 by
Blanvalet in der Verlagsgruppe Random House GmbH,
Neumarkter Str. 28, 81673 München
Redaktion: René Stein
Umschlaggestaltung: © Johannes Wiebel | punchdesign, unter
Verwendung eines Motivs von headspinphoto/photocase.de
JaB · Herstellung: kw/wag
Satz: Buch-Werkstatt GmbH, Bad Aibling
Druck und Bindung: GGP Media GmbH, Pößneck
Printed in Germany
ISBN 978-3-7341-0814-3

www.blanvalet.de

Prolog

So fängt es an

Liebe und Hass liegen dicht beieinander. Für die meisten Leute ist das ganz einfach irgendeine Redensart. Bis etwas passiert und die Welt mit einem Schlag völlig auf dem Kopf steht. Zack-Bumm.

Bei mir war das der Unfall.

Aber davon später mehr.

Hass kommt niemals allein, habe ich festgestellt. Mit ihm kommen so viele andere negative Gefühle: Abscheu. Wut. Selbstmitleid. Wie diese kleinen Fische im Kielwasser von Haien, Walen oder irgendwelchen anderen Meerestieren, die sich auf diese Weise ihren Anteil sichern. Sie können nur dank des anderen, viel größeren Lebewesens bestehen.

Ich glaube, die Schmerzmittel haben mich high gemacht.

Normalerweise bin ich ganz anders.

Noch so eine Redensart, die ich mittlerweile am eigenen Leib erfahren habe: Was mich nicht umbringt, macht mich stärker. Stärker, ja, aber nicht unbedingt besser. Denn das fügen Leute, die einem einen solchen Quatsch weismachen wollen, immer sofort hinzu: Ich bin froh, dass mir das passiert ist – es hat mich zu einem besseren Menschen werden lassen.

Wenn jemand so etwas behauptet, wird mir speiübel. Solche Leute gehören zu denen, die einfach nicht akzeptieren wollen, dass manchmal völlig sinnlose Dinge geschehen. Was soll ein dreizehnjähriges Mädchen daraus lernen, dass es einen Unterschenkel verliert? Oder ein junger Vater daraus, dass er einen Schlaganfall erleidet und im Rollstuhl landet?

Oder ich zum Beispiel, Opfer eines Brandes. Wieso sollte ich dadurch ein besserer Mensch werden, dass die Flammen über meinen Körper hergefallen sind?

Solche Leute kann ich einfach nicht riechen. Wobei das jetzt kein großes Problem mehr darstellen wird, so ohne Nase. Tut mir leid. Galgenhumor. Der Schönheitschirurg hat gesagt, er kann mir eine neue Nase machen. Vielleicht sollte ich zumindest dafür dankbar sein? Dafür, endlich eine hübsche Nase zu bekommen?

Manchmal habe ich Angst, ich werde verrückt. Das macht dieser Ort mit einem. Es liegt an der Stille, die hier herrscht, wenn ich allein bin. Ich habe immer gedacht, ich hätte so langsam alle möglichen Arten der Stille erlebt – die spannungsvolle Stille zwischen dem letzten Tanzschritt auf der Bühne und dem Applaus des Publikums, die verblüffte Stille, wenn ich einen geliebten Menschen ganz tief beleidigt habe, oder er mich –, aber inzwischen weiß ich es besser. Da gibt es zum Beispiel die Stille, wenn mich Angehörige oder Freunde zum ersten Mal sehen.

Oder besser gesagt: das, was von mir übrig ist.

1.

Mischa

»Frau de Kooning?« Eine Frauenstimme, die ich nicht kannte. Freundlich. Ruhig. Leise.

Ich hatte das hier schon einmal erlebt. Ein Déjà-vu. Wasser. Die Kinder.

Ja?

»Frau de Kooning? Mischa?«

Ich sage doch Ja? Himmel, was für eine Nervensäge.

»Sie reagiert nicht.«

Ich antworte doch aber?

Warum war es so dunkel um mich herum? Es gab Lärm und Geraschel. Mir wurde das Augenlid hochgezogen, und jemand leuchtete mir mit einem Lämpchen ins Auge.

»Ah, sehr gut, ihre Pupille reagiert. Sie ist wach.«

Ich wollte, dass die Frau mir das Augenlid noch einmal hochzog. Mit aller Kraft versuchte ich es selbst, aber es gelang mir nicht. Ich glaubte, einen Blick auf etwas Grünes erhascht zu haben, nur konnte ich die Farbe nicht einordnen.

Eine Hand kniff mir in die rechte Schulter. Das tat schrecklich weh.

»Sie reagiert auf Schmerzreize.«

Ach tatsächlich? Soll ich dir mal Schmerzen zufügen?

»Versuchen Sie die Augen zu öffnen, Mischa. Sie liegen im Zentrum für Schwerbrandverletzte.«

Kein Wasser. Feuer diesmal.

»Mein Name ist Jantien, ich bin eine der Pflegekräfte hier.« Kurz wurde es still. Ich wollte, dass sie weitersprach. Sie räusperte sich. »Bei Ihnen zu Hause hat es gebrannt. Sie sind verletzt worden. Aber machen Sie sich keine Sorgen, hier sind Sie in guten Händen.« Ihre Worte waren beruhigend gemeint, wie ein Streicheln über den Kopf, aber bei mir lösten sie ein Prickeln im Nacken aus. Gebrannt hatte es, ja, das wusste ich noch. Der Rauch hatte sich wie eine Würgeschlange um mich gewickelt, die rasenden Flammen hatten Jagd auf mich gemacht.

So anders als Wasser, und trotzdem machte es keinen Unterschied. Kalt gegen heiß, aber beide tödlich. Lebensnotwendig, aber in großen Mengen nicht zu überleben – war das nicht grässlich? Und grauenhaft. Ja, grässlich und grauenhaft. Ohne jedes Zögern nahm das Element einem alles. Nicht, weil es das konnte oder musste, sondern einfach, weil es so war, wie es war. Feuer und Wasser haben kein Gewissen. Irgendwo in meinem Hinterkopf flackerte wie eine kaputte Neonröhre der Gedanke in meinem Bewusstsein auf, dass mich jemand dieser vernichtenden Kraft ausgesetzt hatte.

Die Stimme rief mich ins Jetzt zurück, bevor sich in meinem Kopf ein Name formen konnte. Ich versuchte den Mund zu öffnen, aber das gelang mir genauso wenig wie bei meinen Augen. Ich versuchte meinen Körper zu spüren. Normalerweise hatte ich immer irgendwo Schmerzen. Kein Tag verging, an dem ich mir nicht während der Übungen an der Stange den Schmerz verbiss. Mich steif fühlte. Vor allem im unteren Rücken. Blaue Flecken bekam. Von Hornhaut, Hühneraugen, kleinen Schnitten und Wunden oder fehlenden Zehennägeln ganz zu schweigen.

Nun spürte ich nichts. Und das erschreckte mich. Wenn man nichts spürte, stimmte etwas nicht.

2.

Nikolaj

»Herr Iwanow?«

Ich drehte den Kopf zu der Schiebetür aus Glas. Dahinter ging es zur Schleuse, wie man das Nebenzimmer nannte. Eine junge Krankenschwester – klein und mollig, von Kopf bis Fuß in grüne Schutzkleidung gehüllt, inklusive Handschuhen, Mundschutz und Kappe – schaute mich fragend an.

Ich lag auf der Intensivstation, in einem speziellen Zimmer, das mit einem Luftbefeuchtungssystem ausgestattet war. Auf diese Weise wurde die Luft gereinigt. Der Apparat an der Decke machte ordentlich Krach und hing genau über dem Bett. Ich hätte gar nicht mehr sagen können, welcher Arzt mir das erklärt hatte, denn in den vergangenen Tagen war eine ganze Kompanie von Medizinern an mir vorbeigezogen, um alles Mögliche zu überprüfen, sodass ich es aufgegeben hatte, mir alle genau zu merken: Die Haut schützt uns vor Infektionen, sie regelt die Körpertemperatur und den Feuchtigkeitshaushalt. Durch die Brandwunden hatte meine Haut diese Schutzfunktion verloren. Deswegen lag ich in diesem Zimmer. Um das Infektionsrisiko zu senken, trug das Personal diese Kleidung.

Sie erinnerte mich an Filme über den Ausbruch lebensgefährlicher Viren.

Ich wusste, dass es darum ging, mich zu schützen, aber ich fühlte mich dadurch schmutzig. Ich hatte nie den Drang gekannt, mich zu verstecken – das Gegenteil war der Fall gewesen –, doch jetzt empfand ich dieses Gefühl. Denn nun stand ich aus den falschen Gründen im Mittelpunkt der Aufmerksamkeit, und daran war Mischa schuld. Wenn ich meine Hände noch hätte gebrauchen können, hätte ich sie ihr um den zarten Hals gelegt und voller Wonne zugedrückt, bis alles Leben aus ihr gewichen wäre. Sie hätte tot sein sollen. Dann wären alle meine Probleme gelöst gewesen.

Über ihren Zustand wusste ich nur, dass sie wegen einer Rauchvergiftung beatmet und im künstlichen Koma gehalten wurde. Das Feuer hatte ihre Atemwege angegriffen, wodurch ein Lungenödem entstanden war.

»Wann nennen Sie mich endlich Nikolaj?«, wandte ich mich an die Schwester.

»Die Polizei ist hier … Nikolaj. Ein gewisser Hans Waanders, ein Ermittler. Er möchte Ihnen einige Fragen im Zusammenhang mit dem Brand stellen. Der Arzt hat ihm die Zustimmung erteilt.«

Ich nickte. Ich wusste, dass der Ermittler schon einmal hier gewesen war, die Ärzte ihn aber nicht zu mir gelassen hatten.

»Gut, dann hole ich ihn jetzt. Das kann einen Moment dauern. Er muss die ganzen Sicherheitsvorkehrungen durchlaufen.« Unter großem Rascheln ging sie weg.

Ich schaute auf meine bandagierten Hände, die vor mir auf dem Tisch lagen. Im Bett bleiben ging nicht. So viel wie möglich aufrecht sitzen, mich bewegen, hatte man mir gesagt: Das erhöhte die Überlebenschancen. Bewegung war gut für meine Lungen, Muskeln und Gelenke.

Hinter mir befand sich ein Wirrwarr aus Apparaten und Drähten, von denen einige mit meinem Körper verbunden waren. Alles um mich herum piepste, pumpte und seufzte.

Würde ich wieder tanzen können?

Als mir die Ärztin erklärt hatte, was mit mir los war, war das meine erste Frage gewesen. Verbrennungen dritten Grades auf dem Rücken, auf der rechten Schulter, an beiden Händen und am rechten Oberschenkel, hier und da Verbrennungen zweiten Grades am Rest meines Körpers. Die Verbrennungen dritten Grades mussten operativ behandelt werden, weil sie nicht von selbst heilen würden. Bei einem Teil der Verbrennungen zweiten Grades geschah das meistens von allein, doch trat dieser Prozess nicht innerhalb von zwei Wochen ein, so operierte man. Bei diesem Eingriff schabte der Chirurg die verbrannte Haut ab, bis wieder gesundes Gewebe zum Vorschein kam. Weil dabei ordentlich Blut floss, konnte man jedes Mal nur eine kleine Fläche operieren. Wahrscheinlich waren mehrere Operationen nötig, um mich zusammenzuflicken. An die Stellen, an denen man die Haut entfernt hatte, verpflanzte der Chirurg ein Hauttransplantat von den intakten Teilen meiner Oberschenkel.

Weil transplantierte Haut zum Zusammenziehen neigt und nicht mitwächst, entstehen im Nachgang oft Probleme. Manchmal strafft sich die Haut so sehr, zum Beispiel an den Gelenken, dass man sich nicht gut bewegen kann. Von den Narben ganz zu schweigen.

»Mein Körper ist mein Instrument«, hatte ich herausgebracht. Mit Händen und Armen musste ich meine Partnerin in die Luft heben, mit Beinen und Füßen Bewegungen wie eine Pirouette, eine Arabesque und ein Grand Allegro ausführen können.

»Sie werden auf alle Fälle in der Lage sein, Ihre Hände wieder für normale Tätigkeiten zu benutzen.«

Normale Tätigkeiten? Meinte sie damit Anziehen, Rasieren, Zähneputzen, Einkaufen und lauter solche geistestötenden Dinge? Die gingen mir wirklich völlig am Arsch vorbei. Das sagte ich auch laut, und die Ärztin quittierte meinen Wutausbruch mit hochgezogenen Augenbrauen.

»Ich will wieder tanzen können, und wenn ihr das hier nicht auf die Reihe bekommt, sorgt gefälligst dafür, dass ich in ein Brandwundenzentrum verlegt werde, wo man das hinkriegt. Egal ob hier oder im Ausland!«

»Dort wird man Ihnen dasselbe sagen wie hier«, hatte sie erwidert. Ihr Blick war ernst, und eine tiefe Falte durchzog die Mitte ihrer Stirn.

»Das werden wir dann ja sehen.« Diese Person begriff ganz offensichtlich nicht, worum es hier ging. »Stellen Sie sich vor, ich sage Ihnen, dass Sie nie wieder operieren können – na?«

»Natürlich würde ich das sehr schlimm finden«, antwortete sie beschwichtigend. »Aber dann würde ich mir eine andere Tätigkeit suchen. In die Forschung gehen oder in die Lehre ...«

Ich ließ sie nicht ausreden. »Nicht tanzen zu können bedeutet, nicht zu leben.«

»Wir lassen uns gerade zu voreiligen Überlegungen hinreißen«, meinte sie ruhig und zugleich energisch. »Wir müssen ...«

Ihre restlichen Worte gingen im Piepsen verschiedener Apparate unter. Die Ärztin überprüfte alles und fand das

Resultat offensichtlich beruhigend, denn sie legte mir die Hand auf die Schulter.

»Es tut mir leid. Ich habe Sie aufgewühlt, das wollte ich nicht. Dieses Gespräch kommt viel zu früh, und eigentlich sollten wir es noch gar nicht führen. Ich muss Sie nachdrücklich bitten, ruhig zu bleiben. So viel Aufregung ist in Ihrem Zustand nicht gut.«

Ich hatte ihr widersprechen wollen, aber tatsächlich fühlte ich mich sehr angeschlagen. Ich war es gewohnt, drei Stunden hintereinander zu tanzen, Hochleistungssport zu betreiben, aber die Erschöpfung, die meinen Körper jetzt quälte, war eine neue Erfahrung für mich. Eine sehr unangenehme. Ich war völlig fertig. Eine Krankenschwester hatte mir gesagt, meine Genesung lasse sich mit einem Marathon vergleichen, der aber nicht nach wenigen Stunden geschafft sei, sondern bis zu einer Woche dauere. Ich erhielt spezielle Nahrung, viertausend Kalorien am Tag. Durch die Brandwunden war mein Stoffwechsel schneller, und wenn ich nicht genügend Kalorien bekäme, würde mein Körper Muskelgewebe abbauen, weil er nun einmal Energie benötigte.

»Ich begreife sehr gut, dass Sie sich Sorgen machen, aber es ist wirklich noch zu früh, um etwas Eindeutiges über Ihre Genesung sagen zu können«, fuhr die Ärztin fort. »Sie haben gerade eine entsetzliche, traumatische Feuersbrunst miterlebt. Wir belassen es fürs Erste dabei. Versuchen Sie ein wenig zu schlafen. Die Ruhe wird Ihnen guttun.«

»Kann ich Mischa sehen?«

»Im Moment können wir weder Sie noch Ihre Frau transportieren. Wegen der Infektionsgefahr«, erklärte die Ärztin.

»Darf ich Besuch bekommen?«

»Am liebsten so wenig wie möglich, aber Sie können ja auch einfach anrufen. Oder vielleicht skypen? Wenn ich das richtig verstanden habe, haben Sie einen Sohn. Ihr Gesicht ist unverletzt geblieben, Skypen ist also kein Problem.«

Eine der Pflegekräfte hatte sich behutsam nach Angehörigen erkundigt. Sollte sie vielleicht jemanden für mich kontaktieren? Ganz eindeutig hatte sie Mitleid mit mir gehabt, als ich erwiderte, das sei nicht nötig. Meine Schwiegermutter Dorothée hatte wissen wollen, ob sie mich besuchen dürfe, aber dafür hatte ich keine Zustimmung erteilt.

»Dann vielleicht Freunde?«, hatte die Schwester vorgeschlagen, aber mir war niemand eingefallen, den ich hätte anrufen können; zwar hatte ich beim Ballett einige Freunde, aber keinen Busenfreund. Ein paar Stunden später war die Krankenschwester mit Kleidungsstücken erschienen, die ehemalige Patienten zurückgelassen hatten. »Sie wollen doch sicher nicht den ganzen Tag in einem Krankenhauskittel herumlaufen.« Ich hatte mich überwinden müssen, die Sachen anzuziehen, aber es hätte mich noch größere Überwindung gekostet, einen der Tänzer anzurufen und ihn zu bitten, für mich Unterhosen zu kaufen. Sobald ich von der Intensivstation käme, würde ich das sicher selbst tun können, auch wenn ich kein Geld zur Verfügung hatte. Nicht einmal ein Handy besaß ich mehr.

Natürlich konnte ich das Festnetz benutzen, aber ich hatte mich noch nicht bei Gregory gemeldet. Was um Himmels willen sollte ich zu dem Jungen sagen? Ich schaute aus dem Fenster. Nicht, dass es da viel zu sehen gegeben hätte. Eine Mauer, Glasscheiben, dahinter Zimmer voller kranker Menschen. Ich war überhaupt nicht dazu in der Lage, etwas aufzunehmen. In meinem Hirn herrschte ein dichter Nebel, und das ärgerte mich. Für das, was jetzt ganz unvermeidlich auf mich zukam, musste ich völlig klar im Kopf sein.

3.

Nikolaj

Die Glastür öffnete sich. Die Gestalt, die da hereingewatschelt kam, erinnerte mich an ET, nachdem ihn Elliott in eine Decke gewickelt hatte. Der Mann maß höchstens einen Meter sechzig, und was ich von seinem Gesicht erkennen konnte, war voller Falten. Seine braunen Augen, die unter den buschigen Augenbrauen und der großen Brille mit den dicken Gläsern fast verloren gingen, lagen tief in ihren Höhlen.

»Hans Waanders, Ermittler.« Er streckte seine in Latex gehüllte Hand aus. Durch den Mundschutz klang seine Stimme gedämpft.

Ich hob beide Arme, die von oben bis unten bandagiert waren.

»Bitte entschuldigen Sie.«

Waanders studierte meinen nackten Oberkörper mit den vielen Tätowierungen. Die meisten waren schwarz-weiß. Auf meiner rechten Schulter prangte James Dean, jetzt allerdings halb verbrannt. Auf meiner linken Schulter befand sich der Joker. Auf meiner linken Brust, auf der Höhe meines Herzens, gab es drei rote Schrammen, die die Spur einer Tigerkralle darstellen sollten; die hatte ich mir selbst verpasst. Auf dem Bauch hatte ich ein Kolovrat-Zeichen, ein altes slawisches Symbol für Sonne, Energie und Licht. Auf meiner rechten Hüfte war ein heulender Wolf zu sehen, ein Verweis auf meine Rolle in Prokofjews *Peter und der Wolf*, die ich mit neunzehn Jahren getanzt hatte.

Auf dem Rücken hatte ich noch weitere Tattoos, auch wenn die wahrscheinlich größtenteils verschwunden waren. Die Kirche des kleinen Dorfes, in dem ich geboren war, Tränen über dem Wort »Memories« und das Nationalsymbol von Russland, einen Doppeladler mit Schild. Auf der Innenseite meines linken Arms prangte ein großes Kreuz, und auf meiner linken Ferse stand das Wort »Achilles« auf Altgriechisch.

»Das heilt schnell wieder«, meinte Waanders mit einer Geste in Richtung meiner Brusttätowierung, die jetzt halb aus Narbengewebe bestand.

»Mein erstes Tattoo. Mir war es zu orange geraten, deswegen habe ich die Tinte rausgeschnitten.«

»Nehmen Sie mir das nicht übel«, entschuldigte sich Waanders noch einmal. »Ich dachte …« Er machte eine wegwerfende Geste. »Small Talk liegt mir nicht so, deswegen möchte ich auch sofort zur Sache kommen. Die Ärzte sagen, Sie sind in der Lage, einige Fragen zu beantworten. Es tut mir leid, dass ich Sie unter den gegebenen Umständen damit belästigen muss.«

»Sie tun Ihre Arbeit. Dafür habe ich Verständnis.«

»In ein paar Wochen gehe ich in Pension. Ehrlich gesagt hatte ich gehofft, meinen letzten Fall bereits abgeschlossen zu haben.«

»Haben Sie schon mit Mischa gesprochen?«

»Ihre Frau ist noch nicht wieder bei Bewusstsein. Hat man Ihnen das nicht gesagt?«

»Und das Haus?«

»Das Haus ist ...« Waanders suchte nach Worten, um den Zustand zu beschreiben, fand jedoch keine. Er setzte sich mir gegenüber und legte ein Handy auf den Tisch. Damit zeigte er mir Fotos des abgebrannten Hauses. Die vordere Fassade stand noch, war aber zum größten Teil schwarz versengt. Die zwei großen Löcher, in denen sich die Fenster der unteren Etage befunden hatten – Wohnzimmer mit Küche und unser Schlafzimmer –, sahen aus wie die hohlen Augen eines Totenschädels. Dahinter standen noch einige Wände aufrecht. Dasselbe galt für den zweiten Stock, also für Bad, Spielzimmer und Gregorys Schlafzimmer. Der Dachboden, ein drittes, kleineres Stockwerk mit spitzem Giebel, existierte nicht mehr. »Eingestürzt«, erklärte mir Waanders. »Das Gebäude wurde als unbewohnbar eingestuft.«

»Das Haus gehört ... gehörte Freunden von uns«, sagte ich. »Sie sind gerade auf Weltreise. Wir wollten ein Haus kaufen, waren aber bisher nicht dazu gekommen, weil unser Haus in London noch verkauft werden musste. Erst dann wollten wir unsere Möbel und den größten Teil unserer anderen Sachen rüberholen.« Ich betrachtete noch einmal das letzte Foto. »Mein Gott, was für ein Chaos.«

Waanders räusperte sich. »Die Feuerwehr hat inzwischen die ersten vorläufigen Untersuchungen abgeschlossen, aber man weiß noch nicht, wie das Feuer entstanden ist.«

»Man *weiß* es noch nicht?«, wiederholte ich. Ich ärgerte mich über meinen Akzent, weil er stärker wird, wenn ich müde bin. Ich hatte Sprachunterricht genommen, um mein Niederländisch und mein Englisch zu perfektionieren. Andere Leute fanden den Akzent meiner russischen

Kollegen niedlich, aber ich nicht. Es war, als würde ich dann weniger ernst genommen. Meine Muttersprache zu benutzen erlaubte ich mir nur, wenn ich wütend war. Das machte immer Eindruck.

Waanders' Augen verengten sich. »Sie wissen, wie das Feuer verursacht wurde?«

»Das weiß ich in der Tat. Meine Frau ... Mischa. Sie hat das Haus in Brand gesteckt. Sie hat versucht, mich umzubringen.«

4.

Nikolaj

»Ihre Frau hat versucht, Sie umzubringen?«
Waanders klang überrascht.
Ich nickte.
Der Ermittler räusperte sich noch einmal. Langsam nervte mich das. »Warum sollte sie Sie umbringen wollen?«
»Das müssen Sie sie selber fragen«, erwiderte ich kurz angebunden. Kühl.
»Entschuldigung, ich werde die Frage umformulieren. Warum glauben Sie, Ihre Frau würde Sie umbringen wollen?«
»Weil ich mich scheiden lassen wollte.«
»Und das haben Sie ihr am Abend des Brandes gesagt?«
Ich nickte wieder.
»Es gibt ja so einige Ehen, die nicht gut laufen, meine eingeschlossen. Aber dass man darum seinen Partner umbringt, erscheint mir, äh ... doch sehr drastisch?« Er ließ den letzten Satz wie eine Frage klingen.
»Ich habe gesagt, ich würde ihren Sohn mitnehmen.«
»Warum das?«
»Seit dem Unfall ... Sie wissen von dem Unfall?«

Waanders nickte.

»Seit dem Unfall ist Mischa ... Ich erkenne sie nicht mehr wieder. Sie trinkt. Ich habe schon so oft versucht, das Ganze anzusprechen, sie angefleht, sich Hilfe zu suchen, aber ich finde keinen Zugang zu ihr. Und ihr Zustand hat Auswirkungen auf meinen Sohn. Sie sorgt nicht richtig für ihn, darum habe ich auch eine Nanny eingestellt. Ich bin wegen meiner Arbeit nicht oft zu Hause, und nur so kann ich ruhigen Gewissens das Haus verlassen, weil ich weiß, dass man sich gut um Gregory kümmert. Ich finde es abscheulich, Mischa im Stich zu lassen, aber ich kann nicht länger dabei zusehen, wie sie uns mit in den Abgrund reißt.«

Waanders nickte langsam. Verständnisvoll.

Eine ältere Krankenschwester mit dunklen Augen betrat das Zimmer. Ihren Namen vergaß ich immer wieder. Ich schielte auf ihr Namensschild. Willy. Sie kontrollierte den Infusionsständer und maß meinen Blutdruck. Als sie den Wert ablas, schaute sie missmutig drein. »Dauert es noch lange? Mir ist wichtig, dass sich Herr Iwanow jetzt ein wenig ausruht.«

»Eine Frage noch, dann gehe ich. Versprochen«, antwortete Waanders. »Das würde mir bei den weiteren Ermittlungen sehr helfen.«

»Ist das in Ordnung für Sie?«, wandte sich Willy an mich.

Ich war zwar schrecklich erschöpft, wollte das Ganze aber so schnell wie möglich hinter mich bringen.

»Wie sieht es mit den Schmerzen aus?«

Die waren fast unerträglich, aber das hätte ich niemals zugegeben. Außer Paracetamol bekam ich Morphiumpflaster. Als Balletttänzer war ich es gewohnt, Schmerzen auszuhalten. Schmerz war keine feste Größe – er lebte, wurde größer, kleiner, stechender, schwächer, härter, kantiger, je nachdem, wie sehr ich mich anspannte oder mit welcher Verletzung ich mich gerade herumschlug. Wie kein anderer vermochte ich den Schmerz zu beherrschen, ihn mir zu verbeißen, ihn wegzustoßen, umzuformen, weil ich wusste, dass darin der Preis bestand, den ich zu bezahlen hatte, um noch höher zu kommen, um zu glänzen. Die Kunst bestand darin, so auf der Bühne zu stehen, als verlange einem der Tanz nicht die geringste Mühe ab; das Publikum musste glauben, es sei einfach, seine Partnerin mit einer Hand über den Kopf zu heben oder zehn Pirouetten hintereinander zu vollführen.

Natürlich war dem nicht so. In den Muskeln reicherte sich Säure an, das Herz pumpte wie verrückt Blut durch den Körper, man geriet außer Atem, ganz egal, wie oft und wie lange man geübt hatte. Und dann die Verletzungen. Ich kannte keinen einzigen Tänzer, der noch nie mit einem verstauchten Knöchel, offenen Blasen oder einer gezerrten Wade sein Programm absolviert hatte.

Aber dieser Schmerz war ein ganz anderes Kaliber. Er erwies sich als neu für mich. Hier ging es nicht um eine Leistung, nicht um Freude, einen Höhepunkt, Adrenalin; es gab keine begeisterten Rezensionen und keinen reinigenden Applaus eines vollen Saals.

»Schon in Ordnung«, sagte ich.

Willy nickte und verschwand, nachdem sie Waanders einen strengen Blick zugeworfen hatte. Der nickte demütig, doch in seinen Augen las ich etwas ganz anderes.

»Können Sie mir erzählen, was am Abend des Feuers genau vorgefallen ist?«

5.

Nikolaj

Nach einem langen Probentag kam ich nach Hause. Drinnen brannte kein Licht, und das befremdete mich, denn Mischa war früher aufgebrochen als ich. Das wusste ich, weil der Portier beim Nationalballett mir sagte, ich hätte sie knapp verpasst. Aber vielleicht kaufte sie ja noch ein. Gregory war nicht da, er übernachtete zum ersten Mal in seinem Leben bei einem Freund.

Mischa war allerdings doch zu Hause, stellte ich beim Betreten der Küche fest. Sie saß bei ausgeschaltetem Licht mit einem Glas Wein am Tisch. Vor ihr stand die noch zu einem Viertel gefüllte Flasche.

»Auch einen Schluck?«, hatte sie gefragt.

»Mir scheint, du hattest schon genug.«

»Das hier ist mein erstes Glas.«

Ich schaltete das Licht ein. »Danach sieht es aber nicht aus«, sagte ich und hielt demonstrativ die Flasche hoch.

»Die habe ich schon vor einer Woche aufgemacht.«

»Bist du sicher, dass das keine andere Flasche war?«

»Was meinst du damit?«, fragte sie giftig.

»Du trinkst viel zu viel.«

Auseinandersetzungen mit Mischa waren anders als die,

die ich von anderen Partnerinnen kannte. Mit denen war es einfach gewesen: Ich griff sie an, sie mich. Beschuldigungen flogen hin und her, es gab Geschrei und Tränen. Mit Mischa war das nicht so. Manchmal lief sie davon, manchmal reagierte sie gar nicht auf das, was ich sagte, sondern machte einfach mit dem weiter, was sie gerade tat, als hätte sie mich überhaupt nicht gehört; manchmal entschuldigte sie sich mit einem freundlichen Lachen, und manchmal sprach sie plötzlich über etwas ganz anderes. Was sie jetzt tat, hatte sie noch nie zuvor gemacht.

Sie schlug mich. Mit der flachen Hand. Auf die Wange.

Ich brach in Gelächter aus, ich konnte einfach nicht anders. »Ist das alles?«, wollte ich wissen.

Daraufhin hatte sie mir den Wein ins Gesicht geschleudert. »Wie *kannst* du es wagen?«, schrie sie.

»Wie kannst *du* es wagen?«, blaffte ich zurück.

»Du machst mich kaputt.«

»Du machst dich selbst kaputt, indem du so viel trinkst. Und schrei mich nicht so an.« Mit einem Geschirrtuch tupfte ich mir das Gesicht ab.

Sie senkte die Stimme; ihre Wut war trotzdem noch deutlich wahrnehmbar. »Jetzt übertreib doch nicht so schrecklich. Ich trinke ein Glas Wein, weil ich mich nach einem harten Arbeitstag entspannen will. Was ist denn daran so falsch?«

»Für heute Abend ist eine Bühnenprobe angesetzt, an der du teilnehmen solltest, das ist daran so falsch.« In ein paar Tagen würde die Premiere von *Mata Hari* stattfinden. »Früher hast du nie getrunken.«

»Früher habe ich so einige Dinge nicht getan.« Das klang wie eine unschuldige Bemerkung, aber sie war natürlich alles andere als unschuldig. In dieser Phase unseres

Streits wirkten alle Worte wie Giftpfeile. Sie sollten den anderen verletzen, ihn ausschalten.

Aber noch viel mehr waren sie eine Grenze. Seit dieser einen Nacht hatte sich alles unwiderruflich verändert, auch wenn wir uns krampfhaft bemühten, weiterzumachen wie bisher. Wenn ich fragte, was sie mit ihrer Bemerkung meinte, überquerten wir diese Grenze. Und etwas sagte mir, dass es dann keinen Weg zurück geben würde. War ich dazu bereit? Konnte ich mir das zum jetzigen Zeitpunkt erlauben?

Nach einem ganzen Tag Proben war ich völlig erschöpft und wollte vor dem Essen ein Nickerchen machen, statt einen alles versengenden, vernichtenden Streit zu führen, der mich noch zusätzliche Kraft kosten würde. Nein, entschied ich, jetzt war nicht der geeignete Moment. Ich brauchte meine gesamte Energie für die anstehende *Nussknacker*-Vorstellung. Dieses Stück hatte vor einigen Wochen Premiere gefeiert. Ich tanzte zusammen mit Maja, meiner Landsfrau, die Hauptrolle. Mit ihr zu arbeiten war schön. Wir teilten dieselbe Mentalität: hart arbeiten, nicht jammern, tanzen bis zum Umfallen. Und ich brauchte mehr Zeit, um meine Probleme zu lösen. Ich war dabei, einem bereits existierenden Ballett neues Leben einzuhauchen, dem ersten Akt der *Giselle*. In meinen Augen erhielt eine ganze Reihe klassischer Ballettstücke nicht die angemessene Aufmerksamkeit, und ich wollte das ändern, indem ich neue Inszenierungen schuf.

»Wie ist es heute gelaufen?«, wechselte ich das Thema, doch sie zuckte nur mit den Schultern. »Ich bin Kai begegnet. Er sagte, er ist sehr zufrieden.« »Zufrieden« bedeutete bei Kai van Wijnen, dem Direktor des Nationalballetts, so viel wie »begeistert«. Das hatte er zwar ganz und gar nicht gesagt, aber ich war neugierig, ob mich Mischa ins Vertrauen ziehen würde.

Sie lachte heiser. »Warum spricht er mit dir über mich?«

»So war das nicht«, gab ich zurück. *Und das weißt du auch ganz genau*, dachte ich. Ganz offensichtlich war sie auf Streit aus. Jedes Gespräch, das wir in der letzten Zeit miteinander führten, glich einem Minenfeld. Ein einziges falsches Wort konnte eine Explosion verursachen. Nur in Gregorys Gegenwart hielten wir uns zurück. Unser Sohn war eine Art menschliche Sicherung für Minen.

»Wir sind uns im Flur begegnet, nach eurer Durchlaufprobe.« Kai war der Choreograf von *Mata Hari*. Dass ich ihm begegnet war, entsprach der Wahrheit, aber danach hatten wir das Gespräch unter vier Augen in seinem Büro fortgesetzt. Kai hatte wissen wollen, wie es Mischa ging. Wie alle anderen im Corps de Ballet wusste er, dass sie trank. Vor einigen Wochen hatte Kai uns beide zu sich gerufen und uns ohne Umschweife gefragt, was los sei. Wir hatten jahrelang als Tänzer beim *Royal Ballet* in London gearbeitet, und man hatte uns als Stars ans Niederländische Nationalballett geholt, weil man sich davon ein volles Haus erhoffte. Eine ordentliche Investition, deswegen war es nur logisch, dass sich Kai Sorgen machte. Mischa hatte ihn beschworen, das Ganze sei Unsinn, sie trinke hin und wieder ein Glas zur Entspannung, mehr nicht. Sie hatte Besserung gelobt, gesagt, sie habe eine schwere Zeit hinter sich, und das wisse er auch nur allzu gut. Dieses Gespräch sei für sie aber ein Weckruf, und sie werde sich jetzt einzig und allein aufs Tanzen konzentrieren.

Kai hatte ihr geglaubt – was blieb ihm auch anderes übrig? Aber ich wusste, dass er überall Augen und Ohren hatte. Spione, wenn man das so nennen wollte. Neulich hatte eine der Tänzerinnen aus dem Ensemble einen Schluck aus Mischas Teetasse getrunken, die auf dem Klavier stand. Nur hatte sich herausgestellt, dass sich darin kein Tee, sondern Wodka befand. Außerdem gab es Beschwerden über Mischa. Oft verschwand sie ganz plötzlich, und niemand wusste, wo sie steckte. Wenn sie dann wieder erschien, hatte sie irgendeine vage Ausrede auf Lager und erklärte, es »wäre nichts«.

Ich hatte keine andere Möglichkeit gesehen als den Angriff. Tanzte Mischa vielleicht nicht gut? Kai hatte zugeben müssen, dass das nicht der Fall war. »*Noch* nicht«, hatte er hinzugefügt. Eine ganz deutliche Warnung.

Natürlich wusste Kai, dass wir nicht ohne Konflikte vom *Royal Ballet* weggegangen waren – er hatte ja überall Kontakte. Aber diese Probleme hatten mich betroffen, nicht Mischa. Ich betrachtete das Ganze immer noch als Beweis für bürgerliche Spießigkeit. Hatte ich denn jemals weniger Leistung gebracht, weil ich hin und wieder Hasch rauchte oder Kokain nahm? Ich tanzte dann sogar besser, konnte länger durchhalten. Aber gut, das war einer der Gründe für unsere Rückkehr ans Niederländische Nationalballett gewesen.

Und was Kai anging: Der führte nur ein wenig Theater auf, um uns zu zeigen, wer hier der Boss war. Ich kannte ihn noch aus der Zeit, bevor Mischa und ich nach London gegangen waren. Er wusste, was er sich da ins Haus geholt hatte, oder besser gesagt, wen. Ich fand, er hätte keinen Grund zum Rumjammern. Unsere Namen waren ein Publikumsgarant, trotz des allgegenwärtigen Klatschs. Oder vielleicht genau deswegen. Mischa und ich bildeten ein Traumpaar. Ein Traumpaar, das tief gefallen, dann jedoch wie ein Phönix aus der Asche wiederauferstanden war, stärker als jemals zuvor.

Dieses Bild vermittelten wir zumindest nach außen hin.

Ich hatte mich im Griff, aber Mischa? Ich wusste, ich musste mit ihr reden, nur wie? Wann? Und wie sollte mir das gelingen, ohne einen Streit anzufangen, ohne dass sie mir vorwarf, das alles wäre meine Schuld – ohne ihre Drohung, allen die Wahrheit zu sagen?

Bei meinem letzten Versuch, mit ihr über ihre Alkoholsucht zu sprechen, hatte sie mir ein Glas an den Kopf werfen wollen. Es hatte mich nur ganz knapp verfehlt.

»Kai weiß, dass du trinkst. Alle wissen das inzwischen.«

»Jetzt übertreib doch nicht so. Trinken! Ab und zu ein Gläschen zur Entspannung. Das tun ganz viele andere Leute auch.«

»Auf der Arbeit? Während der Proben?«

»Das ist völliger Unsinn. Und du, du mit deinem Kokain?« Sie wandte den Blick ab, wollte mir nicht in die Augen schauen.

Ich ignorierte ihre Frage. »Letzte Woche hat mich Kai einbestellt, weil eine der Tänzerinnen im Corps de Ballet einen Schluck von deinem Tee getrunken hatte.«

Ganz kurz verbarg Mischa das Gesicht in den Händen, und als sie aufblickte, sah ich, dass sie lächelte. »Ist das alles? Ich war erkältet und hatte Halsschmerzen. Deswegen habe ich ein paar Tropfen Echinaforce-Tinktur in meinen Tee getan. Um meine Widerstandskräfte zu stärken. Da ist ein ganz kleines bisschen Alkohol drin. Du meine Güte, also wirklich«, sagte sie bissig.

Eines musste ich Mischa lassen: Sie konnte so gut lügen wie niemand sonst. So gut, dass sie überall durchkam, das hatte ich nur allzu oft miterlebt.

»Wer hat denn diesen Schluck aus meiner Tasse getrunken? Anna vielleicht? Die hasst mich, und das weißt du auch. Sie hätte erste Solistin werden sollen, aber dann kam ich. Kein Wunder, dass sie bösartigen Klatsch über mich verbreitet.«

Ich musste zugeben, dass ich nicht wusste, von wem die Information stammte. Danach hatte ich nicht gefragt.

Mischas Augen füllten sich mit Tränen. »Wie kannst du nur, Nikolaj? Warum glaubst du einer Wildfremden wie Anna mehr als mir?«

Eine wütende Mischa war mir lieber als eine verletzte Mischa. Ich kannte keinen einzigen Mann, der mit den Tränen einer Frau umgehen konnte, und ich selbst war da keine Ausnahme.

»Mischa …«

Sie beugte sich zu mir, legte mir eine Hand auf den Arm und streichelte ihn zärtlich. »Wir waren einmal ein so gutes Tanzpaar, du und ich. Wir haben einander perfekt ergänzt. Was ist nur mit uns passiert?«, flüsterte sie. Dann ließ sie die Finger langsam nach oben wandern, in Richtung meiner Brust. Sie berührte die Knöpfe meines Hemdes und öffnete einen nach dem anderen.

Ich packte ihre Finger und hielt sie fest umklammert. Ich durfte mich nicht ablenken lassen, nicht vergessen, wie berechnend Mischa war. Sie bekam immer, was sie wollte. Heute Abend würde sie ganz einfach zugeben müssen, dass sie ein Problem hatte und Hilfe brauchte. »Eine gute Frage, Mischa. Warum vertraust du mir nicht? Sei ehrlich. Warum kannst du mir gegenüber nicht eingestehen, dass du zu viel trinkst? Lass mich dir helfen. Ich glaube, es ist eine gute Idee, wenn du eine Weile in eine Suchtklinik gehst.« *Dann hätte ich auch mehr Zeit.* »Das braucht niemand zu wissen, niemand außer mir. Bei mir darfst du schwach sein, ich werde dir ...«

Sie riss ihre Hand los und zog mir die Fingernägel wie eine Kralle über die Brust, sodass dort rote Striemen zurückblieben. »Dreh das Ganze jetzt nicht um, Nik! Du hasst Schwäche, du liebst nur starke Menschen. Du hast doch keine Ahnung, wie man mit Schwäche umgeht. Du meidest sie wie eine ansteckende Krankheit. Wie eine heiße Kartoffel würdest du mich fallen lassen.«

»Das ist doch nicht wahr! Habe ich das vielleicht getan, als sich herausgestellt hat, dass du schwanger bist?«

»Ha! Wenn du dann nicht in der ganzen Ballettszene untendurch gewesen wärst, weil du dich aus dem Staub machst, und das nach alldem, was du dir schon geleistet hattest, dann hättest du das getan, ja.«

»Jetzt gehst du zu weit.«

»Du wolltest doch, dass ich ehrlich zu dir bin? Hast du dich in deiner ach so großen Güte auch schon mal gefragt, warum ich trinke, hm?«

»Ich warne dich ...«

»Wovor denn? Was willst du denn tun? Lass mich raten: nichts. So wie du immer nichts tust, gar nichts. Nein, warte, das stimmt nicht: Du tust *alles*, solange es dir nutzt.«

Mich juckte es in den Fingern – am liebsten hätte ich ihr eine gelangt. In Gedanken hatte ich das bereits unzählige Male getan. Ihr eine ordentliche Ohrfeige versetzt, die sie zum Schweigen brachte und ihr wieder ins Gedächtnis rief, wer hier der Boss war.

Mischa goss sich ein weiteres Glas ein. Ich ignorierte das. »Bist du bereit für die Premiere?«, wechselte ich wieder das Thema, weil ich sie auf diese Weise beruhigen wollte. Dafür verachtete ich mich selbst, diese Version meiner selbst, aber ich rief mir ins Gedächtnis, dass ich die Sache vorerst mit Vernunft anzugehen plante.

»Wenn du mit mir hättest tanzen wollen, wüsstest du das längst.«

Ich ermahnte mich innerlich zur Ruhe.

»Mies ...«

»Nenn mich verdammt noch mal nicht Mies!«, schrie sie. In ihren Augen schimmerte ein wütender Glanz.

Nein, der Alkohol machte meine Frau alles andere als umgänglich. »Mischa ... So war es nicht, und das weißt du auch.« Wie oft hatte ich ihr das schon erklärt? »Als wir ans Nationalballett gegangen sind, haben wir besprochen, dass es vielleicht eine gute Idee ist, uns getrennt weiterzuentwickeln.«

»Von wegen besprochen! Du hast es damals vorgeschlagen, und ich war dagegen.«

»Dann hättest du das sagen müssen.«

»Ha, guter Witz! Du hast mich auflaufen lassen, und alle waren dabei. Hätte ich da sagen sollen, dass ich das nicht will? Dann wäre ich die Bitch gewesen, die dir nichts gönnt oder die sich ohne dich nichts zutraut.«

Sie sprach von der Zeit, als die Rollen für den *Nussknacker* und *Mata Hari* verteilt wurden. Vom *Royal Ballet* waren wir es gewohnt, dass die Ergebnisse am Schwarzen Brett ausgehängt wurden, aber Kai handhabte es anders: Er rief alle Tänzer zusammen und verkündete vor versammelter Mannschaft, wer welche Rolle bekam. Oder gar keine. Dann waren immer alle entsetzlich nervös. Die ersten Solisten, wie Mischa und mich und noch ein paar andere, die genau wussten, sie würden in einem der beiden Stücke die Hauptrollen bekommen, betraf das nicht so sehr. Jeder Tänzer im Corps de Ballet hoffte darauf, sich im Laufe der Jahre zum ersten Solisten hochzuarbeiten, was natürlich nur die wenigsten schafften.

Bei dieser Gelegenheit hatte ich verkündet, Mischa und ich wären übereingekommen, unsere Rollen mit anderen Partnern zu tanzen, um uns künstlerisch weiterentwickeln zu können.

Das hatte ich vorher mit Kai besprochen, und damals hatte er abwehrend reagiert. Die Aktion war gemein von mir gewesen, das wusste ich ganz genau; aber ich wusste auch, dass sich Mischa niemals dazu bereit erklärt hätte. Deswegen bestand meine einzige Chance darin, sie unvorbereitet damit zu konfrontieren. Ich kannte sie gut genug, um zu wissen: Sie wollte keinen Gesichtsverlust riskieren. Und für Kai galt dasselbe.

Wie sich herausstellte, hatte ich mich nicht getäuscht. Mischa glänzte auf der Bühne nicht nur wegen ihrer fabelhaften Technik, sondern auch wegen ihrer großartigen Schauspielkunst. Nach meinen Worten, die ein heftiges Gemurmel auslösten, entgleisten ihr nicht eine Sekunde lang die Gesichtszüge. Nur ich erkannte die Wut, die die Iris in ihren Augen ein ganz klein wenig dunkler werden ließ, und Kais verzerrtes Lächeln. Danach hatte er mich zu sich gerufen, und ich hatte mich von ihm zusammenstauchen lassen. Diesen Preis hatte ich nur zu gern bezahlt, und außerdem hatte mir das Schlimmste noch bevorgestanden, denn zu Hause hatten Mischa und ich eine heftige Auseinandersetzung ausgefochten.

»Wie oft muss ich es dir denn noch erklären? Das ist für uns beide die beste Lösung. Auf diese Weise können wir den Kritikern den Mund stopfen, die sagen, dass wir einzig und allein gut sind, weil die Chemie zwischen uns stimmt. Wir können zeigen, dass wir genauso viel leisten, wenn wir mit anderen tanzen.«

»Manchmal denke ich, du glaubst deine eigenen Lügen sogar.« Sie leerte ihr Glas und knallte es heftig auf die Kücheninsel. Sofort nahm sie die Flasche und schenkte es wieder voll. »Ich darf doch?«

»So geht es nicht weiter, Mischa. Ich dringe einfach nicht zu dir durch. Ich glaube, es ist besser, wenn ich eine Zeit lang weggehe. Und Gregory nehme ich mit.« Ich war kein Therapeut. *Ich will eine Partnerin, eine mir ebenbürtige Partnerin, niemanden, der sich an mir festklammert. Ich will jemanden, der mich herausfordert, mich zu einer Steigerung treibt, nicht jemanden, der mich in seinem Elend mit in den Abgrund zieht.*

Das dachte ich, aber ich sprach es nicht aus. Die krasse Wahrheit bestand darin, dass Mischa zu einer Belastung geworden war. Zum Teil durch meine eigene Schuld, das schon, aber ich hatte nicht vor, mir den Rest meines Lebens oder meine Karriere dadurch versauen zu lassen.

Der zweite Schlag kam rascher und auch heftiger als erwartet.

»Du Arschloch, wage das ja nicht. Wage es nicht, mir noch mehr wegzunehmen.« Ihre Stimme klang heiser. Laut und stoßweise holte sie Atem.

Wir wussten beide, was sie meinte.

Ich rieb mir über die Wange. »Lass dir helfen.«

»Und wenn nicht?«

Ich wandte den Blick ab, schaute auf das durchgesessene Ledersofa, die ausgeblichenen Gardinen und das altmodische große Fernsehgerät. Unsere Freunde hatten jahrelang für ihre Weltreise gespart und in diesem Zeitraum nichts Neues angeschafft. »Sein Geld kann man nur ein einziges Mal ausgeben«, hatten sie erklärt. Prioritäten, darauf kam es an. »Ich weiß nicht, ob das Ganze überhaupt noch einen Sinn hat. Vielleicht ist es besser, wir gehen für eine Weile auf Distanz zueinander. Wir machen eine Pause ...«

»Eine Pause? Eine Pause ist der Anfang vom Ende, das weiß doch jeder.«

»Das sagst du.«

»Warum bist du nur so feige? Du hast vor, unsere Ehe ganz einfach langsam sterben zu lassen, weil du mir nicht ins Gesicht zu sagen wagst, dass du mich loswerden willst. Erst als Tanzpartnerin, jetzt als Frau ...«

»So ist das nicht ...«

»Wie denn sonst?«

Wir schwiegen.

»Wenn du mich verlässt, halte ich nicht mehr länger den Mund. Willst du dieses Risiko wirklich eingehen? Jetzt, wo du so damit beschäftigt bist, dich karrieretechnisch neu zu orientieren?«, sagte sie dann. Eine unverhohlene Drohung. Mit diesen Worten schnitt sie außerdem ein schmerzliches Thema an, aber das konnte sie nicht wissen, und ich hatte auch nicht vor, es ihr zu sagen. Sie hatte schon mehr als genug gegen mich in der Hand.

»Und du? Wegen dir ...«

»Ich habe weniger zu verlieren als du. Viel weniger. Das solltest du lieber nicht vergessen.«

Ich wandte den Blick ab. Schwieg. An diesen Punkt kamen wir früher oder später jedes Mal. Mischa hatte die Macht, und das wusste sie nur zu gut. Wie sollte ich sie nur jemals loswerden?

6.

Nikolaj

Ich hatte mir bei meinem Bericht einige Lügen erlaubt. Eine davon betraf den Schluss, nämlich dass ich ins Schlafzimmer gegangen war, um meine Sachen zu packen.

»Und dann?«, fragte Hans Waanders, der in der pedantischsten Handschrift mitschrieb, die ich je gesehen hatte, mit der Nase ganz dicht über dem Papier. Er hatte mich kein einziges Mal unterbrochen.

»Ich war von den Proben schrecklich müde und habe mich kurz hingelegt. Dann muss ich eingeschlafen sein, denn als ich aufwachte, war das ganze Zimmer voller Rauch.«

»Stand die Schlafzimmertür auf oder war sie geschlossen?«

»Das weiß ich nicht mehr.«

»Okay, erzählen Sie weiter.«

»Ich wollte wissen, ob der Alarm ausgelöst worden war – in der Küche hängt ein Rauchmelder –, aber das war nicht der Fall.«

»Ist der Rauchmelder schon einmal zu einer anderen Gelegenheit angesprungen?«

Ich schüttelte den Kopf.

»Sie wissen also nicht, ob das Gerät kaputt war oder ob es jemand ausgeschaltet hat?«

»Ich habe wirklich keine Ahnung.«

Hans Waanders nickte, schaute mich fragend an und bedeutete mir auf diese Weise, dass ich weiter berichten sollte.

Ich räusperte mich. »Ich habe schrecklichen Durst. Können Sie mir bitte das Glas da reichen?«

Hans Waanders tat, worum ich ihn gebeten hatte. Wegen meiner verbundenen Hände fand ich es schwierig, das Glas zu halten, und schüttete mir etwas Wasser auf die Hose. »Das ganze Schlafzimmer war voller Rauch ... Ich dachte, es wäre irgendetwas beim Kochen schiefgegangen.« Ich wandte den Blick ab.

»Dachten Sie das wirklich?«

»Ich ... Ich hatte Angst, Mischa hätte vielleicht etwas gekocht und vergessen ...«

»Ich verstehe. Was ist dann passiert?«

»Als ich aus dem Schlafzimmer kam, konnte ich fast die Hand nicht vor Augen sehen. Ich rief nach Mischa und bin ins Wohnzimmer gegangen, wo es bereits überall brannte. Und dann wurde ich von hinten niedergeschlagen.« Stirnrunzelnd befühlte ich die Stelle. An meinem Hinterkopf prangte eine riesige Beule. »Ich bin zu Boden gegangen, und sie hat mich immer weiter geschlagen. Ich habe versucht, sie davon abzuhalten. ›Was hast du getan?‹, habe ich gerufen, immer wieder, aber sie hat keine Antwort gegeben. Es war, als wäre sie verrückt geworden.«

»Wie sind Sie aus dem Haus gekommen?«

»Keine Ahnung. Ich muss bewusstlos geworden sein, und als ich wieder zu mir kam, brannte alles lichterloh. Im nächsten Moment war ich draußen.«

»Sie haben nicht sofort die Polizei gerufen.«

»Ich hatte mein Handy nicht bei mir.«

»Bei den Nachbarn, meine ich. Sie haben die Nachbarn nicht alarmiert.«

»Nein? Ich weiß es nicht, ich muss einen Schock gehabt haben. Ich bin wohl davon ausgegangen, sie hätten die Feuerwehr schon gerufen.«

»Noch mal zurück zum Anfang: Sie haben gesagt, Frau de Kooning will Sie umbringen. Da gibt es einfachere Methoden, als das Haus anzuzünden.«

»Vielleicht wollte sie, dass das Ganze wie ein Unfall aussieht? Das fällt in Ihren Arbeitsbereich, nicht in meinen«, gab ich zurück.

»Frau de Kooning ist ein großes Risiko eingegangen. Sie selbst wurde auch verletzt. Warum ist sie nicht sofort aus dem Haus geflüchtet, nachdem sie den Brand verursacht hatte?«

»Sie muss abgewartet haben, bis ich schlief. Wahrscheinlich hat sie nicht damit gerechnet, dass ich so rasch aufwache, und deswegen beschlossen, mich niederzuschlagen. Oder so was? Das ist jetzt alles frei spekuliert – wie es genau abgelaufen ist, müssen Sie sie selbst fragen.«

»Das werde ich auch ganz bestimmt tun, sobald sie das Bewusstsein wiedererlangt hat.«

In diesem Augenblick betrat Willy erneut das Zimmer, ganz offensichtlich aufgeregt, und forderte Hans Waanders auf, sofort zu gehen. »*Eine* Frage, haben Sie gesagt. Er braucht Ruhe«, erklärte sie. »Ich begreife ja, dass Sie Ihre Arbeit erledigen müssen, aber das müssen wir auch.«

»Kein Problem«, erwiderte Hans Waanders munter. »Ich weiß vorläufig genug. Wir belassen es hierbei. Für den Moment.« An der Tür zur Schleuse drehte er sich noch einmal zu mir um: »Sie wollen also eigentlich sagen, dass Ihre Frau Sie umbringen wollte, weil Sie Ihre Beziehung beenden wollen.« Noch immer klang in seiner Stimme Erstaunen durch.

»Sie kennen Mischa nicht. Sie ist eifersüchtig und sehr besitzergreifend. Wenn sie mich nicht haben kann, soll mich niemand haben.«

7.

Mischa

»Guten Morgen, Mischa. Ich bin Willy, Ihre Krankenschwester für heute. Zusammen mit Jantien, die ist auch hier. Wir werden Sie jetzt erst mal waschen.«

Waschen? Rasch wollte ich mich aufsetzen und sagen, dass ich das ganz wunderbar selbst konnte, dass ich duschen wollte, aber ich bekam meine Augen immer noch nicht auf.

»Müsste sie nicht schon längst wach sein?«, fragte Jantien.

»In manchen Fällen dauert es eine Weile. Vielleicht ist es sogar gut, dass sie das Bewusstsein noch nicht wiedererlangt hat. Unwissenheit kann auch ein Segen sein«, meinte Willy seufzend. Sie klang wie die ältere der beiden.

Schritte entfernten sich. Kurz darauf hörte ich fließendes Wasser.

»Übrigens ist die Polizei gerade bei ihrem Mann«, berichtete Jantien.

»Und?«

»Woher soll ich das denn wissen? Ich bin doch hier.«

Sie kicherten.

»Es war ganz groß in den Nachrichten, im Fernsehen

und in den Zeitungen. Sogar in den Promi-News: Tanzpaar nach großem Feuer in Lebensgefahr.« Der Wasserhahn wurde abgestellt.

»Pffft. Die sind einfach nur sensationsgeil«, meinte Willy.

»Na ja, es stimmt doch aber?«

»*Er* ist jedenfalls nicht in Lebensgefahr.«

Bedeutete das, dass *ich* das sehr wohl war? *Antworte doch*, flehte ich innerlich, aber es war nichts zu hören außer dem Rhythmus der Apparate, die stoisch ihre Arbeit taten.

»Was meinst du, was ist da passiert?«, fragte Jantien.

»Das musst du schon die Polizei fragen«, gab Willy nüchtern zurück. Mein Kopf wurde angehoben, es raschelte, und danach legte man meinen Kopf behutsam wieder ab. Ein frischer Geruch drang mir in die Nase. Ein neues Kissen?

Schritte und die Stimme von Jantien kamen näher. »Als ob die mir etwas erzählen würde.«

»Das Ganze geht uns nichts an.«

»Jetzt sag bloß nicht, du bist nicht neugierig?«, fragte Jantien.

»Warum sollte ich neugierig sein?«

»Hallo? Du weißt doch wohl, wer das ist? Mischa de Kooning, eine der besten Balletttänzerinnen der Welt. Sie hat unzählige Preise gewonnen. Vor ein paar Wochen hat sie für ihren Beitrag zum niederländischen Tanz den Goldenen Schwan erhalten.«

Ich fühlte mich geschmeichelt.

»Ballett interessiert mich nicht.«

»Oh Gott, das ist ja so schlimm, als würdest du sagen, du interessierst dich nicht für …«

Kurz wurde es still.

»Na?«, hakte Willy nach.

»Für Museen!«

»Die interessieren mich auch nicht«, gab Willy völlig unbeeindruckt zurück.

»Ach, du bist ja schrecklich.«

»Ich habe einfach keine Zeit. Ich arbeite Vollzeit, dann gehe ich nach Hause, und da wartet der Haushalt auf mich. Ich bin einfach froh, wenn ich mich abends hinsetzen kann.«

Für einen kurzen Moment war nur zu hören, wie sie leise weitermachten. Dann meinte Jantien: »Weißt du, wie die beiden sich kennengelernt haben? Das ist so romantisch!« Irgendwo tropfte Wasser. Kurz darauf fuhr sie mir mit einem warmen Waschlappen über die Stirn. Mir fiel auf, dass sie den Rest meines Gesichts ausließ. Warum? Ich nahm plötzlich meine Nase wahr. Sie tat schrecklich weh, als hätte sie jemand immer wieder mit der Faust bearbeitet. Auf den Wangen spürte ich etwas Weiches. Einen Verband?

»Du wirst es mir sicher gleich erzählen, oder?«

»Ach, das ist einfach zu spannend.«

»Ganz normal bei der Arbeit, oder?«

»Künstler haben keine Arbeit, das weißt du doch. Künstler widmen sich ihrer Leidenschaft.«

»Ich dachte, Menschen zu helfen wäre *deine* Leidenschaft. Zumindest hast du das beim Vorstellungsgespräch gesagt«, meinte Willy lachend.

»Sehr witzig«, gab Jantien zurück.

»Ich finde es auch unglaublich romantisch, wie ihr Krankenschwestern euch immer in Ärzte verliebt.«

»Bist doch selbst Krankenschwester!«

»Aber nicht mit einem Arzt verheiratet.«

»Jetzt lass mich doch endlich erzählen.«

»Mach nur, wenn du dich dabei ein bisschen mit der Arbeit beeilst. Wir haben schließlich noch anderes zu tun heute«, sagte Willy.

»Also gut: Mischa ist damals abends ausgegangen. Sie war nach einer erfolgreichen Premiere mit ein paar anderen Tänzern in einer Diskothek. Dort hat sie sich mit jemandem unterhalten, und der hat ihr Rohypnol ins Getränk geschüttet und sie mit raus genommen. Der Kerl wollte sie in sein Auto zerren, aber Mischa muss noch ein bisschen bei sich gewesen sein, denn sie hat sich gewehrt. Und da erschien Nikolaj auf der Bildfläche. Er war gerade am Flughafen gelandet, hatte einen Jetlag von hier bis Tokio und wollte das Nachtleben von Amsterdam erkunden. Er hat mitbekommen, wie Mischa überwältigt wurde, und sie gerettet. Der Kerl hat sich aus dem Staub gemacht. Am nächsten Tag ging Mischa zur Arbeit, und wer stand da vor ihr? Nikolaj.«

Nein, nein, wollte ich rufen. *So ist es überhaupt nicht gewesen.* Diese Geschichte hatte sich Nikolaj ausgedacht. Am Anfang hatte ich sie auch witzig gefunden. Ich stand ganz am Anfang meiner Karriere, hatte kein Geld und fand Niks Motto zunächst prima: »Was gut ist für unser Image, ist auch gut für unser Portemonnaie.« Doch inzwischen hatte die Lüge einen unangenehmen Beigeschmack. Manchmal fragten mich Journalisten danach, und dann musste ich den Schwindel jedes Mal wiederholen. Deswegen beschrieb die Presse den Beginn unserer Beziehung immer als stürmische Romanze. Oder war es Nikolaj gewesen, der diesen Ausdruck zum ersten Mal verwendet hatte? Journalisten schauten sich immer alte Interviews in Zeitungen und Zeitschriften an, und in jedem Gespräch kam die Sache wieder auf den Tisch. Genau wie die Fragen: »Ist es nicht schwer, miteinander zu arbeiten und zu leben? Können Sie Berufliches und Privates trennen? Wollen Sie nie auch nur einmal mit jemand anderem tanzen?«

Damals hatte ich seine Stimme gehört, bevor ich ihn sah. In sie hatte ich mich verliebt. Tief war sie, mit einem dunklen, sexy Timbre. Sie hatte eine beruhigende, Sicherheit verheißende Wirkung auf mich. Irgendwie fühlte ich mich bei ihm aufgehoben. Später hatte Nikolaj manchmal gewitzelt, ob ich mich wohl auch in ihn verliebt hätte, wenn er ein kleiner, dicker und hässlicher Zwerg gewesen wäre.

»Also hätten sie sich sowieso kennengelernt«, kommentierte Willy.

»Du bist wirklich schlimm.«

»Ich gebe ihr erst mal eine Spritze, wir wechseln ja gleich den Verband.«

Ich wartete auf eine Nadel im Körper, spürte aber nichts.

»Ich habe sie einmal tanzen sehen. So leichtfüßig, so elegant und graziös, und doch mit so viel Kraft und Ausdruck. Kurze Zeit nach dem Unglück war das, kurze Zeit nach dem Unfall, bei dem ihre Tochter ums Leben gekommen ist. Ich fand es so beeindruckend, dass sie wieder auf der Bühne stand. Ich würde mich ins Bett verkriechen und nie wieder rauskommen, wenn ich etwas so Furchtbares erlebt hätte. In Interviews hat sie aber erzählt, dass das Tanzen eine Art Therapie für sie ist«, berichtete Jantien. Sie seufzte tief. »Ich begreife nur nicht, warum sie sich überhaupt jemals in diesen Nikolaj verliebt hat, obwohl ich Fotos von ihm gesehen habe. Hässlich ist er jedenfalls nicht.«

»Dann begreife ich dich nicht. Warum hätte sie sich nicht in ihn verlieben sollen?«, fragte Willy.

»Wo lebst du eigentlich? Auf einem anderen Planeten?«

»Entschuldige, dass ich einfach keine Zeit habe, wie du die ganzen Klatschzeitschriften zu lesen.«

»Du brauchst gar nicht so arrogant zu tun. Die liegen doch einfach in der Kantine rum. Aber weil du sie nicht liest, werde ich dich über alles informieren. Dieser Nikolaj ist in Ballettkreisen als *Bad Boy* bekannt.«

»Und warum?«

»Das ist eine lange Geschichte. Er ist schon mit neunzehn Jahren erster Tänzer am Bolschoi-Ballett geworden, der jüngste aller Zeiten. Er stammt aus einer ganz armen Familie. Seine beiden Omas haben in ganz Europa irgendwelche Jobs angenommen, um die Ballettausbildung für ihr Wunderenkelkind zu bezahlen. Sein Vater hat ihn geschlagen, weil er nicht wollte, dass sein Sohn zum Ballett geht, das fand er nur was für Schwule. Seine Eltern haben sich damals scheiden lassen. Während des Studiums hat er sich dann mit seiner Mutter zerstritten. Jahre später hat er erklärt, sie hätte seine Tanzkarriere gewollt, nicht er.«

»Ich bin nur froh, dass ich keine Kinder habe.«

»Sei doch nicht albern. Später hat er das Ganze übrigens ein bisschen abgemildert. Als Jugendlicher war er oft wütend, hat er gesagt, wütend auf die ganze Ballettindustrie. Er hatte nicht viel Geld, die Gagen waren schlecht und er konnte sich keine eigene Wohnung leisten. Das konnte keiner von den Tänzern. Er war sauer, weil ihm das Bolschoi verbot, sich mit Nebenjobs etwas dazuzuverdienen, beispielsweise mit Gastauftritten oder als Schauspieler oder Model. Irgendwann ist er dann vom Bolschoi weggegangen, und nicht im Guten. Er ist nicht zu Proben erschienen, hat zu viel getrunken, zu wild gefeiert und öffentlich verkündet, er würde Kokain nehmen ...«

»Ein ziemliches Früchtchen.«

Ich versuchte alles, um die Augen zu öffnen und den beiden Trullas zu sagen, sie sollten den Mund halten, aber ich schaffte es einfach nicht. Sie begriffen überhaupt nichts davon, wie es war, immer unter der Flagge eines bestimmten Corps de Ballet tanzen zu müssen. Dadurch konnte man sich keinen eigenen Namen aufbauen, obwohl ein gewisses Renommee für die Zeit nach der Tanzkarriere so unglaublich wichtig ist. Beim Ballett fängt man mit vier Jahren mit dem Tanzen an, von neun bis achtzehn Jahren besucht man eine besondere Schule, und wenn man gut genug ist, schafft man es dann in ein Corps de Ballet. Wenn man mit fünfunddreißig nicht mehr gebraucht wird und zum alten Eisen gehört, kann man nichts anderes. Dann ist man sozusagen obdachlos.

Ein Apparat piepste.

»Ihr Herzschlag wird schneller.«

»Ob sie uns hören kann?«

»Mischa? Wachen Sie auf.«

»Er hat gekündigt, ist in den Urlaub gefahren und hat dann Gelegenheitsarbeiten angenommen, bis er dem damaligen Direktor des Nationalballetts begegnet ist. Der wollte ihn in seiner Truppe haben«, fuhr Jantien fort.

»Hey, Moment mal, jetzt weiß ich, wen du meinst. Ist das nicht der mit den vielen Tattoos?«, fragte Willy.

»Ja, genau der! In Interviews sagt er immer, dass er durch Mischa zur Ruhe gefunden hat, dass sie seine Muse ist.«

Du liebe Güte, noch so eine unglaubliche Lüge.

8.

Mischa

Wieder dieses Rascheln. Es erinnerte mich an Tutus. Aber da fehlte etwas. Keine Füße, die sich vom Boden abstießen oder ihn wieder berührten, kein Keuchen von Körpern, denen das Äußerste abverlangt wurde, kein leiser Fluch wegen eines misslungenen oder vergessenen Tanzschritts.

Was war hier nur los? Ich öffnete die Augen, und das fühlte sich an, als seien meine Lider zugeklebt. Grüne Flecken tanzten in meinem Sichtfeld. Ich kniff die Augen zusammen, zwinkerte und versuchte zu fokussieren. Es dauerte einige Sekunden, bis ich begriff, dass da Leute in grünen Anzügen an meinem Bett zugange waren.

»Ach, sie ist aufgewacht«, sagte eine Frau mit mandelförmigen dunklen Augen und perfekten Augenbrauen. Den Rest ihres Gesichts verbarg ein Mundschutz. »Kannst du schnell den Doktor holen?«, wies sie eine kleine mollige Krankenschwester an, die mit einem Kopfnicken aus dem Zimmer schlurfte.

»Mein Name ist Willy. Das da eben war meine Kollegin Jantien. Wissen Sie, wer Sie sind und wo Sie sich befinden?«

Plötzlich erkannte ich ihre Stimme. Die Kulturbanausin. Dann musste Jantien die Klatschbase vom Dienst sein. Ich öffnete den Mund, um etwas zu sagen, brachte jedoch nichts heraus. Nur ein Hüsteln.

»Sie haben eine ganze Menge Rauch eingeatmet, und das vertragen die Lungen nicht so gut. Deswegen haben wir Sie ein Weilchen ganz tief schlafen lassen.«

Warum sprach diese Frau eigentlich mit mir wie mit einem Kind? Ich hatte doch durch den Rauch keinen Gehirnschaden davongetragen.

»Mischa de Kooning«, stieß ich heiser hervor. Es fühlte sich an, als hätte ich zehn Schachteln Zigaretten hintereinander geraucht. »Mit zwei o.« Das schob ich ganz automatisch hinterher.

»Wunderbar.«

Himmel, gleich würde ich sicher noch ein Bonbon zur Belohnung bekommen. Plötzlich nahm ich eine riesige weiße Beule auf der Höhe meiner Nase wahr. Ich hob die rechte Hand und führte sie zum Gesicht. Da war ein großes Stück Verband. Nur meine Lippen, Augen und Stirn hatte man freigelassen. »Himmel«, sagte ich, diesmal laut. Mein ganzes Gesicht pulsierte, hämmerte und klopfte. Es fühlte sich an, als wäre ich mit voller Wucht gegen eine Wand gelaufen.

»Wissen Sie, was passiert ist?«

Ich schüttelte den Kopf, weil es mir klüger erschien, einen Gedächtnisverlust vorzutäuschen, bereute es aber sogleich: Diese Bewegung war ebenfalls sehr schmerzhaft. Ich fühlte mich benommen. Kam das von den Medikamenten? Gab man mir denn welche? Ich drehte den Kopf, weil ich zur Seite schauen wollte, diesmal langsam. Überall um mich herum Apparate und Instrumente. Die Welt war auf ein paar Linien und einige gedämpfte Farben reduziert. Als hätte man mein Bett in einem Lagerraum abgestellt.

»Bei Ihnen zu Hause hat es gebrannt.«

Ganz kurz schloss ich die Augen. Öffnete sie wieder. »Und mein Sohn, mein Mann?«

»Nikolaj ist auch hier. Es geht ihm den Umständen entsprechend gut.« Diese Worte kamen nur zögernd.

»Und mein Sohn?«

In diesem Augenblick betrat Jantien den Raum wieder, gefolgt von einem Mann, der sich ebenfalls in ein schickes grünes Outfit geworfen hatte. Er stellte sich als Doktor de Groen vor. Wie passend – grünes Outfit, entsprechender Name. »Ist sie orientiert?«, erkundigte er sich bei Willy.

Ich hasste es einfach, wenn Leute über mich sprachen, als wäre ich gar nicht da. »Ich liege im Krankenhaus«, sagte ich, bevor Willy antworten konnte. »Wie geht es meinem Sohn?«

»Er war nicht zu Hause, als das Feuer ausbrach. Er hat bei einem Freund übernachtet. Wissen Sie das noch?«

Ich schüttelte den Kopf. »Ich will ihn sehen«, verkündete ich.

Doktor de Groen schüttelte den Kopf. »Er ist bei Ihrer Mutter. Ich will noch abwarten, bis Sie sich ein wenig erholt haben. Dass Sie ihn sehen wollen, begreife ich, aber sicher stimmen Sie mir zu, dass er sich nicht erschrecken soll.«

»Mein Gesicht ...« Ganz plötzlich wurde mir bewusst, was hier nicht stimmte. Ich konnte meine Nase nicht spüren.

»Sie haben diverse Verbrennungen zweiten Grades auf den Armen und am Hals. Die heilen von selbst, und Sie werden auch nur wenige oder gar keine Narben zurückbehalten. Aber Sie haben auch Verbrennungen dritten Grades auf Teilen Ihrer Beine und auf dem Bauch, und die werden nicht von selbst heilen. Darum werden wir uns so schnell wie möglich kümmern.«

An meinem Körper. Die wollte ich da überhaupt nicht haben.

»Kümmern?«

»Das können wir später besprechen.«

»Mein Gesicht ...«

»Im Gesicht haben Sie tiefe Verbrennungen zweiten Grades.«

Ich wusste schon, was er sagen würde, bevor er es aussprach.

»Ihre Nase ... Der Teil unter dem Verband wurde durch das Feuer schwer in Mitleidenschaft gezogen.«

Mir schossen Bilder von Brandopfern durch den Kopf. Die verformte, verzerrte Haut, als säße darunter ein Gummiband, das an allem zog, bis die Haut Falten warf, wie geschmolzenes und wieder getrocknetes Kerzenwachs.

Der Arzt sprach weiter. »Dreißig Prozent Ihres Körpers sind verbrannt. Stellen Sie sich vor, dass eine Hand einem Prozent entspricht, dann bekommen Sie eine Vorstellung davon, welch großen Schaden das Feuer angerichtet hat.«

Seine Worte waren wie Krähen, die mit scharfen Schnäbeln auf mich einhackten. »Wann kann ich wieder tanzen?« Es klang wie ein flehentliches Gebet. Ich dachte an meinen Arbeitsplan in den kommenden Monaten. Die reine Knochenmühle. Wer sollte mich ersetzen? Was bedeutete das für meine Position? Würde ich überhaupt jemals wieder die Alte werden?

»Darüber können wir zu einem späteren Zeitpunkt sprechen.«

Drei Augenpaare mir gegenüber, so unterschiedlich in Form und Farbe, aber in ihnen lag dieselbe Empfindung. Mitleid? Warum schauten sie mich so an? Mein Blick schoss zwischen den dreien hin und her.

»Warum nicht jetzt gleich?«

»Sie sind noch nicht ganz bei sich. Ihr Körper hat sehr viel abbekommen, und ...«

»Meinem Kopf fehlt aber nichts, verdammt noch mal.« Das kam weniger nachdrücklich heraus, als es mir recht war. Es klang eher zittrig, leise.

»Mischa, es ist nicht sehr sinnvoll, wenn Sie jetzt ...«, schaltete sich Willy ein.

»Das entscheide ich immer noch selbst!«

Willy schnaufte unterdrückt und murmelte etwas Unverständliches.

»Ich halte es für besser, wenn Sie sich jetzt kurz ausruhen, dann kommen wir später wieder.« Der Arzt machte Anstalten, sich umzudrehen, aber ich packte ihn am Arm. Das bereute ich sofort. Wie ein scharfes Messer bohrte sich mir der Schmerz tief in die Haut.

»Sagen Sie es mir!«

»Mischa, es ist nicht gut, wenn Sie sich jetzt so aufregen«, mischte sich Willy wieder ein.

Der Arzt schaute die Schwestern an und sie ihn. Er sprach weiter. Sein Mund war wie eine Schere, die meine Zukunft für immer zerschnitt. Meine Genesung würde mindestens ein Jahr dauern. In dieser Zeit baute sich die Muskelmasse ab. Die Haut schrumpfte. Es gab nur eine geringe Chance, dass ich jemals wieder würde tanzen können.

Mein Gehirn blieb an diesen Worten hängen.

Nur eine geringe Chance. Geringe Chance. Geringe Chance.

Schon wieder nahm man mir etwas weg.

Mein Blick wanderte wie zwanghaft zu meinen Händen. Der Nagellack, den ich zuletzt aufgetragen hatte, war noch intakt. Das begriff ich einfach nicht. Wie konnte mein Körper ruiniert sein, mein Nagellack aber völlig unbeeinträchtigt?

Ich hatte meine Atmung nicht mehr unter Kontrolle. Meine Gliedmaßen zitterten. Meine Finger verkrampften sich. Irgendwo ganz weit weg hörte ich Willy sagen, ich solle sie anschauen und ruhig ein- und ausatmen. Ich hörte sie zwar und strengte mich auch an, aber Kopf und Körper gehorchten mir nicht.

Ich bekam nicht genug Luft, ich erstickte. Ich stand in Flammen, wieder in Flammen, aber diesmal waren sie in meinem Inneren. Die Hitze wurde unerträglich. Ich wollte etwas sagen, konnte aber nur einige hohe Töne von mir geben. Wild griff ich nach Willy. Warum half sie mir nicht? Ihr Blick spiegelte meine Verzweiflung wider.

»Wir geben Ihnen jetzt ein Beruhigungsmittel, okay, Mischa?«, fragte Willy.

Jetzt erschien ein weiterer grüner Schatten an meinem Bett. Die Gedanken flossen aus mir weg, wie bei einem Dammbruch. Mein Blick verschwamm. Bevor ich davonschwebte, formte sich ein letzter Gedanke. Wie hatte die ganze Situation so unglaublich außer Kontrolle geraten können? So war das nie beabsichtigt gewesen.

9.

Mischa

Elf Jahre vorher

»Eliza, jetzt mach schon! Wir kommen schon wieder zu spät«, rief ich mit einem Blick über die Schulter. Ein Auto hupte. Mit quietschenden Bremsen kam ich zum Stehen und hob die Hand in einer entschuldigenden Geste. Die Ampel war rot. Ich schaute auf meine Armbanduhr. In zehn Minuten begann die Probe.

Eliza hielt neben mir. »Das war knapp.« Unter der dicken Strickmütze lugte ihr langes blondes Haar hervor. Der Atem kam in Wölkchen aus ihrem Mund.

»Deine Schuld«, meckerte ich.

»Du brauchst ja nicht auf mich zu warten.«

Damit hatte sie recht. Die Ampel sprang auf Grün um, und ich düste weiter. Schon bald kam Eliza nicht mehr hinterher. Ich wusste, es war kindisch, ihr davonzufahren, aber ich wurde von etwas Größerem als mir selbst angetrieben. Was dieses »Etwas« genau war, wollte ich gar nicht wissen, und einen Namen geben wollte ich ihm auch nicht.

Eliza und ich hatten uns beim Ballett kennengelernt. Sie kam aus Almere, aber dort gab es keine guten Tanzschulen, deswegen hatten ihre Eltern sie auf die beste in Amsterdam geschickt. Als Sechsjährige hatten wir angefangen und einander sofort in der gemeinsamen Liebe zum Ballett gefunden. Die anderen Mädchen hielten wir für unbeholfene Trampel, die nur ein wenig herumhüpften, klatschten, kicherten oder keuchend vor Lachen auf dem Boden lagen. Wir nicht. Wir waren getrieben, fanatisch, und das Ganze war für uns blutiger Ernst. Wir ärgerten uns schrecklich über diese Tussis, die das Ballett als netten Zeitvertreib betrachteten. Zum Glück erkannte man unser Talent schnell, und mit neun Jahren durften wir auf die Akademie.

Unser Band festigte sich, als Eliza siebzehn war und ihre Eltern ihr sagten, sie seien nicht ihre leiblichen Eltern; über die war nichts bekannt. Wir befanden uns zum Teil in einer vergleichbaren Situation. Meine Mutter, die mit vierundzwanzig Jahren erste Solistin geworden war, hatte das Ballett aufgeben müssen, als sie mit mir schwanger wurde. Sie behauptete, sie wisse nicht, wer mein Vater war – ein One-Night-Stand, irgendein Franzose, Jérôme, den sie im Urlaub getroffen hatte. Erst zu Hause hatte sie festgestellt, dass sie schwanger war. Aber ich glaubte ihr nicht, so ein Verhalten schien mir einfach nicht zu meiner Mutter zu passen. Unzählige Male hatten wir uns deswegen gestritten, doch zu meiner großen Wut und Frustration brach sie ihr Schweigen nie. Manchmal sprach ich wochenlang kein Wort mit ihr: Das war die einzige Methode, die ich kannte, um ihr wehzutun.

Sie hatte nie ein Geheimnis daraus gemacht, dass sich Ballerinas zu ihrer Zeit in solchen Fällen für eine Abtreibung entschieden; bei ihr hatte sich jedoch herausgestellt, dass die Schwangerschaft dafür schon zu weit fortgeschritten war. Nachdem meine Mutter ihre Karriere als Tänzerin hatte aufgeben müssen, hatte sie als Mädchen für alles beim Niederländischen Nationalballett angefangen. Jetzt war sie die Sekretärin von Hugo Jaspers, dem Direktor.

Dort hatte man Eliza und mich inzwischen angenommen. Elizas sehr wohlhabende Eltern hatten für uns ein Appartement in Amsterdam gekauft – von diesem Moment an hatte Eliza jeglichen Kontakt zu den beiden abgebrochen, aber ohne auf die geschenkte Wohnung zu verzichten. Eliza zufolge betrachteten ihre Eltern das als Buße, weil sie sie all die Jahre belogen hatten. Das Appartement befand sich nur einen Steinwurf vom Musiktheater Amsterdam entfernt, dem Haus des Nationalballetts an der Amstel.

Die gebogene, dem Fluss zugewandte Vorderseite des Theaters schien mich normalerweise willkommen zu heißen, heute jedoch nicht. Schnell schloss ich mein Fahrrad ab und eilte nach drinnen, wo mich der Portier fröhlich begrüßte. »Mies! Wo ist denn Lies?«

»Wir sind doch keine siamesischen Zwillinge oder so was«, schnauzte ich ihn an. Von dem Augenblick an, als man hier erfuhr, dass wir Freundinnen waren, nannten uns alle nur »Lies und Mies«. Und immer kam ihr Name zuerst.

Automatisch schaute ich nach links, zum Solisteneingang, dem Weg zu Ruhm, Anerkennung und allem, wofür ich so hart arbeitete. In diesem Flur lagen die Garderoben der ersten Solisten und der Eingang zum Theater. Wenn ich das Gebäude betrat, schaute ich immer zuerst zum Solistenflur und schwor mir, ich würde dort eines Tages zu meiner eigenen Garderobe gehen und ein letztes Mal die

Tanzschritte vor dem Spiegel üben, bevor es Zeit für mich wurde, mich auf die Bühne zu begeben.

Normalerweise schöpfte ich aus dem Anblick des Flures Kraft, aber heute konnte ich ihn kaum ertragen.

Ich nahm den Aufzug in den ersten Stock. Während ich zur Garderobe rannte, kam ich am Schwarzen Brett vorbei, an dem der Zettel mit der Rollenverteilung für die nächste große Ballettaufführung hing: *Schwanensee*, in der Version von Rudi van Dantzig, der zwanzig Jahre lang das Nationalballett geleitet hatte. *Schwanensee* war das wichtigste Ballett überhaupt. Zusammen mit *Dornröschen* und dem *Nussknacker* gehörte es zu den großen Drei des russischen Balletts aus dem neunzehnten Jahrhundert.

Die Rudi-van-Dantzig-Premiere hatte damals bei Presse und Publikum besonders großen Anklang gefunden. Van Dantzig hatte sich von Tschaikowsky inspirieren lassen, nicht nur von seiner Musik, sondern auch von Briefen und Tagebüchern. Im Ballett stellte er eine Verbindung zwischen dem Leben des Komponisten und dem des Prinzen Siegfried aus der Geschichte her. Siegfried soll eine Braut finden und versagt. Während im Palast die Feierlichkeiten zu seinem achtzehnten Geburtstag stattfinden, wird der Prinz zwischen Gut und Böse hin und her gerissen, verkörpert vom weißen Schwan Odette und ihrem schwarzen Gegenbild, Odile.

Odette strahlt Schönheit, Gelassenheit und Zerbrechlichkeit aus. Sie steht für die reine, romantische Liebe: Siegfrieds Idealbild. Aber nachdem ihr Siegfried seine Liebe gestanden hat, bringt ihn der schwarze Schwan Odile mit seinen raffinierten Verführungskünsten völlig durcheinander. Als Odile muss eine Ballerina eine ganz andere Seite ihrer selbst und ihres Könnens zeigen: durch und durch böse und dabei virtuos.

Diese Doppelrolle stellte für Tänzerinnen auf der ganzen Welt eine große Herausforderung dar. Und Eliza hatte die Rolle bekommen.

Gestern hatte man die DIN-A4-Seite ans Schwarze Brett gehängt. Ein Grüppchen Tänzer stand davor. Ich betete stumm, sie würden mich nicht bemerken, aber ich wurde nicht erhört.

»Schade, Mies«, rief jemand. Ich hasste meinen Namen. Mies. Miese Mies. Mieses Mieschen. Mieschen Mäuschen. Unbedeutend. Nichts wert.

»Ich bin spät dran«, rief ich und hob nur kurz die Hand zum Gruß. Das Gesicht hatte ich zu einer Grimasse verzogen, der die anderen entnehmen sollten, dass es mir überhaupt nichts ausmachte, dass nicht ich, sondern Lies erste Solistin geworden war.

Ich war ihre *understudy*. Die zweite Besetzung.

Die zweite Geige.

Ich biss mir auf die Unterlippe und schmeckte Blut, dick und süßlich. Während ich mir die Sneakers von den Füßen schleuderte und meine Ballettschuhe anzog, eine Handlung, die normalerweise beruhigend auf mich wirkte, dachte ich darüber nach, was mich heute erwartete. Blicke voller Mitgefühl. Nein, zufriedene Blicke, weil ich die Rolle nicht bekommen hatte. Bemerkungen, wie schade es alle fanden, während sie sich heimlich die Hände rieben vor Vergnügen. Das wusste ich, weil ich ihnen so glich. Wie oft hatte ich es nicht ganz genau so gehandhabt?

Weil Tänzer den größten Teil ihrer Lebenszeit in der Ballettschule verbringen, sind sie in den allermeisten Fällen auch befreundet. Die Rollenverteilung führt dann zu seltsamen Zuständen: Es wird erwartet, dass man sich für seine Freunde freut; dabei ist man gleichzeitig grün vor Neid, weil man genau diese Rolle selbst so gern tanzen würde.

Und jetzt war ich an der Reihe. Warum ausgerechnet Eliza? Vielleicht hätte ich besser damit umgehen können, wenn es nicht gerade Eliza gewesen wäre.

In diesem Augenblick betrat sie den Raum. »Blöd ist das.«

»Was denn?«, tat ich unschuldig, während in meiner Brust etwas hämmerte, böse und hinterhältig.

»Dass du einfach so weggefahren bist.«

»Du hast doch gesagt, ich brauche nicht auf dich zu warten. Hast du.« Ich zog meinen Bodywarmer sowie die wattierten Pantoffeln an und ging zur Tür. Eliza, die sich auf eine Bank an der Tür gesetzt hatte, packte mich am Handgelenk.

»Bist du sauer, weil ich die Rolle bekommen habe?«

Ich riss mich los. »Sei nicht albern. Ich habe doch gesagt, ich freue mich für dich!«

»Aber als wir gestern feiern gegangen sind, bist du nicht mitgegangen, weil du Kopfschmerzen hattest. Stimmt das wirklich?«

»Nicht alles dreht sich um dich, Eliza.«

Eliza wusste es besser, als dass sie darauf eingegangen wäre. »Ich will nur sichergehen, dass zwischen uns alles in Ordnung ist.«

»Natürlich.«

»Ich kann es gut verstehen, wenn du sauer bist, weißt du. Wenn du die Rolle bekommen hättest, wäre ich schrecklich eifersüchtig gewesen. Froh für dich, aber auch eifersüchtig.«

Plötzlich spürte ich, dass mir gleich die Tränen in die Augen treten würden. Darüber hatten wir schon so oft gesprochen. Wir wussten, dass so etwas passieren konnte. Und wir hatten uns geschworen, wir würden unser Bestes tun, unsere Freundschaft davon nicht verderben zu lassen.

»Du bist genauso gut wie ich, vielleicht sogar noch besser, und …«, fuhr sie fort.

»Warum haben sie dann nicht mich genommen?«, unterbrach ich sie.

»… deine große Chance kommt bestimmt ganz bald.«

»Es werden nicht dauernd erste Solistinnen benannt, und das weißt du ganz genau.«

»Ich muss mich aber erst noch bewähren.«

Warum machte sie sich selbst runter, damit ich mich besser fühlte? Hätte ich das an ihrer Stelle auch getan?

Nicht, dass das irgendeinen Unterschied machte. Sie würde deswegen keine Sekunde schlechter tanzen. Genau wie ich war sie zu ehrgeizig, zu getrieben. Sie sagte das alles nur, um mich aufzumuntern.

»Wartest du noch auf mich?«, fragte sie.

»Ja. Ich sehe dich dann auf dem Flur.«

Die kühle Luft war eine Erleichterung. Ich lehnte mich mit dem Rücken gegen die Wand und legte die heißen Hände auf den kalten Stein. Das Schlimmste würde noch kommen. *Kopf hoch*, sagte ich zu mir selbst. *Lächeln. Und einfach in den Spiegel schauen. Nicht zu den anderen. Schlimmer als dieser Tag kann es nicht werden*, hielt ich mir selbst vor.

Plötzlich erklang eine tiefe, dunkle Stimme. Ich erkannte den Mann sofort, der um die Ecke kam. Nikolaj Iwanow. Er würde zusammen mit Eliza die Hauptrolle tanzen. Hugo hatte ihn als Selbstständigen angeheuert.

Bei seiner letzten Truppe hatte er sich unmöglich gemacht, hatte ich gehört. Er war fünfundzwanzig, zwei Jahre älter als ich, und hatte schon mehrere beeindruckende Preise eingeheimst.

Als er mich entdeckte, hörte er abrupt zu sprechen auf. Das glaubte ich zumindest für einige euphorische Sekunden, und gleichzeitig spürte ich, wie ich rot wurde. Dann nahm ich plötzlich jemanden neben mir wahr. Eliza. Er schaute zu Eliza hin, nicht zu mir. Das war zwar kaum möglich, aber ich hatte das Gefühl, noch mehr zu erröten, diesmal vor Scham.

Kurz sah ich sie mit seinen Augen, wie sie da stand. Sie hatte rosige Wangen vom heftigen Wind und vom Radfahren. Ihre Augen glänzten, und ihre vollen roten Lippen – hatte sie die angemalt? – bildeten einen attraktiven Kontrast zu ihrem blassen Gesicht und dem leichten Rot ihrer Wangen.

Sie tanzte auf ihn zu und blieb vor ihm stehen.

»Du musst Eliza sein.« Er küsste ihr die Hand.

Eliza kicherte. »Und du Nikolaj.«

»Ich freue mich auf unsere Zusammenarbeit.«

»Ich mich auch.«

Es war, als gäbe es mich gar nicht.

10.

Mischa

Gegenwart
»Mama.« Ich freute mich so sehr, sie zu sehen.
»Ach, mein armer Schatz.«
Trotz meiner ernsten Situation musste ich lachen. Da stand meine Mutter im selben grauenhaften Outfit wie das Krankenhauspersonal. Ich kannte sie nur in einem knapp knielangen Rock oder in einer feinen Hose mit Bluse, das Haar in einem niedrig angesetzten straffen Knoten am Hinterkopf und mit knallrot geschminkten Lippen. So stand sie auf und so ging sie schlafen. Ich konnte mich nicht daran erinnern, sie jemals anders gesehen zu haben, nicht einmal, als ich noch zu Hause wohnte. Sie stand immer früher auf als ich und ging später schlafen. Manchmal stellte ich mir vor, dass sie so angezogen im Bett lag, sich die ganze Nacht nicht bewegte und am Morgen wieder aufstand.

Genauso schnell wie das Lachen machten sich auch die Tränen bemerkbar. Ich konnte nicht aufhören, auch wenn mir das am ganzen Körper wehtat. Meine Mutter kam schnell zu mir und setzte sich auf den Rand des Bettes. Sie legte beide Arme um mich, und ich lehnte mich an sie.

Selbst ihr vertrauter Geruch war von dem des vorgeschriebenen Desinfektionsmittels verdrängt worden, und dieser Verlust löste neue Tränen in mir aus.

»Wie du aussiehst«, brachte ich nach einiger Zeit hervor.

»Das mache ich auch nur für dich«, gab meine Mutter zurück. Ihre Hand lag auf meiner Schulter, und sie zog mich an sich. Dann wiegte sie mich hin und her, eine Bewegung, die mir wegen der Brandwunden wehtat; aber ich hatte nicht vor, mir das anmerken zu lassen. Es fühlte sich so gut an, von jemandem berührt zu werden, den ich liebte. Von jemandem, der *mich* liebte. Außerdem konnte ich mich nicht daran erinnern, wann mich meine Mutter zum letzten Mal liebevoll in den Arm genommen hatte. Was Körperlichkeiten betraf, blieb sie auf Distanz. Weiter als bis zu einem pflichtgemäßen Wangenkuss reichte ihre Zuneigung nicht. Ich hatte früher auch nie bei ihr auf dem Schoß gesessen. Sie kuschelte nicht mit mir und strich mir nicht übers Haar, wie ich das bei Müttern von Freundinnen sah.

Ich wollte mir die Nase schnäuzen, aber das ging nicht. Ein komisches Gefühl.

Meine Mutter machte sich los und verschwand im Badezimmer. Als sie zurückkam, hatte sie rote Augen, und ihr Mascara war quasi verschwunden. Ich hatte meine Mutter noch nie weinen sehen. »Kind, was hast du mir für einen Schrecken eingejagt«, begann sie, und ihre Stimme gab ihre Gefühle preis.

Sie schniefte noch ein wenig, seufzte dann tief und schob einen Stuhl neben mein Bett. Dann nahm sie meine beiden Hände in ihre und küsste sie, durch den Mundschutz hindurch. »Ich liebe dich«, sagte sie unterdrückt.

»Ich liebe dich, mehr als irgendjemanden sonst auf der Welt.«

»Mama ...« Sie hatte noch nie gesagt, dass sie mich liebte. Natürlich zeigte sie es mir sehr deutlich, auf ihre ganz eigene, seltsame und für mich ärgerliche Art, aber gesagt hatte sie es nie.

»Ich wollte es dir einfach sagen. Ich habe mir vorgenommen, jetzt ...« Sie schluckte und blinzelte wütend. »Na ja. Schau mich doch mal an«, sagte sie und genierte sich ganz eindeutig.

Ich führte mir ihre Hände in den Plastikhandschuhen an den Mund und küsste sie. »Ich weiß, Mama.«

»Wie ... Was ist denn passiert? Die Polizei hat mich angerufen. Sie haben gesagt, bei euch hat es gebrannt, und ihr wärt verletzt. Schrecklich war das, Mischa. Erst dachte ich, Gregory wäre auch verletzt, aber das stimmte Gott sei Dank nicht.« Meine Mutter redete einfach immer weiter. »Weißt du noch, dass ich bei dir gewesen bin? Du wurdest beatmet, und ...«

»Wie geht es Gregory?«, unterbrach ich sie.

»Erschrocken ist er. Wütend. Traurig. Hin und wieder muss er ganz schrecklich weinen. Er hat furchtbare Angst, dass ihr auch sterbt. Keinen Schritt kann ich machen, ohne dass er sich an mir festklammert.«

Wieder füllten sich meine Augen mit Tränen.

»Ach, entschuldige, Schatz, ich wollte dich nicht traurig machen.«

Dafür war es schon zu spät. »Macht er wieder ins Bett?«

»Nein, zum Glück nicht. Versuch, dich nicht allzu sehr zu sorgen. Du musst dich auf deine eigene Genesung konzentrieren. Ich kümmere mich um ihn, das weißt du, so wie nur Omas das können.« Sie lächelte ermutigend.

»Und Kinder halten einiges aus, wirklich, das darfst du nicht vergessen. Natürlich gibt es viele Momente, in denen er traurig ist, aber er geht einfach weiter zur Schule, spielt mit seinen Freunden …«

Ich vermisste ihn schlimmer als je zuvor. Alles an ihm. Wie er sich die einzelne Locke von den Augen wegpustete; wie er voller Konzentration ein Comicheft las und nicht mitbekam, was ich zu ihm sagte; wie er mich ganz fest drückte, bevor er in die Schule radelte. Wie er jeden Morgen im Badezimmer überprüfte, ob er inzwischen gewachsen war, indem er sich mit mir verglich.

»Ich habe ein Handy für dich gekauft. Dann kannst du ihn anrufen oder ihm Nachrichten schicken.«

»Aber wie denn? Er hat doch kein Handy. Hast du ihm vielleicht eins geschenkt, Mama?«, rief ich aus, als ich das Schuldbewusstsein in ihren Augen sah.

»Er hat *dein* Handy gehabt, wusstest du das nicht?«

Nein, das wusste ich nicht, aber es erstaunte mich auch nicht. Er bettelte schon seit Monaten ständig um ein Handy. Alle seine Freunde hatten auch eins, behauptete er. Manchmal durfte er eine Weile mit meinem spielen.

»Aber inzwischen hat es die Polizei konfisziert. Frag mich nicht, warum. Ich habe ihm ein neues gekauft. Wie soll er sonst Kontakt mit dir halten können?«

Da hatte sie recht.

»Hat … hat er Kontakt zu Nik?«

Meine Mutter schüttelte den Kopf. »Natürlich fragt er nach ihm und nach dir, aber ins Krankenhaus will er nicht. Na ja, du verstehst schon, warum.«

Ich nickte, das verstand ich tatsächlich. »Weißt du, wie es Nik geht? Warst du auch bei ihm?«

»Ich … Nein. Mischa, was um Gottes willen ist passiert?

Die Polizei hat gesagt, es wäre Brandstiftung gewesen. Nik ...« Sie schüttelte den Kopf. »Nik behauptet, du hast den Brand gelegt.«

»Verdammt noch mal! Das ist nicht wahr – er wollte mich umbringen!«

Die Reaktion meiner Mutter war nicht: *Ich hab doch gesagt, er ist schlecht für dich.* Sie hielt ihn für einen Opportunisten, und mehr als einmal hatte sie mich vor ihm gewarnt. »Er ist nicht der Typ Mann, der bei einer Frau bleibt. Er ist der Typ, der dich benutzt, um seine Ziele zu erreichen. Er wird dich nicht glücklich machen.« Ich hatte die Warnungen meiner Mutter stets weggelacht.

»Ich wusste es. Ich wusste, dass etwas nicht stimmt, obwohl mir dieser dumme Ermittler nichts sagen wollte. Nik hat es nicht geschafft. Gott sei Dank hat er es nicht geschafft. Du lebst.«

»Mein Gesicht ... Meine Nase. Ist es schlimm?« Wie Stacheldraht wickelten sich mir die Worte um die Zunge.

»Ich ... Die Ärzte sagen, das wird alles wieder gut.«

Meinte sie das ehrlich, oder sagte sie es nur, um mich zu beruhigen?

»Ich werde vielleicht nie wieder tanzen können«, stieß ich hervor.

Ich hatte meine Mutter nur dann wirklich glücklich erlebt, wenn sie tanzte. Verschwunden waren die tiefe Falte zwischen ihren Augenbrauen, die aufeinandergepressten Lippen und der tadellose Aufzug, der für mich zum Synonym für eine Zwangsjacke geworden war. Leichtfüßig schwebte sie in ihrem knielangen Tüllrock herum, mit bloßen Beinen und erhobenen Armen, mit einem breiten Lächeln auf dem Gesicht. Sie lachte, kicherte und flirtete. In meinen Augen erlebte sie dann eine Wiedergeburt. Zu

Hause lief immer Ballettmusik im Hintergrund, und wenn sie fernsah, dann Ballettaufführungen. Sie tanzte nur in privaten Ballettstudios. Ich erinnerte mich daran, wie ich sie zum ersten Mal begleitet hatte. Das Studio befand sich in der ersten Etage eines imposanten Hauses. Um dort hinzukommen, mussten wir eine lange, steile Treppe hochsteigen. Die Treppe wurde vom sanften Sonnenlicht beschienen, und es fühlte sich für mich an, als würden wir geradewegs zum Himmel emporsteigen.

Sie hatte mit dem Tanzen aufhören müssen, weil ich mich angekündigt hatte. Jetzt musste ich sie glücklich machen, das war das Mindeste. Auf diese Weise löste ich meine Schuld ein.

Das Schlimme dabei: Alle wussten, wer meine Mutter war. »Du bist doch nur wegen deiner Mutter hier«, bekam ich oft zu hören. In Interviews wurde meine Mutter früher oder später immer zum Thema. »Machen Sie ihren Traum wahr? Hat sie Sie zum Tanzen getrieben? Passen Sie und Nik so perfekt zusammen, weil ihn seine Mutter auch zum Tanzen gezwungen hat?« »Was ist denn daran falsch?«, fragte ich dann zurück. »Bauernsöhne treten in die Fußstapfen ihres Vaters, Bäckerssöhne übernehmen die Bäckerei ihres Vaters, ein Unternehmer den Familienbetrieb und so weiter.«

»Lieber Schatz, ich weiß …« Ihr brach die Stimme.

»Es tut mir leid.« Sie hatte so viel in mich investiert, und so lohnte ich es ihr.

»Am wichtigsten ist, dass du noch lebst.«

»Ohne Ballett habe ich kein Leben.«

»Doch, lieber Schatz, doch. Schau nur mich an. Und wir haben noch Gregory, er ist talentiert und …«

Ich wusste nicht, was ich schockierender fand – dass sie

schon darüber nachgedacht hatte, oder dass sie trotz meiner ganzen Proteste immer noch nicht von ihrem Kurs abzubringen war. Darüber hatten wir schon so oft gesprochen. »Mam, du weißt, dass ich ihm die Entscheidung überlassen will.« Es stimmte, Gregory brachte einen perfekten Körper fürs Tanzen mit. Unmittelbar nach seiner Geburt hatte ihn die Ärztin untersucht. Sie war erschrocken, als sie feststellte, wie weit sich seine Hüften drehen ließen. Aber ich wollte ihn nicht pushen. Und bisher hatte er nicht das geringste Interesse am Ballett bekundet.

»Du kannst ihn doch Unterricht nehmen lassen, zur Sicherheit?«

Plötzlich war ich völlig fertig. Es war, als saugten mir die Apparate, an denen ich hing, sämtliche Energie aus dem Körper. Ich konnte ein Gähnen nicht unterdrücken.

Der Blick meiner Mutter wurde weicher. »Ach, wie dumm von mir. Jetzt ist doch überhaupt nicht der richtige Augenblick, um das zu besprechen. Es ist nur ... Abgesehen von dem Verband da auf deinem Gesicht wirkst du genau wie meine alte Mies und klingst auch so. Hast du große Schmerzen?«

Seit der Geburt von Gregory und Natalja teilte ich Schmerz in zwei Kategorien ein: Es gab ein Davor, und es gab ein Danach. Die Zeit nach der Geburt war grässlich gewesen, und obwohl ich es jetzt mit einer anderen Art des Schmerzes zu tun hatte, war er fast genauso schlimm. »Als würde ständig jemand auf meinem Körper herumspringen«, sagte ich benommen. Ich fuhr mir mit der Zunge über die Lippen. Mein Mund fühlte sich an wie ein ausgetrockneter Schwamm.

»Möchtest du ein bisschen Wasser?«

Ich nickte.

Sie reichte mir einen Becher mit einem Strohhalm. Das Wasser prickelte angenehm in Mund und Hals.

»Gleich muss ich los, Gregory von der Schule abholen.«

Ich nickte.

»John sendet dir ganz viele liebe Grüße. Du darfst hier nur begrenzt Besuch bekommen, habe ich vom Personal gehört, aber er hat gefragt, ob er vorbeikommen darf.«

John, der liebe, liebe John. Der Mann, den ich immer als meinen Vater betrachtet habe, oder als älteren Bruder. Er war schon sehr lange mit meiner Mutter befreundet, obwohl er über zehn Jahre jünger war als sie. Als Tänzer hatte er am Nationalballett angefangen und es bis zum ersten Solisten gebracht. Danach war er nach Paris und New York gegangen. Nach dem Karriereende war er am Niederländischen Nationalballett Ballettmeister geworden. Nach »einer von sehr vielen Meinungsverschiedenheiten« – wie er selbst immer sagte – mit dem damaligen Direktor des Nationalballetts, Hugo Jaspers, hatte John diese Position aufgegeben. Gott sei Dank hatte ihn Kai nach Hugos Weggang sofort wieder angestellt. Kurz nach Elizas Tod war das gewesen.

Inzwischen hatte John Choreografien für mehr als hundert Ballettaufführungen geschaffen, die von gut fünfzig ausländischen Balletttruppen auf die Bühne gebracht worden waren und wurden. Vor ein paar Jahren hatte man John zum Kommandeur im Orden vom niederländischen Löwen gemacht. Letztes Jahr hatte ihn das französische Kultusministerium zum *Commandeur des Arts et des Lettres* ernannt, was bedeutete, dass er die wichtigste französische Auszeichnung auf dem Gebiet der Kunst und Geisteswissenschaften erhalten hatte.

Vieles, wenn nicht sogar alles, hatte ich John zu verdanken. Manchmal kam ich aus einer Probe und fühlte mich wie erhoben, so sehr hatte er mich darüber staunen lassen, was ich alles konnte. Er hatte dafür gesorgt, dass ich an mich selbst glaubte, indem er mich in seinen *Fünf Tangos* hatte tanzen lassen. Dieses Ballett hatte ich im Laufe der Jahre unzählige Male dargeboten. Beim dreihundertsten Mal hatte ich zu zählen aufgehört.

»Natürlich darf er das«, sagte ich. »Ich freue mich auf ihn.«

Jemand erschien in der Schleuse. Ganz kurz glaubte ich, es wäre ein Kind – Gregory! –, aber die Person, die da durch die Tür kam, hatte ein viel älteres Gesicht. Der Mann stellte sich als Ermittler Hans Waanders vor. Seine Stimme schlängelte sich einem einfach in die Ohren. Blutgefäße stachen wie rote Blitze vom Weiß seiner Augen ab. Er nickte meiner Mutter zu und wandte sich dann an mich: »Man hat mir mitgeteilt, dass Sie aufgewacht sind. Der Arzt meint, Sie wären in der Lage, einige Fragen zu beantworten.«

»Nik«, brach es aus meiner Mutter heraus, bevor ich überhaupt etwas sagen konnte. Sie sprang auf, als wollte sie den Ermittler angreifen, und als sie einen Finger erhob, zitterte der vor Wut. »Er hat versucht, meine Tochter umzubringen.«

11.

Mischa

Der Ermittler schien durch den Ausbruch meiner Mutter kaum beeindruckt. »Ich würde gern unter vier Augen mit Ihrer Tochter sprechen.«

»Dann müssen Sie ein andermal wiederkommen. Meine Tochter ist erschöpft, sie braucht jetzt Ruhe.«

»Lass nur, Mama, ist schon in Ordnung«, sagte ich.

»Bist du ganz sicher, Schatz? Du kannst auch Nein sagen.«

Ich nickte. »Hol mir doch mal das Handy. Ich möchte Gregory so unglaublich gern sprechen.«

Ohne Waanders auch nur eines Blickes zu würdigen, verschwand meine Mutter durch die Glastür. Selbst in ihrem jetzigen Outfit würde ich sie sofort erkennen: an ihrer kerzengeraden Haltung und dem besonderen Gang, der alle Ballerinas auszeichnete.

Ich wollte schlafen, aber wie hätte mir das bei dem ganzen Lärm um mich herum gelingen sollen? Jetzt erst fielen mir die Geräusche auf. Ein ständiges Summen. Hin und wieder ein Ticken. Das Piepsen von Apparaten. Stimmen, die sich entfernten. Das Rasseln eines Wagens. Meine eigenen mühsamen, etwas gehetzt wirkenden Atemzüge.

Fast konnte ich mein Herz klopfen hören, wie einen Trommler, der seinen Rhythmus nicht fand. In meinem Kopf wurde ein Gedanke immer größer, wie ein Luftballon, den jemand aufblies: Ich hätte ihn umbringen müssen.

»Ich habe mit Ihrem Mann gesprochen und würde jetzt gern Ihre Version des Vorgefallenen hören.«

Die Worte des Ermittlers drangen wie durch einen Nebel zu mir durch, seine Konturen waren undeutlich. Mit dem Blick nahm ich den Raum in mich auf. Ich wimmerte.

»Frau de Kooning sagt jetzt erst mal gar nichts mehr. Sie muss sich ausruhen. Wie können Sie es wagen, hier unangekündigt einzudringen?« Willy stiefelte in den Raum, mit meiner Mutter im Schlepptau. Sie stemmte die Hände in die Hüften. »Was haben Sie nicht begriffen, als ich Ihnen gesagt habe, dass Frau de Kooning für Ihren Besuch noch nicht bereit ist?«

»Es tut mir leid, da muss ich Sie falsch verstanden haben«, gab Hans Waanders zurück.

Der Ermittler log ganz offensichtlich, und das war Willy auch klar, aber das konnte sie ihm nicht vorhalten.

»Ich möchte, dass Sie jetzt gehen.«

»Gut. Wir sehen uns bald wieder, Frau de Kooning.«

»Sobald der Gesundheitszustand der Patientin es erlaubt«, reagierte Willy in aggressivem Ton. Ich war ihr dankbar. In ihren Händen fühlte ich mich sicher, sie würde auf mich aufpassen, mich vor weiterem Unheil beschützen. Ich spürte, wie mir die Augenlider schwer wurden.

»Versuchen Sie jetzt ein wenig zu schlafen. Schlaf ist die beste Medizin«, hörte ich ihre beruhigende Stimme.

»Ich muss noch zur Arbeit, ich habe Proben ... Ich muss anrufen und Bescheid geben, dass ich nicht komme, und …« Meine Stimme erlosch wie eine Kerze. »In ein paar Tagen tanze ich die Premiere von *Mata Hari*«, brachte ich noch hervor. Jeder, der in den Niederlanden auch nur ein kleines bisschen wichtig war, wollte kommen. Gerüchte besagten, dass sogar die Königin erwartet wurde.

»Die Premiere ist schon vorbei. Sie waren im künstlichen Koma, das habe ich Ihnen vorhin erzählt. Wissen Sie noch?«

12.

Mischa

»Gehen?«

»Ja, vom Bett bis an den Tisch«, sagte Willy. »Dann können wir auch gleich Ihr Bett frisch beziehen.«

Ich schaute sie an, als wäre sie verrückt geworden.

»Es ist gut für ...«

»Ja, ja, das haben Sie mir gerade schon erklärt.« Es ging nicht darum, dass ich ihr nicht glaubte – vielmehr glaubte ich nicht, dass ich es schaffen würde.

Schon mich anders hinzulegen oder etwas so Einfaches wie einen Arm oder ein Bein ein Stückchen anzuheben, war die Hölle.

Ich hatte Willy gefragt, ob ich duschen dürfe. Noch immer konnte ich den Rauch riechen, vor allem in meinem Haar. Mit Mühe war es mir gelungen, eine Hand zum Kopf zu führen, weil ich wissen wollte, was von meinem Haar noch übrig war. Es erinnerte mich an eine billige Perücke, die ich einmal hatte tragen müssen, als ich noch im Corps de Ballet tanzte: trocken und strohig. Künstlich.

Willy hatte erwidert, das mit der Dusche läge im Bereich des Möglichen, und ich hatte geglaubt, sie würde mich in einem Rollstuhl dorthin bringen.

»Wenn Sie das schaffen, können Sie auch duschen. Dann erledigen wir danach den Verbandswechsel.«

»Den Verbandswechsel?«

»Ja, der muss alle vierundzwanzig Stunden vorgenommen werden. Dann gibt es neue Verbände. Außerdem schmieren wir die Brandwunden mit frischer Salbe ein, die Silber enthält, wodurch sich Bakterien langsamer vermehren. Diese Salbe wirkt für vierundzwanzig Stunden, darum der Rhythmus. Und dann setzen wir auch gleich von jeder Wunde eine Kultur an, damit wir sehen können, ob vielleicht eine Infektion vorliegt. Angenehm ist der Verbandswechsel nicht, da möchte ich Ihnen nichts vormachen, denn Sie werden es ja sowieso gleich merken, aber eine halbe Stunde vorher bekommen Sie Schmerzmittel. Das mit dem Duschen passt gut, denn dabei wird der alte Verband schön nass. Kommen Sie, ich helfe Ihnen.« Sie schlug die Decke zurück. Ich hatte nur einen kurzen Krankenhauskittel an. Meine Beine sahen aus wie schlecht gemachtes Patchwork, weil Verbände in diversen Größen daran klebten. Gestern hatte ich heimlich meinen Bauch begutachtet und danach nicht mehr den Mut gefunden, auch die restlichen Brandwunden zu inspizieren. Willy ließ mir keine Zeit, einigermaßen zu mir zu kommen, sondern ermutigte mich, die Beine über den Bettrand zu bewegen. Das Bett hatte sie dafür so weit wie möglich nach unten gefahren.

Zögernd berührten meine bloßen Füße das kalte Linoleum. Ich belastete die Beine im Wechsel. Willy drückte auf den roten Knopf, und kurz darauf erschien Jantien in der Schleuse. »Übernimmst du den Ständer mit dem Katheter und der Infusion?«

Katheter? Erst jetzt entdeckte ich den Schlauch, der an

der Innenseite meines Oberschenkels entlanglief. »Den holen wir auch gleich raus. Es ist gut, selbstständig zur Toilette zu gehen.«

Während ich mich langsam erhob, zweifelte ich daran, ob mir das jemals gelingen würde. Wenn ich den Schmerz als Geräusch hätte umschreiben müssen, dann kam es mir so vor, als ob mir jemand die ganze Zeit unangenehm laut ins Ohr schnatterte; doch jetzt steigerte sich die Lautstärke zu einem Kreischen, das einen in den Wahnsinn trieb.

»Oh nein«, brummte ich. Ich wollte mich wieder auf das Bett sinken lassen, doch das verhinderten Jantien und Willy, indem sie mich unter den Achseln packten.

»Nur noch kurz durchhalten. Das Schlimmste haben Sie schon hinter sich«, ermutigte mich Willy.

Ich schaute zum Tisch hinüber, der etwa zwei Meter von meinem Bett entfernt stand. Genauso gut hätte ihn eine tiefe, breite Schlucht von mir trennen können. Kopfschüttelnd rang ich nach Atem, schon jetzt völlig erschöpft. »Ich will nicht.«

»Ein Schritt nach dem anderen«, sagte Jantien.

»Unmöglich.« Es fühlte sich an, als bräche meine Haut auf. Das konnte nicht gut sein, da mussten sie sich irren.

»Denken Sie doch an die herrliche Dusche, die auf Sie wartet.«

Hör mir auf mit deiner Scheißdusche, wollte ich sagen, doch Sprechen hätte mich zu viel Energie gekostet. Ganz eindeutig hatten die beiden nicht vor, mich wieder auf dem Bett sitzen zu lassen, darum machte ich mit ihrer Unterstützung einen Schritt und dann noch einen. Völlig außer Atem erreichte ich den Stuhl, und sie ließen mich vorsichtig auf die Sitzfläche sinken. Ich legte die Stirn auf die kalte Tischplatte, während Jantien und Willy mich lobten, als hätte ich soeben eine Leistung auf Weltklasseniveau erbracht. Das machte mich unglaublich wütend. Jeder Schritt war wie ein Hammerschlag gewesen, mit dem eine Erkenntnis immer tiefer in mein Bewusstsein gedrungen war: Es ging mir viel schlechter, als ich geglaubt hatte.

»Wo ist meine Mutter?«, wimmerte ich und schaute auf. Die sollte mir Kleidung mitbringen. Eine Zahnbürste. Deo. Einen Spiegel.

»Sie kommt heute«, verkündete Jantien. Sie ging zurück zum Bett und zog es ab. Ihre Bewegungen waren munter und voller Energie. Ich wusste, sie tat es nicht mit Absicht – sie erledigte einfach nur ihre Arbeit. Ungewollt verstärkte sie jedoch den Kontrast zwischen uns.

Jantien nickte in Richtung der Schleusentür, die sich gerade öffnete. »Sie haben Besuch.«

»John!«

Mit besorgtem Blick musterte er mich, und seine Augen füllten sich mit Tränen. Hinter seinen großen, schwarz gerahmten Brillengläsern blinzelte er heftig. Er machte ein paar Schritte in meine Richtung und blieb dann stehen. Die Hände hatte er im Rücken verschränkt.

»Ich wollte dich anrufen, aber ich habe mich nicht getraut«, sagte er.

»Das ist schon okay, du bist doch jetzt hier.«

»Ich finde das alles so schrecklich.«

»Sag so was nicht.«

»Ich dachte, du wärst ... Als es hieß, man würde dich im künstlichen Koma halten ...«

»Es gibt mich noch, John. So leicht wirst du mich nicht los. Und jetzt komm, steh nicht so da rum, sondern setz dich hin.« Er kam meiner Aufforderung nach.

»Ich habe dir etwas mitgebracht.« Hinter seinem Rücken zauberte er ein Glas Nutella hervor, von der ich zum Frühstück normalerweise einen Löffel naschte: meine einzige Sünde. Erfreut klatschte ich in die Hände.

»Das kommt als Belohnung gerade richtig«, kommentierte Willy. »Eben ist sie vom Bett zum Stuhl gelaufen.«

Ich schaute in Johns Richtung. Sein Blick wirkte traurig. Ich zweifelte nicht daran, dass er sich genauso wie ich über den Unterschied zwischen diesem kurzen Schlurfen und einem Tanzschritt im Klaren war. Noch vor einer Woche hatte ich mir ohne Mühe die Beine um den Hals schlingen können.

Nachdem John das Glas auf den Tisch gestellt hatte, zog ich es zu mir heran. Ich öffnete den Deckel, steckte einen Finger in die Schokoladenschmiere und steckte ihn mir in den Mund. »Herrlich. Das Zeug hat mir so gefehlt. Du weißt einfach, was eine Frau braucht.«

Meine einzige Belohnung bestand aus einem schwachen Lächeln, das ich nur wahrnehmen konnte, weil sich die Falten rund um seine Augen vertieften.

»Jetzt aber, John. Du hast doch wohl mehr drauf. So kommen wir nicht weiter, weißt du. Dann macht uns die Presse fertig. Die Mundwinkel ein bisschen höher, und die Augen müssen glänzen. Du musst die Freude wirklich selbst spüren, sonst merkt es das Publikum sofort«, neckte ich ihn, so wie er das bei den Proben immer mit mir tat.

Niedergeschlagen senkte John den Kopf. Ich packte seine beiden Hände.

»Muss ich jetzt vielleicht dich trösten statt du mich?«

Schniefend schaute John auf. »Entschuldige, ich hatte mir so sehr vorgenommen, mich zusammenzureißen.« Sein Blick erfüllte mich mit Wärme.

»Lass es einfach raus, dann haben wir es hinter uns.«

Ich steckte den Finger noch einmal ins Nutellaglas. »Ein paar Kalorien kann ich doch gut gebrauchen, oder, Willy?«

Sie hob bestätigend den Daumen.

»Ich weiß einfach nicht, was ich sagen soll, Schatz.«

»Du brauchst nichts zu sagen. Es gibt nichts zu sagen.«

»Es tut mir leid, ich finde es so schlimm ...«

»Aber schau, du kannst doch nichts daran ändern.«

John mied meinen Blick, er pulte an dem Etikett vom Nutellaglas herum.

»Sehe ich denn so schrecklich aus?«, wollte ich wissen. Von dem Nutella wurde mir übel. Und das war gut. Es lenkte mich von den Schmerzen ab.

»Das ist es nicht. Du bist und bleibst die Schönste für mich, das weißt du.«

Wie oft hatte er mir in den vergangenen Jahren nicht seine Liebe gestanden? Nicht zum ersten Mal fragte ich mich, wie mein Leben wohl verlaufen wäre, wenn ich damals darauf eingegangen wäre.

»Hast du schon gehört, dass mich Nik der Brandstiftung beschuldigt?«

John nickte. »Dieses Arschloch«, sagte er. John hatte Nik noch nie leiden können, und das beruhte auf Gegenseitigkeit.

»Es tut mir leid, Ihr Gespräch unterbrechen zu müssen, aber wenn Sie noch duschen wollen, Mischa, muss das jetzt sein. Sonst bleibt uns keine Zeit mehr für den Verbandswechsel.«

Mich traf die Erkenntnis, dass das Leben im Krankenhaus und beim Ballett etwas ganz Entscheidendes verband: Ich *wurde* gelebt. Wenn ich morgens das Musiktheater betrat, schaute ich als Erstes auf den Monitor mit meinem Tagespensum. Von zehn bis elf Übungen an der Stange. Von elf bis eins Proben. Von eins bis zwei Mittagessen. Danach wieder Proben oder Kostümproben. Sechs Tage in der Woche, elf Stunden am Tag.

Hier wurde meine Zeit genauso strikt eingeteilt. Aufstehen, Frühstück, Verbandswechsel, Ruhezeit, Mittagessen, eine ganze Batterie von Krankenhauspersonal, Ruhezeit, Abendessen und dann ins Bett.

»Dann gehe ich wohl wieder«, meinte John.

»Nein, bleib, ich kann auch später duschen.«

»Lass nur, Schatz, es ist prima so, ich komme bald wieder.« Er stand auf. »Und dann bringe ich dir ein neues Glas mit.«

»Passt du ein bisschen auf Mama auf?«

»Ich bin heute Abend zum Essen bei ihr.«

»Dann musst du Gregory ganz fest von mir knuddeln.«

Zum Abschied warf mir John eine Kusshand zu. Mühsam stand ich auf und schlurfte durch den Raum, mit Willy neben mir. Meine unbeholfenen Bewegungen erinnerten mich an das Ende meiner Schwangerschaft; damals war mein Bauch enorm angeschwollen gewesen und meine Bewegungsfreiheit enorm eingeschränkt. An einem der letzten Tage vor dem Einsetzen der Wehen wollte ich einen Spaziergang machen, um die frische Frühlingsluft zu genießen und die ersten vorsichtigen Sonnenstrahlen auf meiner bleichen Haut zu spüren, weil ich tagelang das Haus nicht mehr verlassen hatte. Nik hatte mich begleitet und irgendwann ausgerufen: »Schau mal, gerade hat dich eine Schnecke überholt!«

Ein scharfer Schmerz durchfuhr mich, verursacht nicht von den Wunden, sondern von der Erinnerung. Waren jetzt alle vergiftet, beschmutzt von der Asche des Endes?

13.

Mischa

Vor zwei Jahren

»Schau doch, wie schön«, sagte Nikolaj und deutete auf den Sternenhimmel, den wir durch die Windschutzscheibe erkennen konnten, wenn die Wolken kurz aufrissen. Er beschrieb mir eine idyllische Zukunft auf dem Lande, inspiriert von einem Wochenende bei Freunden in ihrem großen Landhaus in irgendeinem Dorf. Ich hörte nur halb zu, weil ich den Blick ängstlich auf die Straße vor mir gerichtet hatte.

Nikolaj fuhr mit hoher Geschwindigkeit. Es war schon weit nach Mitternacht, und wir befanden uns auf dem Rückweg nach London. Wieder wurde es stockdunkel, der Mond verbarg sich hinter den Wolken, und Straßenlaternen gab es nicht. Ich verabscheute diese typisch englischen Landsträßchen zutiefst, die kaum breit genug für ein Auto waren, ganz zu schweigen von zweien. Nirgends eine Straßenmarkierung, und nichts zeigte an, wie weit der Asphalt reichte; da waren nur Bäume, niedrige Mauern und hohe Hecken, die plötzlich aus dem Nichts auftauchten. Nikolaj fuhr so unvorsichtig, dass ich in jeder Kurve fürchtete, wir würden mit etwas kollidieren.

Die Kinder schliefen. Wir waren viel zu spät aufgebrochen. Ich hatte deutlich früher losfahren wollen, aber Nikolaj hatte erklärt, ich solle mich nicht so anstellen, sondern lieber das freie Wochenende bis ganz zum Schluss genießen – und freie Wochenenden hatten wir tatsächlich nicht oft.

»Kannst du ein bisschen langsamer fahren?«

Dafür erntete ich einen vernichtenden Blick. »Du wolltest doch schnell nach Hause?«

»Ja, aber ich möchte auch gern heil und gesund dort ankommen.«

Nikolaj erwiderte nichts, ging aber auch nicht vom Gas.

Also musste ich den Hintern zusammenkneifen und die Fahrt über mich ergehen lassen. Ich wusste, er verhielt sich so, um mich zu provozieren. Schrecklich kindisch von ihm. Ich lehnte meinen Kopf an und tat, als würde ich schlafen, aber jedes Mal, wenn Nikolaj zu scharf bremste oder das Steuer abrupt bewegte, riss ich die Augen auf und spannte den Körper an, weil ich davon überzeugt war, dass uns gleich ein heftiger Aufprall bevorstand.

Er stellte das Radio an. Zu laut. Ich drehte die Lautstärke herunter. »Die Kinder schlafen. Gleich wachen sie auf.« Und wer sich dann die ganze Nacht um zwei übermüdete, aber wache Kinder würde kümmern müssen, war ja wohl klar.

»Aber der Song ist so gut.« Das Radio wurde wieder lauter gestellt.

Meine Selbstbeherrschung löste sich in der Säure seiner Worte auf, und ich schlug förmlich auf den Knopf. »Warum bist du bloß so unausstehlich?«

»Pssst, leise, Schatz. Sonst wachen die Kinder noch auf.«

»Du bist ja betrunken.« Ganz sicher wusste ich das nicht, aber nach dem Abendessen waren Nikolaj und Rik in dem riesigen Garten rund um das Landhaus verschwunden, während ich mit den Kindern und Meg im Haus geblieben war. Als die beiden Männer zurückkamen, wirkten sie sehr fröhlich.

»Ich bin müde und muss wach bleiben. Musik hilft mir dabei.«

»Dann lass mich fahren«, schlug ich vor.

»Ich fahre lieber selbst.«

Langsam formte sich in mir der Gedanke, dass diese Autofahrt in vielerlei Hinsicht unserer Beziehung ähnelte. Keiner von uns beiden wollte die Kontrolle abgeben, jedenfalls nicht an den anderen. Nachdem Eliza gestorben und Nikolaj völlig von seiner Trauer übermannt worden war, hatte er sich mir ganz und gar überlassen. Ich sorgte für ihn, und er ließ es zu, weil ihn der erlittene Verlust ohnmächtig machte. Langsam hatte er sich wieder berappelt und damit immer ein Stückchen weiter von mir entfernt.

»Du bist einfach … Du benimmst dich abscheulich.«

»Warum bleibst du dann bei mir, wenn ich so abscheulich bin?«

»Nicht so laut, die Kinder …«

»Die schlafen. Sie müssten längst im Bett sein.«

»Willst du mir jetzt erklären, was gut für Kinder ist?«

»Wie meinst du das?«

»Ich wollte sofort nach dem Abendessen losfahren, aber du musstest ja unbedingt noch mit Rik in den Garten.«

»Ich hatte etwas mit ihm zu besprechen.«

»Etwas.«

»Ja, etwas, ja. Etwas Wichtiges.«

»Und wirst du mir auch sagen, was?«
»Nicht jetzt.«
Ich schaute ihn an, aber Nikolaj sah starr geradeaus. Gott sei Dank hatten wir inzwischen einen Teil der Strecke erreicht, auf dem sich zu beiden Seiten fahle Felder befanden, die ein breiter Graben von der Straße trennte. Nikolaj trat noch stärker aufs Gas.
»Fahr bitte etwas langsamer, okay?«
Plötzlich kam eine scharfe Kurve. Ich spannte den ganzen Körper an.
»Nikolaj!«

14.

Mischa

Gegenwart
Ich liebe dich, Mama.
Ich vermisse dich, Mama.
Wann kommst du nach Hause?
Als ich Gregorys Nachrichten las, musste ich wieder weinen. Er hatte mir auch ein paar Fotos von sich geschickt, und ich küsste das Display.

Meine Finger schwebten über den Buchstaben.
Ich liebe dich auch.
Ich vermisse dich.
Wir sehen uns bald wieder.
Sei lieb zu Oma.
Danach öffnete ich den Web-Browser und suchte nach Rezensionen zu *Mata Hari*. Mir war die Ehre zugefallen, in Kais neuem Werk die Titelrolle zu tanzen. Irgendwie empfand ich eine Verwandtschaft mit Mata Hari, die in Wirklichkeit Margaretha Geertruida Zelle hieß, eine exotische Tänzerin aus den Niederlanden, die die Franzosen 1917 der Spionage für schuldig befunden hatten. Sie wurde erschossen. Kais Ballett zeigte verschiedene Phasen ihres Lebens, vor allem aber ging es um Mata Hari als

Tänzerin und Doppelspionin, die ihre Verführungskünste einsetzte, um ihren vielen Geliebten Militärgeheimnisse zu entlocken. Eine echte *Femme fatale*, die durch ihren Verrat ihre große Liebe verlor.

In einer Rezension las ich, dass Anna die Premiere getanzt hatte, zusammen mit Matthias. Ich schloss die Seite wieder, weil ich zum Weiterlesen nicht imstande war. Ich hätte dort auf der Bühne stehen sollen, nicht sie. Auch wenn ich sie nicht gerade darum beneidete, dass sie mit Matthias hatte tanzen müssen. Matthias war ein begnadeter Tänzer, aber manchmal auch faul. Ich ärgerte mich maßlos darüber, wie oft er Pausen machte. Einmal hatte ich ihn darauf angesprochen, und er hatte erwidert, er habe alle Zeit der Welt. Gerade darin bestand das Problem. Ich hatte keine Zeit, ich wollte irgendwann nach Hause, zu meinem Kind, nur konnte ich das nicht laut sagen. *Selbst schuld, dass du Mutter geworden bist,* konnte ich ihn förmlich denken hören. Ich gehörte zu den wenigen Top-Solistinnen mit Kind. In unserer Welt lebte und atmete man den Tanz. Etwas anderes gab es nicht.

Wenn man ein Kind wollte, bedeutete das das unwiderrufliche Ende der Tanzkarriere. Zumindest für Frauen. Man hatte ganz einfach keine Zeit, keine Energie. Außerdem setzte eine Schwangerschaft dem Körper einer Ballerina sehr heftig zu. Eine Tänzerin konnte sich nicht sicher sein, jemals wieder ihr altes Niveau zu erreichen. Ich hatte allen zeigen wollen, dass das sehr wohl möglich war. In meinem Leben waren mir schon häufiger Dinge gelungen, die unmöglich schienen. Auch dieses Mal würde ich es schaffen, das hatte ich mir vorgenommen. Ich würde zu meiner alten Form zurückfinden und wieder auf der Bühne stehen.

Erneut betrachtete ich Gregorys Foto. Ich studierte sein Gesicht, als könnte ich von dem Bild ablesen, wie es ihm ging. Das Foto brachte mich auf eine Idee. Mithilfe der Kamerafunktion würde ich mich sehen können – bisher hatte man mir hier keinen Spiegel geben wollen.

Ich aktivierte die Kamera und stellte die Selfie-Funktion ein. Ein Jammerlaut entfuhr mir, und voller Abscheu betrachtete ich mich. Am ehesten glich ich einer Mumie. Nur Kinn, Lippen, Augen und Stirn waren zu sehen. Den Rest verbarg der Verband. Mein Gesicht war zweimal so dick wie sonst. Aufgedunsen. Und mein Haar, oder besser das, was davon übrig war, ragte wie ein armseliger Strauch darunter hervor.

Die Tür zur Schleuse öffnete sich, und wie ertappt legte ich das Handy hin. Der Ermittler. Ich war so sehr damit befasst gewesen, mich selbst zu betrachten, dass ich ihn in der Schleuse nicht gesehen hatte. Seine Anwesenheit war wie ein Überfall.

»Haben Sie …?«, fragte ich, noch immer ziemlich betäubt.

»Das Einverständnis der Ärzte? Natürlich. Sie können gern nachfragen.«

»Schon in Ordnung«, gab ich zurück. Vielleicht war es ja gut, wenn er mich in diesem Zustand sah: schwach, hilflos und am Ende. Alles durch Niks Schuld.

Ich war froh darüber, dass Willy den Ermittler gestern so zusammengestaucht hatte. Das hatte mir Zeit verschafft, darüber nachzudenken, was ich sagen sollte. Nie hätte ich geglaubt, die Rolle meines Lebens einmal in einem Krankenhausbett zu spielen statt auf der Bühne.

Er gab mir die Hand, was sich durch das Plastik komisch anfühlte, und deutete mit einem Nicken auf den Stuhl neben meinem Bett. »Darf ich?«

»Natürlich.«

Waanders setzte sich und schlug die kurzen Beine übereinander. Seine Füße berührten den Boden nicht. Das Ganze sah lächerlich aus. »Ich würde Ihnen gern ein paar Fragen stellen – jetzt, wo Sie das Vorgefallene noch frisch im Gedächtnis haben«, erklärte er.

»Das Haus ... es gehört uns nicht.« Waren wir versichert? Oder mussten die Eigentümer versichert sein? Ich hatte keine Ahnung. Noch mehr Sorgen. Ich fummelte am Laken herum. Das Licht schien mir so sehr in die Augen, war so grell.

»Das hat man mir bereits gesagt. Es gehört Ihren Freunden.«

»Wissen Sie schon, was ...?«

»Wir haben sie noch nicht erreichen können.«

»Es tut mir so schrecklich leid für sie. Ihre ganzen Sachen ...« Und unsere, obwohl sich das meiste noch in unserem Haus in London befand.

»Machen Sie sich deswegen keine Sorgen. Wie Sie schon sagten, es sind nur Sachen. Es hätte auch Tote geben können.« Er schwieg kurz. »Und wenn ich das richtig verstehe, hätte es wohl auch Tote geben sollen. Bitte verzeihen Sie mir, wenn ich das so direkt formuliere. Gestern haben Sie oder besser Ihre Mutter gesagt, dass Ihr Mann für den Brand verantwortlich ist, weil er Sie ermorden wollte. Stimmt das so?«

Ich nickte und sank in mich zusammen.

»Und warum glauben Sie das?«

»Ich ... Bitte?«

»Warum sollte er Sie ermorden wollen?« Der Ermittler schaute mich mit einem forschenden, durchdringenden Blick an.

»Ich wollte mich von ihm trennen.« Meine Wangen fühlten sich nass an, und mir wurde klar, dass ich weinte.

Waanders machte ein skeptisches Gesicht. »So hat Ihr Mann mir das nicht erzählt. Ihm zufolge war es genau andersherum: Er wollte *Sie* verlassen, weil Sie ein Alkoholproblem haben.«

Ich schnappte nach Luft. Beleidigt. Wütend. Empört. »Das ist eine Lüge.«

»Ich habe mit Kai van Wijnen gesprochen, und von ihm weiß ich, dass er Sie nicht wie vorgesehen als erste Solistin in der neuen Produktion einsetzen konnte.«

»Sie lügen.«

Aus der Tiefe meines Gedächtnisses tauchte eine Erinnerung auf. Kai, der mich nach der Probe beiseitegenommen und gesagt hatte, er wolle mich sprechen. Ich hatte genickt, war aber nach den Proben nicht zu ihm ins Büro, sondern nach Hause gegangen. Tief in meinem Inneren hatte ich gewusst, worum es in diesem Gespräch gehen würde. Ich wollte diesen Moment hinauszögern. Den Moment, in dem mein Untergang beginnen, in dem ich denselben Weg beschreiten würde wie die anderen großen Primaballerinas vor mir: Ich wurde von der jüngeren Generation eingeholt. Darum hatte ich zu Hause eine Flasche Wein geöffnet. Ich wollte den Augenblick selbst bestimmen und hatte mir vorgenommen, am nächsten Morgen zu Kai zu gehen und ihm mitzuteilen, dass es an der Zeit für mich sei, mit dem Tanzen aufzuhören. Ich wollte mir die Würde nicht nehmen lassen.

Aber all das brauchte Waanders nicht zu wissen. Ich

hatte schon vor langer Zeit gelernt, dass Offenheit und Ehrlichkeit nur verwundbar machten.

»Aus demselben Grund haben Sie auch das *Royal Ballet* verlassen. Ihr Alkoholmissbrauch wurde zum Problem.«

»Das stimmt nicht.«

»Warum sind Sie dann von dort weggegangen?«

»Ich wollte zurück in die Niederlande, weil ich Heimweh hatte. Am *Royal Ballet* hatte ich alle großen Rollen getanzt, alles erreicht, mich genug bewiesen.« Ich hatte wegen des Unfalls weggewollt, weil alles und jeder mich dort an meine Tochter erinnerte, doch das ging ihn nichts an.

»Sie leiden also nicht unter einem Alkoholproblem, wie alle sagen?«

»Es ist schon möglich, dass ich in der letzten Zeit etwas mehr trinke als normal, aber dafür gibt es einen Grund.« Ich fühlte mich hilflos, wie ein Käfer auf dem Rücken.

»Und der wäre?«

»Wie kann ich sicher sein, dass das, was ich Ihnen erzähle, nicht morgen in allen Zeitungen steht?«

»Das können Sie nicht. Aber ich stecke gerade in einer Ermittlung, also ...« Fragend schaute mich Waanders an.

»Wir sind vor Kurzem aus London nach Amsterdam gezogen. Alles ist neu, anders. Gregory muss sich an viele Dinge gewöhnen, an die Sprache, die neue Umgebung. Er vermisst seine Freunde ... Ich studiere gerade ein neues Ballett ein, und wir leben noch zwischen Umzugskartons. Die vergangenen paar Monate waren äußerst stressig«, kämpfte ich mich mühsam vorwärts.

»Und als wären das nicht schon genug Veränderungen, wollten Sie sich auch noch scheiden lassen.«

Es war schwierig, den Gesichtsausdruck seines Gegenübers gut zu erkennen, wenn man nur dessen Augen sehen konnte. Ich nickte und hielt mich zurück.

»Warum?«

»Das geht Sie nichts an.«

»Sie behaupten, Ihr Mann habe die Absicht gehabt, Sie zu ermorden, weil Sie sich scheiden lassen wollen. Da habe ich sehr gute Gründe, Ihnen diese Frage zu stellen, scheint mir.«

»Wie lautet auch wieder diese schöne Redensart – das Ende der Fahnenstange ist erreicht?«

»Meiner Erfahrung nach benutzen die Leute solche Platitüden vor allem, wenn sie sich nicht zum wahren Grund äußern wollen, oder zu mehreren wahren Gründen.« Bevor ich auf seine unverschämte Bemerkung reagieren konnte, fuhr er fort. »Gut, dann möchte ich, dass Sie mir jetzt erzählen, was am Abend des Feuers passiert ist.«

Ich schauderte. »Lieber nicht.«

»Ich verstehe durchaus, dass das unangenehm für Sie ist. Gut, Sie tranken also gerade Alkohol, als Ihr Mann nach Hause kam.« Ich spürte seine Ablehnung wie zwei kalte Hände an meinem Hals.

Ich warf ihm einen vernichtenden Blick zu. Versuchte er mich so aus der Reserve zu locken? »Ich hatte mir ein Gläschen Wein eingegossen, nachdem ich nach Hause gekommen war. Gregory war bei einem Freund auf Übernachtungsbesuch. Weil wir also endlich einmal allein waren, hatte ich vor, meinem Mann zu sagen, dass ich mich scheiden lassen wollte.«

»Und das haben Sie auch getan.«

»Ja.«

»Wie hat er reagiert?«

»Wir haben uns gestritten. Er wollte eine Paartherapie,

aber ich war dagegen. Für mich war nichts mehr zu machen, und ich habe gesagt, dass ich ausziehen würde, zusammen mit Gregory.«

»Wohin denn?«

»Zu meiner Mutter. Ich bin nach oben gegangen, um meine Sachen zu packen. Ich war entsetzlich müde von den Proben und dem Streit und muss mich wohl kurz auf Gregorys Bett gelegt haben, denn als ich wach wurde, war das ganze Schlafzimmer voller Rauch. Ich bin nach unten gegangen. Da war Nikolaj. Wir haben gekämpft, daran erinnere ich mich noch. Er hat mich gestoßen, und irgendwann muss ich das Bewusstsein verloren haben. Ich habe keine Ahnung, was danach passiert ist.«

»Einer der Feuerwehrmänner hat Sie gefunden. Im Garten hinter dem Haus. Haben Sie sich selbst in Sicherheit gebracht?«

»Daran kann ich mich nicht mehr erinnern. Wie ich gerade gesagt habe«, fügte ich hinzu.

Waanders stand auf. »Gut. Ich weiß fürs Erste genug.«

»Und jetzt?«

»Jetzt?«

»Ja, was werden Sie jetzt tun?«

»Die Ermittlungen weiterführen.«

»Das begreife ich nicht. Ich habe Ihnen doch gerade erzählt, was geschehen ist.«

»Ihr Wort allein reicht da nicht aus, fürchte ich.«

»Es muss aber doch Beweise geben. Wie nennt man das noch in der Fachsprache, forensisches Beweismaterial und ...«

»Zum jetzigen Zeitpunkt haben wir keinen einzigen Beweis für Brandstiftung finden können. Vermutlich ist das Feuer durch eine brennende Zigarette entstanden ...«

»Soll das heißen, Sie glauben mir nicht?«

»Sind Sie sich der Situation bewusst, Frau de Kooning? Ihr Mann gibt an, Sie hätten ihn umbringen wollen. Außer Ihren gegenseitigen Anschuldigungen haben wir keinen konkreten Beweis gefunden, der Ihre Aussagen untermauert.«

»War das gerade eine Frage, und erwarten Sie eine Antwort von mir? Ich habe Ihnen doch eben erzählt, dass Nikolaj mich niedergeschlagen hat ...«

»Dasselbe hat er über Sie gesagt.«

Ich lachte auf, kurz und scharf. »Nikolaj ist größer und stärker als ich.«

»Als das Feuer ausbrach, hat er geschlafen, behauptet er. Er wurde von dem Brandgeruch wach, und dann hat man ihn niedergeschlagen. Er hat eine Kopfplatzwunde.«

»Ach ja, dann habe ich ihm wohl mit der Pfanne eins übergebraten? Eine Kopfplatzwunde habe ich auch.«

»Während es brannte, ist Ihnen möglicherweise etwas auf den Kopf gefallen. Oder Sie haben sich die Wunde selbst zugefügt.«

»Das sind also Ihre Arbeitsmethoden? Sie denken sich solche Fantasiegeschichten aus?«, fragte ich voller Entsetzen.

»Ich suche nach Motiven. Ich führe mir mögliche Szenarien vor Augen, ja«, erwiderte Waanders unbeeindruckt.

»Und warum liege ich dann hier, so schwer verletzt?«

»Die perfekte Tarnung.«

Verblüfft schaute ich ihn an. »Mein Leben ist ein einziger Scherbenhaufen. Ich werde nie wieder tanzen können. Warum sollte ich ein solches Risiko eingehen?«

»Vielleicht lief das Ganze ja ein ganz klein wenig anders

ab, als Sie es geplant hatten. Ihr Mann kam früher dazu, es gab einen Kampf ...«

»Sagt er das?«

»Sehen Sie jetzt, wo mein Problem liegt? Sein Wort steht gegen das Ihre.«

»*Ihr* Problem? Sie machen Witze.«

»Ganz im Gegenteil. Ihnen ist offensichtlich nicht bewusst, dass Ihnen eventuell eine Gefängnisstrafe droht. Wenn Sie ein Geständnis ablegen, wirkt sich das zu Ihren Gunsten aus. Ich kann einen Psychologen kommen lassen, der Sie untersucht und möglicherweise ...«

»Was, möglicherweise? Möglicherweise werde ich dann für verrückt erklärt?«

»Sie haben einen Sohn. Da kann ein Jahr Gefängnisstrafe mehr oder weniger schon einen Unterschied bedeuten.«

»Als ob ich ihn noch zu Gesicht bekommen würde, wenn ich mal im Gefängnis gesessen habe.«

»Es lohnt sich, darüber nachzudenken.«

Wütend schüttelte ich den Kopf. Ich verschluckte mich, hustete und fasste mich dann wieder. »Sie können Nikolaj ausrichten, dass er nicht gewinnen wird, diesmal nicht.«

15.

Mischa

Elf Jahre vorher

Ich klopfte an Elizas Schlafzimmertür. »Jetzt mach schon. Steh auf, sonst kommst du wirklich noch zu spät. Manchmal fühle ich mich, als wäre ich deine Mutter«, meckerte ich. Nach unserem Riesenkrach gestern Abend hatte ich in Erwägung gezogen, sie einfach verschlafen zu lassen, aber das brachte ich nicht übers Herz. Aus dem Zimmer war lautes Stöhnen zu hören. Ich öffnete die Tür einen Spalt. Nikolaj war gestern Abend nicht geblieben, deswegen wusste ich mit Sicherheit, dass ich die beiden nicht nackt und ineinander verschlungen vorfinden würde. Oder Schlimmeres.

»Ich fühle mich nicht gut«, kam eine erstickte Stimme unter der Decke hervor.

»Das sind die Nerven«, kommentierte ich. Heute Abend war *Schwanensee*-Premiere.

»Ich glaube, am Essen war irgendwas schlecht. Es hatte einen komischen Beigeschmack.«

Ich hatte Nasi Goreng gemacht, meine Spezialität. Meine Mutter und John waren unerwartet zu Besuch gekommen und hatten ebenfalls mitgegessen. Den Kontakt zu meiner Mutter hatte ich schon eine Zeit lang stark heruntergeschraubt, obwohl das schwierig war, weil ich ihr natürlich ständig im Nationalballett über den Weg lief. Meine Mutter gab Eliza die Schuld für mein Verhalten. Ihr zufolge hetzte Eliza mich gegen sie auf. Nach einer intensiven Suche hatte Eliza ihre leibliche Mutter gefunden, aber auch die wusste angeblich nicht, wer ihr leiblicher Vater war. Wir sprachen viel über dieses Thema, und es stimmte, dass unsere Unterhaltungen in mir neue Gefühle der Wut, der Trauer und des Nichtbegreifens auslösten. Warum weigerte sich meine Mutter, mir zu sagen, wer mein Vater war? Sie wusste doch, wie wichtig es für mich war, seine Identität zu kennen. Aber Eliza und ich stützten uns gegenseitig, denn wir konnten nachvollziehen, was die andere durchmachte.

Ich war ganz verrückt nach John und vermutete, dass meine Mutter ihn aus diesem Grund mitgebracht hatte. Ihm konnte ich den Zutritt nicht verweigern. Seine Anwesenheit hatte allerdings nicht verhindern können, dass es gestern zu einem großen Streit gekommen war. Alles hatte begonnen, als sich Eliza nach dem Essen eine Zigarette anzündete. Seit dem Beginn ihrer Beziehung zu Nikolaj, der ebenfalls rauchte (und nicht nur Zigaretten), hatte sie damit angefangen.

»Machst du das bitte draußen auf dem Balkon?«, hatte meine Mutter Eliza gebeten und demonstrativ den Rauch weggewedelt.

»Das hier ist mein Haus. Wenn dir etwas nicht passt, kannst du gerne gehen«, hatte Eliza erwidert. Dabei schaute sie in meine Richtung, doch ich zuckte nur mit den Schultern. Von mir würde sie nichts als Beifall bekommen, und das wusste sie.

»Hältst du das wirklich für eine gute Idee?«, hatte meine Mutter gefragt und Elizas überdeutliche Provokation ignoriert.

»Warum denn nicht?«

»Wegen der Gesundheit.«

»Ich bin ja wohl nicht die einzige Tänzerin, die raucht.«

Damit hatte sie recht. Ballett war Hochleistungssport, und trotzdem gab es unter den Tänzern auffallend viele Raucher.

»Aber du gehörst zu den wenigen, die Hasch rauchen«, sagte John da. »Oder hast du vielleicht geglaubt, das merken wir nicht?« Mit »wir« meinte er das Nationalballett. »Deine Kleidung stinkt danach.«

Eliza zuckte erneut mit den Schultern.

»Es ist nicht gut für dich«, meinte meine Mutter.

»Machst du dir plötzlich Sorgen um meine Gesundheit?«

»Unter anderem, ja. Seit du Umgang mit Nikolaj ...«

Eliza beugte sich zu meiner Mutter hin und warf ihr einen wütenden Blick zu. »Willst du mir jetzt eine Predigt über richtige und falsche Freunde halten? Ich gehe jedenfalls nicht mit einem Fremden ins Bett und bin danach schwanger!« Dann hatte sie mir die Schachtel zugeworfen und gefragt, ob ich auch eine wolle.

»Mischa raucht doch nicht«, reagierte meine Mutter.

Demonstrativ steckte ich mir eine Zigarette an.

»Mischa ...«, sagte John.

Eliza lachte. »Ja, das hättest du von deinem kleinen Liebling nicht erwartet, was?«

»Vergiss nicht, für wen du arbeitest«, warnte John sie.

»Was willst du denn machen? Dich bei Hugo beschweren? Ach nein, warte, das hast du ja schon getan.« John war der Ballettmeister für *Schwanensee*.

»Das war nichts Persönliches«, sagte John.

»Das freut mich aber jetzt! Nur weißt du, ich merke, wie schwierig ich es finde, Privatleben und Beruf voneinander zu trennen. Jetzt sitzen wir hier und unterhalten uns gemütlich, und morgen kriege ich wieder ein Messer in den Rücken. Vielleicht ist es besser, wenn ihr nicht mehr kommt. Wir sollten das Ganze auf eine professionelle Ebene beschränken.«

»Wovon redet ihr überhaupt?«, fragte ich.

»John wollte nicht, dass ich die Hauptrolle bekomme. Stimmt's, John?«

»Richtig, das wollte ich nicht«, bestätigte John.

Triumphierend schaute mich Eliza an.

Meine Mutter stand auf. »Ich glaube, wir gehen jetzt besser, bevor die Dinge hier noch außer Kontrolle geraten. Eliza, ich kann dir nur raten, dir ein dickeres Fell zuzulegen. So etwas gehört nun einmal zum Leben einer professionellen Tänzerin dazu.«

Eliza streckte ihr die Zunge heraus.

»Warst du nicht ein bisschen zu extrem zu ihnen?«, fragte ich sie, nachdem die beiden gegangen waren. Auf dem Tisch herrschte ein Chaos aus schmutzigen Tellern, Töpfen, halb vollen Gläsern, zwei leeren Weinflaschen, Krabbencrackern, zerknitterten Servietten, Besteck, Schälchen mit Tomaten und Gurken.

Eliza verdrehte die Augen. »Also wirklich, willst du sie jetzt verteidigen? Aber lass nur, ich habe sowieso nichts anderes von dir erwartet.«

»Was soll das nun wieder heißen?« Ich war genauso verärgert wie sie.

»Du hast wirklich keine Ahnung, was?«

»Jetzt hör auf rumzueiern und sag, was los ist.«

»Du bist ganz einfach ihr Liebling.«

»Ja, natürlich bin ich ihr Liebling. Meine Mutter ist meine Mutter, und John ist wie ein Vater für mich. Für deine Eltern bist du auch der Liebling.«

»Das bezweifle ich stark, wenn ich mir die Gesamtsituation so betrachte, aber darum geht es jetzt nicht. Sondern darum, dass meine Eltern nicht am Nationalballett arbeiten.«

»Was willst du mir eigentlich sagen?« Das wusste ich natürlich, aber sie sollte es laut aussprechen.

»Du wirst einfach vorgezogen. Und ich bin nicht die Einzige, die das denkt.«

»Ich arbeite genauso hart wie ihr alle. Wenn ich wirklich schlecht wäre, hätte ich es niemals so weit gebracht, da hätte sich meine Mutter auf den Kopf stellen können. Außerdem hat man doch dich zur ersten Solistin gemacht, nicht mich«, fügte ich hinzu, bevor ich wütend aus dem Zimmer stapfte. Sollte sie doch sehen, wo sie mit ihren ungerechtfertigten Anschuldigungen blieb.

In der Nacht hatte ich kaum ein Auge zugetan. Das ungute Gefühl, das ich während der vergangenen Wochen, seit dem Anfang ihrer Beziehung zu Nik, häufiger empfand, nistete sich wieder in meiner Brust ein, wie eine hartnäckige Erkältung. Wir schienen uns voneinander zu entfernen. Schon seit Wochen waren wir nicht mehr unter uns gewesen, und wir sprachen kaum noch miteinander. Ich hatte keine Ahnung, was in ihr vorging. Und jetzt das. Es tat mir weh, dass auch sie glaubte, ich würde die Position meiner Mutter zu meinem Vorteil nutzen. Von anderen hatte ich das erwartet, aber von ihr … Was redete ihr Nik nur alles ein?

Elizas Stöhnen brachte mich in die Gegenwart zurück.

»Dann müsste ich doch aber auch krank sein? Außerdem hast du dich doch schon gestern nicht wohlgefühlt. Im Moment sind einfach alle krank, da geht was um. Los, du schluckst jetzt ein paar Tabletten, dann schaffst du's wieder.«

»Du musst für mich tanzen.«

»Jetzt stell dich nicht so an. Auf, raus aus dem Bett und unter die Dusche mit dir.«

Unter noch größerem Stöhnen wurde die Decke zurückgeschlagen. Eliza quälte sich aus dem Bett. »Tut mir leid wegen gestern Abend, ich hätte das alles nicht sagen dürfen.«

»Warum hast du es dann getan?«

Sie zuckte die Schultern. »Zu viel getrunken.«

»Du trinkst öfters mal zu viel, und dann verhältst du dich nicht so.«

Eliza seufzte. »Ich fühle mich einfach im Moment nicht wohl in meiner Haut, und das habe ich an dir ausgelassen.«

»Was ist denn los?«

»Ach, das Übliche eben – leibliche Mütter, die einen anlügen, was die wahre Identität des eigenen Erzeugers betrifft. Ich verstehe einfach nicht, wie du es mit dieser Person aushältst.« Mit »dieser Person« meinte Eliza meine Mutter.

»Manchmal ist es okay und manchmal weniger«, gab ich zurück. »Ich bin nicht umsonst nach London gegangen. Auch wenn die Sache bei mir ein bisschen anders aussieht. Meine leibliche Mutter hat mich großgezogen, und ich kenne es gar nicht anders, als dass ich nicht weiß, wer mein Vater ist. Du hast erst vor einem Jahr erfahren, dass ...«

Eliza brach in ein herzzerreißendes Schluchzen aus. »Woher nehmen sie sich das Recht, sich in mein Leben zu mischen, und dann ...?« Der Rest ihrer Worte ging in den Tränen unter, die ihr jetzt über die Wangen liefen. Ich setzte mich auf den Bettrand und umarmte sie.

»Kommen sie denn heute Abend zur Premiere?«, fragte ich, als sich Eliza beruhigt hatte.

»Das habe ich ihnen verboten.«

Genau wie Nik, dachte ich. Der hatte seiner Mutter bei seinem Debüt auch gesagt, sie dürfe nicht kommen. War das Zufall? »Und das haben sie akzeptiert?«

»Ich habe gedroht, ich gehe von der Bühne, wenn ich sie entdecke. Und das meine ich auch ganz ernst.«

Ich beschloss, nicht darauf einzugehen. »Los jetzt, du musst dich beeilen«, sagte ich und stand auf. »Ich fahre schon mal. Bis gleich.« Seit Eliza und Nikolaj ein Paar waren, schlief er sehr oft hier, und weil ich mir ihr Geschmuse nicht länger ansehen konnte als unbedingt nötig, war es zur Gewohnheit geworden, dass ich morgens allein zum Ballett radelte. Rein der Form halber bat mich Eliza immer, ich solle doch warten, aber eigentlich wollte das keiner von uns dreien.

»Warte kurz, ich muss dich noch etwas fragen.«

Ich wusste schon Bescheid. Ich hatte die beiden darüber reden hören. Die Wände hier waren entsetzlich dünn, hatte ich in den vergangenen Monaten festgestellt.

»Nikolaj muss bald raus aus der Wohnung, die er gemietet hat, und etwas Neues hat er noch nicht gefunden. Fändest du es schlimm, wenn er hier einzieht?«

Natürlich fand ich das schlimm. Schrecklich sogar. Ich durfte gar nicht daran denken. Meine beste Freundin und der Mann, in den ich verliebt war, zusammen in einem

Haus. Jeden Tag musste ich duldsam mitansehen, wie sie einander romantische Dinge zuflüsterten, Zukunftspläne schmiedeten und einander befummelten. Elizas Gekicher, wenn ihr Nikolaj die Füße massierte, rief Mordgelüste in mir hervor. Ich wohnte quasi im Nationalballett. Ihre Insider-Witze, gefolgt von der Bemerkung »Das dürfen wir nicht, das ist nicht schön für Mies«, um danach bei jedem weiteren Blick aufs Neue zu kichern, sodass sie mich zu einem dummen Lächeln und der Antwort zwangen, ich fände es gar nicht schlimm, haha. Ganz rasend machte mich das.

»Natürlich nicht! Das passt perfekt. Dian hat mich nämlich gefragt, ob ich bei ihr einziehen will, weil sie sonst die Miete nicht zusammenbekommt. Ich habe gesagt, ich überlege es mir, weil ich dich nicht im Stich lassen wollte, aber so ist das überhaupt kein Problem.«

Elizas Gesicht hellte sich auf. Es machte mir zu schaffen, dass sie meine Lüge so ohne Weiteres schluckte. Und es tat weh, dass sie nicht einmal aus Anstand protestierte. »Großartig.« Dann zog sie einen Schmollmund. »Aber vermissen werde ich dich.«

»Wir sehen uns doch jeden Tag beim Ballett«, meinte ich.

Erfreut klatschte sie in die Hände. »Ich rufe sofort Nikolaj an und erzähle es ihm.« Damit hüpfte sie ins Wohnzimmer.

»Ich dachte, dir geht es nicht gut ...«, sagte ich leise. Sobald ich ihr Gurren hörte und wusste, dass sie Nikolaj am Telefon hatte, machte ich mich auf den Weg. Ich trampelte die Treppe herunter und stellte mir vor, ihre Schädel unter meinen Füßen krachen zu hören. Draußen lehnte ich mich kurz an die Hauswand. So kannte ich mich gar nicht. Früher war »von Eifersucht verzehrt« einfach eine bedeutungslose Redensart für mich gewesen, jetzt jedoch wurden diese drei Worte harte, bittere Realität. Sie bildeten ein Dreieck, das mich gefangen hielt.

Während ich zum Musiktheater radelte, versuchte ich den Kopf freizubekommen, aber das gelang mir überhaupt nicht. Die Gedanken strömten immer wieder nach; wie Blätter im Herbst segelten sie mir vor die Füße. Zum ersten Mal im Leben bekam ich nicht, was ich wollte: nicht die Rolle, die ich wollte, nicht den Mann, den ich wollte. Ausgerechnet meine beste Freundin kriegte all das. Ich tat mein Möglichstes, um mich für sie zu freuen, aber jedes Mal, wenn ich sie tanzen sah, mit ihm, überzog der Neid wie Schweiß meine Haut.

Ich stopfte mein Rad zu den vielen anderen im Ständer. Drinnen war unglaublich viel los. Fieberhaft legte man letzte Hand an Kulissen und Kostüme. Bald nach mir erschien Eliza. Sie war sehr blass, und nachdem sie einige Übungen an der Stange absolviert hatte, erklärte sie, sie werde sich kurz hinlegen, damit sich ihr Magen etwas beruhigen konnte. Ich riet ihr, beim Physiotherapeuten vorbeizuschauen, vielleicht konnte der etwas für sie tun.

In den kommenden Stunden versuchte ich in aller Ruhe meine Muskeln zu strecken, mich aufzuwärmen und meine Rolle durchzugehen, doch ich konnte mich nur schwer konzentrieren. Um mich herum summte es nervös und hektisch, und ständig kamen und gingen Leute.

In der Kantine, wo ich zusammen mit den anderen Tänzern eine leichte Mahlzeit zu mir nahm, erschien John an unserem Tisch. Ganz kurz hatte ich Angst, er würde von gestern Abend anfangen, aber er erkundigte sich, ob ich wisse, wo Eliza steckte.

»Sie hat sich kurz hingelegt, aber muss sie nicht schon zur Anprobe?«, fragte ich mit einem Blick auf die Uhr.

»Schläft sie etwa?«, fragte John.

»Sie hat sich überhaupt nicht gut gefühlt.«

»Guter Gott, auch das noch. Kann denn nicht ein einziges Mal irgendetwas glattgehen, wenn wir Premiere haben?« Nervös flatterte er davon, gefolgt von hinter ihm herwehenden Halstüchern. Von seinem einst schönen und muskulösen Ballettkörper war leider nur wenig übrig geblieben, was er mit weiten Gewändern in bunten Farben kaschierte. Eliza und ich überlegten regelmäßig, ob er wohl etwas darunter trug. Keine zehn Minuten später war John wieder neben mir. »Du musst kommen.«

Wenn diese Anweisung von jemandem wie John kam, fragte man nicht nach, sondern folgte ihr. Trotz seiner Korpulenz bewegte er sich erstaunlich schnell. Wir liefen zum Zimmer des Physiotherapeuten, wo Eliza wie ein aus dem Nest gefallenes Vögelchen auf der Behandlungsliege saß. In ihrem weißen Schwanenkostüm. Im Zimmer roch es nach Erbrochenem.

»Sie hat eine ordentliche Spritze bekommen, aber die hilft nichts«, erklärte John. »Sie kann kaum aufrecht stehen, vom Tanzen ganz zu schweigen. Du musst ihre Rolle übernehmen.«

Eliza stöhnte. Ob das Protest oder Zustimmung bedeutete, wusste ich nicht.

Als Allererstes spürte ich eine riesige Aufregung, die irgendwo in meiner Magengrube explodierte. Das war meine Chance. Ich würde allen zeigen, dass sie ursprünglich die Falsche gewählt hatten. Ich nickte mit ernstem Gesicht und ließ nicht zu, dass mir die Freude die Lippen zu einem Lächeln verzog. Danach verspürte ich ganz kurz

Mitleid mit Eliza. Viel Zeit, um mich mit meinen Gefühlen auseinanderzusetzen, blieb mir jedoch nicht. Flinke, kundige Hände halfen mir ins Kostüm. Der weiße Tutu und das Mieder waren über und über mit Glitzersteinen verziert. Danach wurde ich in den Solistenflur geführt, um mich schminken zu lassen. Während ich dasaß und man sich mit mir befasste, versuchte ich mich einigermaßen zu beruhigen. Das Herz klopfte mir so stark, dass ich im Spiegel sehen zu können glaubte, wie sich mein Mieder auf und ab bewegte. Einige Kollegen hatten gehört, was los war, und kamen vorbei, um mir viel Glück zu wünschen.

Während mein Haar straff eingeflochten wurde, erschien meine Mutter im Türrahmen. Sie hatte deutlich weniger Probleme damit, ihre Freude zum Ausdruck zu bringen.

»Ich habe es gerade gehört – einfach großartig für dich«, meinte sie.

»Mam! Du bist aber früh dran.«

»Ich wollte dir schnell Hals- und Beinbruch wünschen, und auf dem Weg hierher bin ich Hugo begegnet. Er hat mir von der fantastischen Neuigkeit berichtet.« Dann wandte sie sich an die Maskenbildnerin. »Das Make-up muss noch dicker. Das Lampenlicht ist grell, und wenn sie schwitzt, läuft ihr sonst alles aus dem Gesicht.« Die Maskenbildnerin schaute kurz empört drein, befolgte aber die Anweisung meiner Mutter. Ich hatte das Gefühl, die Schminkschicht würde Risse bekommen, sobald ich auch nur einen Gesichtsmuskel bewegte.

»Alle wichtigen Promis sind gekommen. Und die Presse. Alle großen Zeitungen.«

»Danke schön, Mam, da fühle ich mich gleich ein ganzes Stück weniger nervös.«

»Nervosität ist …«

»… gut, weil sie den Körper auf das vorbereitet, was gleich kommt. Ja, ja, ich weiß.« Wie oft hatte ich sie das in den vergangenen Jahren wohl sagen hören? Trotzdem wurde das Bedürfnis, mir die Seele aus dem Leib zu kotzen, nicht weniger.

»So schnell kann's gehen. Gestern Abend war sie doch noch völlig in Ordnung? Gott sei Dank bist du nicht auch krank geworden.«

»Wie meinst du das?«

»Ihr wohnt zusammen. Bakterien oder Viren bleiben nicht bei einem Menschen«, erklärte meine Mutter schaudernd. »Ich sehe gleich mal nach, wie sie sich inzwischen fühlt.«

»Übrigens, kann ich eine Zeit lang bei euch wohnen?«

»Natürlich, Schatz, du bist immer bei uns willkommen, das weißt du doch. Aber warum?«

»Eliza und Nikolaj wollen zusammenziehen.«

»Und das bedeutet, du musst raus?«, fragte sie missbilligend.

»Ich will es selbst so«, gab ich zurück.

Jemand klopfte an die Tür. Eine Sekunde später streckte Hugo den Kopf um die Ecke. »Bist du so weit? In einer halben Stunde ist Einlass.«

Das bedeutete, dass ich noch kurz mit Nikolaj auf der Bühne üben konnte. Ich setzte die Kopfbedeckung mit den Federn auf. Im Spiegel erkannte ich mich kaum wieder. Nach einem letzten Blick ging ich in den Großen Saal. Auf dem Flur nahm ich aus den Augenwinkeln Eliza wahr. Sie stand in einem Bademantel da und zitterte am ganzen Körper. »Viel Erfolg«, sagte sie und warf mir eine Kusshand zu.

»Ich finde das Ganze so schlimm für dich«, beteuerte ich und wollte auf sie zugehen.

»Komm mir nicht zu nahe, sonst steckst du dich noch an. Und wer soll dann tanzen?«, wehrte sie mit einem schwachen Lächeln ab. »Wir sprechen später über alles. Beeil dich, du musst da raus.«

»Wirst du zuschauen?«

»Davon wird mich nichts und niemand abhalten.«

Nikolaj stand schon auf der Bühne und übte seine Tanzschritte. Bei meinem Anblick kam er auf mich zu.

»Es tut mir leid«, sagte ich.

»Du kannst doch aber nichts dafür?«

Er sah ein bisschen komisch aus, anders als sonst.

Was es genau war, konnte ich nicht sagen. Seine Augen wirkten wie vernebelt. Lag das an der Konzentration, oder hatte er etwas genommen? Ich hatte Gerüchte gehört, dass er vor jeder Vorstellung »etwas« einwarf, weil er dann besser tanzte.

»Nein, aber ich ... Du hast dich doch sicher darauf gefreut, mit Eliza zu tanzen.«

»Ja, das ist wahr. Aber jetzt werden wir heute Abend die Leute verzaubern. Das ist das Allerwichtigste.«

Natürlich war dieser Auftritt wichtig für ihn. Sein Debüt auf niederländischem Boden. Und nicht nur das: die Rückkehr des *Golden Boy*.

Und wir verzauberten die Leute. Verrückterweise wurde ich ganz kurz vor meinem Auftritt, als ich schon hinter den Kulissen stand, plötzlich wunderbar ruhig. Ich spähte zum Publikum hinaus. Der Saal war zum Bersten gefüllt. Alle schauten aufmerksam auf die Bühne. Ich dachte nicht an das, was schiefgehen könnte, und das war eine ganze Menge – ich könnte fallen, stolpern, meinen

Partner aus dem Gleichgewicht bringen, mir den Fuß verdrehen oder meine Tanzschritte vergessen. Wenn das passierte, würde es eine ganze Weile dauern, bis man mir wieder eine Hauptrolle anvertraute, wenn überhaupt. Stattdessen dachte ich daran, was dieser Abend für mich bedeutete. Ich wartete voller Ungeduld, konnte fast nicht stillstehen.

Der Moment, als ich die Bühne betrat, war wie verzaubert. Erwartungsvoller Applaus erklang. Ich nahm meine Position ein. Alle Augen waren auf mich gerichtet. Die ersten Takte der Musik erklangen. Wie von selbst bewegte ich mich. Es fühlte sich geschmeidiger, anmutiger, authentischer an als jemals zuvor. Zum ersten Mal in meinem Leben tanzte ich die Hauptrolle. Darauf hatte ich mein ganzes Leben lang hingearbeitet. Dafür war ich geboren, dafür war ich gemacht. Das hier konnte der Beginn meiner Karriere als erste Solistin sein.

Es gelang mir, die zweiunddreißig Pirouetten zu vollenden. Fehlerlos. Ich flog. Ich schwebte. Ich war high vom Adrenalin.

Danach folgte Beifall, der die Leute aus den Sitzen riss und minutenlang anhielt. Aus dem Augenwinkel sah ich John und meine Mutter. Sie wischte sich die Tränen aus den Augen. Ich warf ihr eine Kusshand zu.

16.

Nikolaj

Gegenwart
Das letzte Mal hatte ich nach dem Unfall in einem Krankenhausbett gelegen. Man behielt mich eine Nacht lang zur Beobachtung da, und am nächsten Morgen durfte ich gehen. Das vorletzte Mal war nach meiner Knieoperation gewesen. Mehr als unangenehm, weil ich monatelang nicht hatte tanzen können, aber damals wusste ich, ich würde wieder auf der Bühne stehen. Jetzt war das nicht sicher.

Wie hatte das nur alles so entsetzlich schiefgehen können? Mir blieb genug Zeit, um über diese Frage nachzudenken. Wegen der Schmerzen konnte ich kaum schlafen. Ich konnte mich nicht bewegen. Ich konnte nur in diesem blöden Bett liegen oder auf einem Stuhl sitzen und über mein Leben nachdenken. Über meine Entscheidungen, die mich hierhergeführt hatten. Entscheidungen, die ich für die richtigen gehalten hatte.

Auf meine Art hatte ich sie geliebt.
Auf ihre Art hatte sie mich geliebt.
Oder?
Wir waren das vollkommene Traumpaar. Dafür hielten

uns Freund und Feind, Presse und Publikum. Nach unserem ersten gemeinsamen Auftritt im *Schwanensee* hatte uns beinahe jede Zeitung so genannt.

> Mischa de Kooning und Nikolaj Iwanow scheinen wie füreinander gemacht. Ihre Bewegungen sind synchron, perfekt abgestimmt, und sie reagieren mit einer Anziehungskraft, Leidenschaft und Verlässlichkeit aufeinander, auf die manch ein Paar im Saal eifersüchtig gewesen sein dürfte. Es ist, als hätten sich zwei zusammengehörende und voneinander getrennte Teile wiedergefunden. De Kooning wirkt wie ein empfindsamer Schmetterling und besitzt große Ausdruckskraft. Ihre Bewegungen sind von einer berührenden Reinheit, während Iwanows kräftig und doch bedächtig ausfallen, nie zu viel, aber auch nie zu wenig. Er strahlt Macht aus und verkörpert den Prinzen perfekt. Iwanow ist ein Darsteller in Herz und Seele, mit perfekter Technik, mystischem Charisma und einer zuweilen furchteinflößenden Kraft, die aus einer anderen Welt zu stammen scheint. Eigentlich hätte Eliza Verhoeven die Hauptrolle tanzen sollen, doch am Tag der Premiere erkrankte sie. Die Vorstellung fällt schwer, dass Verhoeven die Rolle hätte besser tanzen können als Mischa de Kooning. Die Chemie zwischen ihr und Iwanow konnte man auch noch in den hintersten Reihen im Saal spüren.

Wer waren wir, wenn wir nicht zusammen tanzen konnten? Was ist ein Tänzer, wenn er nicht mehr tanzen kann? Diese Fragen hatte ich mir in der letzten Zeit so oft gestellt, dass ich fast wahnsinnig wurde. Ich versuchte sie mit Mischa zu diskutieren, doch sie wollte kein Wort davon hören.

Plötzlich hielt ich es nicht mehr im Bett aus. Das Weiß um mich herum war mir noch nie so steril, so kalt, so lieblos vorgekommen; als würden meine sämtlichen Gedanken darauf projiziert und zögen dort schmutzige, dunkle, hässliche Streifen. Oder besser gesagt, als ob jemand Beschuldigungen darauf niederschrieb.

Warum bist du kein guter Vater? Warum bist du ein solcher Egoist? Warum hörst du nie zu? Warum änderst du dich nicht? Warum habe ich das Gefühl, ich bin dir nicht wichtig? Warum liebst du mich nicht?

Mischa war die Stimme meines Gewissens geworden.

Ich kannte die Antworten und sprach sie auch laut aus. Und sie nahm mir die Antworten übel. Ich hatte sie nie belogen, mich nie verstellt, ihr nie falsche Versprechungen gemacht. Ich war immer ehrlich gewesen. Warum vermittelte sie mir dann, dass ich ein schrecklicher Schuft war?

Sie hatte es mir nie leicht gemacht, und ja, nach Elizas Tod hatte sie mich vor dem Abgrund gerettet, aber diese Schuld bezahlte ich bis zum heutigen Tag ab. Sie hätte nie schwanger werden dürfen, doch wenn ich nicht bei ihr geblieben wäre, hätte ich die gesamte Ballettwelt gegen mich aufgebracht. Ich konnte es mir nicht leisten, meine zweite Chance auch noch zu versauen.

Später hatte ich die Vorteile einer Ehe mit ihr begriffen. Vor allem wegen ihrer Mutter und John verfügte sie über ein weites Netzwerk, das uns viele Türen öffnete. Außerdem benutzte ich sie als Schutzschild, um andere Frauen auf Abstand zu halten, weil ich keine ernsthafte Beziehung mit ihnen anfangen konnte.

Bis heute habe ich Mischa im Verdacht, absichtlich schwanger geworden zu sein, auch wenn sie meine Vermutung immer abgestritten hat. Aber Frauen benutzen seit Jahrhunderten dieselbe Methode, um einen Mann an sich zu binden. Die traurige Wahrheit ist, dass ich nie Vater habe werden wollen, nicht nur, weil ich Angst hatte, die Fehler meines eigenen Vaters zu wiederholen, sondern auch weil ich meine gesamte Zeit und Energie darauf verwenden wollte, der größte und beste Tänzer meiner Generation zu werden. An dieser Einstellung änderte sich auch nach der Geburt der Kinder nichts. Unsere Gesellschaft hatte kein Verständnis dafür, wenn sich jemand nicht fortpflanzen wollte, aber so war es. Nach der Geburt der Zwillinge hatte ich mich deswegen auch sofort sterilisieren lassen, übrigens ohne Mischas Wissen.

Für Kinder muss man Opfer bringen, und ich war ausschließlich dazu bereit, für das Tanzen Opfer zu bringen. Nicht, dass ich meine Kinder nicht liebe, ich liebe sie sehr, wirklich sehr, und ich habe deswegen schon häufig Opfer für sie gebracht. Zu meinem eigenen Nachteil. Deswegen frage ich mich, ob ich nicht noch mehr hätte erreichen können, wenn sie nicht gewesen wären.

Mischa hält das für Unsinn. »Du hast doch alle großen Tanzrollen gehabt, du hast doch auf allen wichtigen Bühnen gestanden, mit den wichtigsten Leuten in diesen Kreisen gearbeitet, du bist gereist und hast Preise bekommen«, wirft sie mir dann vor die Füße. Damit hat sie recht, aber dadurch war ich auch nicht der Vater, der ich hätte sein wollen. Ich wollte es besser machen als mein Erzeuger, auch wenn dafür nicht viel nötig war. Geschlagen habe ich meine Kinder zwar nie, aber auf meine eigene Art war ich ein ebenso großer Egoist gewesen wie mein Vater. Unsere Kinder sind unserem Ehrgeiz zum Opfer gefallen, und da schließe ich Mischa ausdrücklich ein. Weil sie genauso wenig wie ich zu Hause bleiben wollte, als die Zwillinge auf der Welt waren, wurden sie zum größten Teil von Kindermädchen großgezogen. Wir haben Geburtstage versäumt, die ersten Schritte, das Schwimmabzeichen, Theateraufführungen. Wir haben sie nicht getröstet, wenn sie hingefallen sind, Zähne bekommen haben, mit Streitigkeiten umgehen mussten – selbst die alltäglichsten Dinge wie gemeinsam Frühstücken, Zähneputzen, Geschichtenvorlesen, Essen, Spielen, das Bringen zur und Abholen von der Schule haben wir oft nicht miterleben können, weil einer von uns beiden oder wir beide oft woanders waren. Und nicht nur wir bezahlten dafür einen Preis, sondern sie auch.

Wir hatten den Einfluss der Zwillinge auf unser Leben so gering wie möglich halten wollen, doch erst nach Nataljas Tod haben wir begriffen, dass Gregory und sie es gewesen waren, die unser Leben zusammenhielten.

Natalja.

Ich quälte mich aus dem Bett. Ich durfte jetzt nicht an sie denken.

Der Schmerz war riesengroß, als würde meine Haut langsam auseinandergerissen, aber er gehörte zum Hier und Jetzt, peinigte den Körper, nicht die Seele. Keuchend blieb ich stehen.

Hinter mir spielten die Monitore verrückt. Sie ließen mich spüren, dass ich an diversen Geräten festsaß und ohne Hilfe nicht weiterkommen würde. Ärgerlich riss ich mir einzelne Kabel ab. Plötzlich war es mir unglaublich wichtig, die wenigen Meter zum Sessel zu schaffen. Vorsichtig schlurfte ich vorwärts. Nirgendwo gab es einen Halt. Zugluft wirbelte mir um Zehen und Knöchel, was mir beinahe unmöglich erschien, denn hier drinnen war es brütend heiß. In der Schleuse nahm ich eine Bewegung wahr. Eine Krankenschwester, Jantien, warf mir böse Blicke zu. Sie schüttelte den Kopf, aber ich tat, als sähe ich sie gar nicht. Ich würde es nicht schaffen, wurde mir klar. Sie war schneller als ich.

Die Tür öffnete sich mit einem Summen.

»Herr Iwanow, Sie gehen jetzt sofort zurück ins Bett!«

»Ich will mich hinsetzen.«

»Wunderbar, aber Sie dürfen nicht allein aufstehen, und das wissen Sie auch ganz genau. Am Ende werden Sie noch ohnmächtig, und das wirft den Heilungsprozess ein ganzes Stück zurück. Und warum haben Sie alle Kabel abgemacht?«

Sie brauchte mich gar nicht zu überreden. Ich wollte nur zu gern zurück ins Bett. Alles um mich herum drehte sich, und mir wurde übel. Drei Schritte, und ich lag flach. Es war, als stünde die Realität grinsend in einer Zimmerecke und riebe sich vergnügt die Hände. *Hast du wirklich geglaubt, du würdest jemals wieder tanzen können? Hast du wirklich geglaubt, du könntest dein Leben ungestraft weiterführen?*

Ganz kurz schloss ich die Augen.

»Geht es?«

Ich nickte.

»Gut, dann schauen wir jetzt, wie wir Sie zurück ins Bett bekommen.«

»Wenn ich mich nicht täusche, hatten wir vereinbart, dass wir uns duzen. So alt bin ich doch nun auch wieder nicht?«

»Nein, nein«, erwiderte sie schnell. »Es ist nur ... Sie sind ja so was wie ein Prominenter, und ...«

»Und Prominente spricht man mit ›Sie‹ an.«

»Ja, so meinte ich das ungefähr.«

»Das ist aber nicht nötig, wir kennen uns ja inzwischen.«

Sie half mir ins Bett zurück und schloss mich wieder an die ganzen Apparate an. »So. Geschafft. Als wäre nichts passiert«, meinte sie.

Mein wie verrückt klopfendes Herz schien mir etwas anderes zu sagen.

»Darf ich dich etwas fragen?«, sagte ich noch etwas außer Atem. »Wie geht es Mischa? Ist sie schon bei Bewusstsein?«

»Ja. Es hat eine ganze Weile gedauert, aber inzwischen ist sie zum Glück wieder bei sich.«

»Und weißt du auch, ob die Polizei schon bei ihr gewesen ist?« Ich lag hier untätig herum und wartete ab. Ich brauchte jemanden, der mich mit Informationen versorgte, eine Spionin. Dieses Mädchen, naiv und von meiner Berühmtheit beeindruckt, wie sie war, erschien mir ideal. Krankenschwestern kamen überallhin, sie wussten alles, hörten alles. Und das konnte ich zu meinem Vorteil einsetzen.

Sie nickte.

»Weißt du, was da gesprochen wurde?«

»Ähm, ich kann nicht sagen, ob ich das … Ob es mir zusteht, das zu erzählen«, gab sie zurück. Sie fühlte sich ganz eindeutig unbehaglich. »Ich darf doch keinen Klatsch verbreiten«, fügte sie dann ein wenig von oben herab hinzu.

»Nein, nein, so habe ich das auch gar nicht gemeint. Es ist nur … Ich liege hier die ganze Zeit herum und werde noch verrückt, weil ich mir solche Sorgen mache. Niemand sagt mir etwas – weil man es nicht darf oder weil man es nicht will, das weiß ich nicht.«

Jantien zögerte kurz und strich eine Falte im Laken glatt. Dann kam es: »Sie sagt, Sie, du ... du hast es getan.«

Ich fluchte. Laut. Auf Russisch. Erschrocken machte Jantien einen Schritt rückwärts, und ich entschuldigte mich schnell auf Niederländisch. Sie schien mich nicht zu hören, sondern starrte mich mit großen Augen an. Plötzlich begriff ich ihre frühere Zurückhaltung, ihre Distanziertheit. »Du hast doch nicht etwa Angst vor mir?«

In diesem Moment gab ihr Piepser einen Ton von sich. Schnell ging sie aus dem Raum.

Ich dachte darüber nach, was sie mir erzählt hatte. Ich hätte wissen müssen, dass sich Mischa nicht so ohne Weiteres geschlagen gab. Wieder fluchte ich, diesmal innerlich. Gott, wäre ich ihr nur niemals begegnet. Es hatte eine Zeit gegeben, in der ich mich glücklich pries, sie zu haben – nach dem ersten Schock über die Schwangerschaft und darüber, was ich dadurch verlor. Jetzt empfand ich das genaue Gegenteil. Wie war es nur möglich, dass sich alles innerhalb weniger Sekunden verändern konnte? Die Kinder hatten uns zusammengebracht und danach wieder auseinandergetrieben. Seit diesem Moment bestimmte der Unfall unser Leben. Er lenkte es, übernahm es, vernichtete es. Unsere Beziehung, unser Status als Traumpaar: Alles wurde zerstört.

Man machte eine Geschichte aus uns. Ein fiktives Duo. Wir präsentierten uns als ideales Paar, das zusammen tanzt, lebt und arbeitet. Nach dem Unfall wurde das Ganze zu einer Lüge. »Der Unfall hat uns, so unglaublich das auch klingen mag, stärker gemacht«, blökten wir den Journalisten entgegen. »Wir sind uns der Zerbrechlichkeit des Lebens stärker bewusst geworden, der Tatsache, dass es jeden Moment vorbei sein kann, dass man jeden

Augenblick wertschätzen muss, dass wir noch so viel erreichen wollen, was das Tanzen betrifft, dass wir mehr Zeit miteinander und mit geliebten Menschen verbringen und der Welt zeigen wollen, wie Tanzen das Leben verändern kann.« Und noch mehr solchen Blödsinn.

Irgendwann war der Zeitpunkt gekommen, da glaubte ich unsere Geschichte selbst. Nicht, weil ich naiv gewesen wäre, denn Naivität ist in Russland ein Privileg der Lebensmüden; aber obwohl ich bisher mein Leben hin und wieder als schwierig empfunden hatte, war es überhaupt nicht schwer. Wenigstens war es authentisch.

Jetzt war alles eine Lüge. Ich hatte gedacht, ich würde mit einer Lüge leben können, ich wäre es Mischa schuldig, eine Lüge zu leben, wegen meiner Taten, zur Wiedergutmachung, aber so war es nicht.

Und deswegen gab es keine andere Option. Nur einen einzigen Weg des Entkommens.

17.

Nikolaj

Vor einem halben Jahr

Kai lehnte sich in seinen Sessel zurück, als wollte er sich schon allein körperlich von meiner Idee distanzieren. Wenn die Leute von ihm sprachen, nannten sie ihn »den Kaiser«. Das wusste er ganz ohne Zweifel, denn ihm blieb nichts verborgen. Sein Büro war noch chaotischer als zu Hugos Zeiten. Er teilte es sich mit seiner Sekretärin, meiner Schwiegermutter (die Bezeichnung »Sekretärin« umschrieb nur unzureichend, was sie tat, denn sie war seine rechte Hand). An den Wänden hingen Poster, manche von ihnen zeigten richtige Ikonen oder Schnappschüsse von Aufführungen, die einmal stattgefunden hatten, oder Entwürfe von künftigen Projekten. Eine der Wände war vollständig mit auf gefährliche Weise überquellenden Bücherregalen bedeckt. Ich stellte mir vor, wie wir Kai eines Tages finden würden, begraben unter einem Bücherberg. Sein Schreibtisch brach unter dem ganzen Wust an Papieren fast zusammen. Eine Pflanze schien sich ängstlich in eine freie Ecke verkrochen zu haben. In diesem Raum waren schon sehr viele Tränen geflossen und Freudenschreie ausgestoßen worden. Kai war ein ehemaliger Tänzer am

Niederländischen Nationalballett. Nach dem Ende seiner aktiven Karriere hatte er sich auf die Choreografie konzentriert. In den folgenden Jahren entwarf er die Choreo für diverse internationale Ballettkurse und Festivals. Er war Künstlerischer Direktor des *West Australian Ballet* gewesen und hatte nun den Direktorenposten am Nationalballett inne. Unter seiner Leitung hatte das Korps große Sprünge gemacht. Inzwischen gehörte es zu den fünf besten Tanzeinrichtungen mit neuen Produktionen und das Ensemble zu den drei besten weltweit.

Seit seiner Anstellung hatte er diverse künstlerische Entwicklungen in Gang gebracht und ausgebaut: Man hatte das abendfüllende Repertoire erneuert, wichtige Stücke in den Niederlanden auf die Bühne gebracht und dem Publikum neue Topchoreografen präsentiert, unter ihnen John.

Wir saßen an dem runden Tisch für Gespräche mit seinen Tänzern, Angestellten und anderen, die in irgendeiner Form mit dem Nationalballett zu tun hatten, von ehrenamtlichen Helfern bis hin zu Mäzenen und Vertretern von Betrieben.

»Ich verstehe das nicht, Nikolaj. Warum solltest du das wollen?« Mit »das« meinte er meinen Plan, die nächste größere Vorstellung mit Maja statt mit Mischa zu tanzen. Die andere geplante große Vorstellung sollte dann Mischa mit Matthias bestreiten, dem neuen Solisten, den man aus Paris geholt hatte. Diesen Vorschlag hatte ich Kai zumindest gerade unterbreitet.

»Ihr seid unser Traumpaar, unsere Stars«, fuhr er fort. »Die Leute kommen hierher ins Theater, um euch zusammen tanzen zu sehen. Das Traumpaar, das wie füreinander geschaffen ist, das so viele Schwierigkeiten überwunden hat. Das Publikum will euch sehen, weil es daran glauben will, dass Liebe Schicksal ist, dass Liebe alles überwindet, dass es Märchen wirklich gibt. Danach kehrt es in die Wirklichkeit des Alltags zurück und nimmt sein langweiliges Leben und den routinemäßigen Sex wieder auf.«

Weil das eine einzige große, widerliche Lüge ist, wollte ich sagen. Aber diese Wahrheit behielt ich wohlweislich für mich, weil sie alles zerstören würde, wofür ich so hart gearbeitet hatte. Seine Worte hinterließen einen ekligen, bitteren Geschmack in meinem Mund. Ich hatte dieses Bild selbst mitgeschaffen, aber jetzt zerbrach ich daran. Ich konnte nicht mehr. Ich musste mich von Mischa lösen, um weiterzukommen, aber das würde mir Mischa nie erlauben. Früher wäre das vielleicht einmal möglich gewesen, aber jetzt nicht mehr.

»Ich sage ja nicht, dass wir nie wieder miteinander tanzen werden, aber der Tag wird kommen, an dem wir zu alt für die Bühne sind. Unsere Körper halten viel weniger aus als noch vor zehn Jahren.«

»Darum gibt es ja auch andere Solisten. Ich verlange ja gar nicht von euch, alle großen Vorstellungen zu übernehmen.« Verständnislos schaute Kai mich an. Sein Handy summte, aber er ignorierte den Anruf.

»Ich glaube einfach, es wäre gut für uns. Wie schon gesagt: Wir werden älter, und ich habe Angst, dass wir irgendwann auf Autopilot tanzen, bequem werden, verstehst du?«

»Was ihr da abliefert, sieht alles andere als bequem aus«, erwiderte Kai.

Ich nickte zum Dank und lächelte dabei. »Ich brauche einen neuen Impuls. Eine andere Tänzerin als Mischa, eine jüngere, mit mehr Energie, jemanden, der mich fordert. Ich will wissen, ob ...«

»… du nach all den Jahren allein genauso gut bist wie mit ihr zusammen?«

»Ja, so etwas in der Art«, gab ich zurück. Und weil ich sie erwürgen würde, wenn ich noch mehr Zeit mit ihr verbringen musste.

»Ich darf den finanziellen Aspekt nicht aus dem Blick verlieren, Nikolaj. Und ihr beide zusammen bedeutet …« Er rieb Daumen und Zeigefinger aneinander.

Das war es also. Zeit für die harte Tour. »Hör mal, ich kann mich hier verwirklichen oder woanders.« In meinen Vertrag hatte ich eine Klausel aufnehmen lassen. Ihr zufolge durfte ich dreimal im Jahr auf das Angebot von anderen, internationalen Tanztruppen eingehen. Während meines ersten Engagements, am Bolschoi-Ballett, war ich jung und naiv gewesen, weshalb ich wegen meines Exklusivvertrags viele lukrative Angebote von großen Marken, anderen Ensembles, Firmen und Fernsehsendern nicht annehmen konnte. Diesen Fehler hatte ich kein zweites Mal gemacht, und damit war ich gut gefahren. Meine Teilnahme an der russischen Version einer international bekannten Tanztalentshow im Fernsehen hatte mir außer der Aufmerksamkeit viele neue und gut bezahlte Aufgaben beschert.

Kai kniff die Augen zusammen, als könne er so besser einschätzen, wie ernst ich es meinte. »Hast du darüber schon mit Mischa gesprochen?«

»Natürlich, und sie ist völlig meiner Meinung.« Mischa würde mich umbringen, wenn sie dahinterkam, was ich da hinter ihrem Rücken ausgeheckt hatte. Ich lehnte mich nach vorn, stützte die Ellenbogen auf den Tisch. »Ich möchte mich in Zukunft gern auf dem Gebiet der Choreografie weiterentwickeln. Ich will herausfinden, ob ich eine jüngere Generation begleiten, ob ich mit den jungen Leuten arbeiten kann. Ich brauche neue Inspiration. Die möchte ich mir gern hier holen. In Zukunft werde ich immer weniger tanzen, aber ich will nicht weniger arbeiten. Ich will Choreografien für neue Ballette entwickeln.« Als Jurymitglied in der Fernsehtalentshow war ich auf den Geschmack gekommen. Das betraf zwar kurze Tänze von höchstens einer Minute, aber ich hatte damit großen Erfolg gehabt.

Zeit für eine Charmeoffensive. »Du hast immer an mich geglaubt, Kai. Mich immer unterstützt. Dank dir habe ich der Tänzer werden können, der ich heute bin. Jetzt brauche ich wieder deine Hilfe, du musst mich in dieser neuen Phase meines Lebens begleiten. Ich kann deine Erfahrung gut gebrauchen. Ich habe große Pläne für die Zukunft, Kai. Und dieser Ort ist dafür ganz außergewöhnlich gut geeignet.« Am *Royal Ballet* hatte man mir diesen Platz nicht eingeräumt, aber das brauchte Kai nicht zu wissen. »Hier ist immer ein kreativer Nährboden für neue, kontroverse Ideen gewesen, vor allem, seit du das Steuer übernommen hast.« Ging ich damit zu weit? Klang ich aufrichtig genug? Kai durfte nicht auf den Gedanken kommen, dass ich mich über ihn lustig machte. Er war sehr empfänglich für Schmeicheleien, durchschaute es aber sofort, wenn man ihm nur Honig ums Maul schmierte. »Ich sehe doch, wie du mit den jungen Tänzern umgehst. Du gibst ihnen genau den Schubs, den sie brauchen. Das will ich auch lernen. Um als Choreograf arbeiten zu können, muss ich wissen, wie ich andere am besten motiviere.«

An dem kleinen Lächeln auf seinem Gesicht konnte ich erkennen, dass meine Worte Kai gefielen. »Ich muss darüber nachdenken.«

»Das verstehe ich. Wann darf ich denn mit deiner Antwort rechnen?«

»Das Ganze hat doch keine Eile?«

»Vielleicht kannst du es ja bei der nächsten Rollenverteilung ansprechen.« Es wäre nützlich, wenn Kai den Plan als seine eigene Idee präsentieren würde. Das brauchte sein Ego nun einmal.

»Und dein Wunsch hat nichts mit Mischas Alkoholmissbrauch zu tun? Willst du vielleicht so Abstand von ihr gewinnen?«

»Ich verstehe nicht, was du meinst.«

»Alles, was sie tut, fällt auf dich zurück.«

Ich machte eine wegwerfende Handbewegung. »In unserem Metier gibt es so viel Klatsch. Morgen geht es wieder um jemand anderen.«

Kai presste die Fingerspitzen aufeinander. Ein Zeichen dafür, dass er gleich ein schwieriges Thema anschneiden würde, das wusste ich aus Erfahrung.

»Du streitest es also nicht ab.«

»Was?«

»Dass sie trinkt.«

Das hatte ich auch nicht vorgehabt. Wenn er es nicht zur Sprache gebracht hätte, hätte ich das ganz behutsam getan. Mit den erforderlichen, vorgetäuschten Gefühlen natürlich. Ich musste als besorgter Ehemann erscheinen, der seine Frau trotz allem unterstützte. »Es ist ...«

»Kompliziert?«

Ich nickte. »Ich will nicht leugnen, dass es eine Rolle spielt. Es ist einfach nur entsetzlich, sie so kämpfen zu sehen, ohne dass ich ihr helfen kann.«

»Bisher habe ich nichts davon gesagt, weil es keinen Einfluss auf ihre Leistung hat, aber ...«

Und weil deine Sekretärin hier einen ganz bestimmten Einfluss hat, dachte ich.

Kai zog die Schultern hoch. »Braucht sie professionelle Hilfe?«

Ich sagte, was ich sagen musste, auch wenn ich nichts lieber gesehen hätte, als dass man sie aus der Truppe warf. Ich wusste nur noch nicht, ob mein Schicksal mit ihrem verbunden war, deswegen mein Plan. Auf diese Weise konnte ich mich langsam von ihr lösen und Kai und den anderen zeigen, dass ich allein genauso gut war wie mit Mischa, vielleicht sogar besser, und dann konnte ich mich auf eine neue Karriere konzentrieren.

»Nein, das ist nur eine Phase. Sie hat es gerade schwer. Nachdem Natalja ...« Ich beendete den Satz nicht und schwieg.

»Hat sie in London auch schon getrunken? Hat man euch darum so einfach gehen lassen?«

»Was soll denn plötzlich dieser Unsinn? Du hast doch schon vor Jahren versucht, uns wieder nach Amsterdam zu holen.«

»Gerade hast du selbst gesagt, ihr werdet älter.«

»Jetzt redest du Quatsch. Wir wurden doch medizinisch durchgecheckt. Und haben wir etwa schlechte Leistungen abgeliefert, seit wir hier sind?«, fragte ich grimmig. Das erste und bisher einzige Ballett, das wir getanzt hatten, war wochenlang Abend für Abend ausverkauft gewesen, und genau das sagte ich jetzt auch zu Kai.

»Ich wollte nicht, dass du dich aufregst«, gab er zurück. So klang bei ihm eine Entschuldigung. Für diesmal beließ ich es dabei. Schließlich musste ich dafür sorgen, dass er zufrieden blieb. Eine solche Situation war neu für mich. All die Jahre hatte ich Forderungen stellen können, weil ich als verkörpertes neues Versprechen galt. Jetzt hämmerten diese neuen Versprechen an meine Tür.

Ich stand auf und stellte mich ans Fenster. Von hier aus hatte man einen Panoramablick über die Amstel, von der Mageren Brücke bis zum Münzturm. Touristen fotografierten einander, Liebespärchen liefen Hand in Hand durch die Gegend, Radfahrer ignorierten rote Ampeln, eine Straßenbahn setzte sich unter lautem Läuten in Bewegung. Es wimmelte nur so von Fußgängern. Der Himmel wirkte dunkel und bedrohlich, hier und da spannten die Leute Regenschirme auf.

»Sie hat es unter Kontrolle. Sie kommt damit einfach leichter durch den Tag«, sagte ich.

»Sprich mit ihr darüber. Ich will nicht, dass der Alkohol zum Problem wird.«

Du vielleicht nicht. Ich schon, dachte ich.

Draußen ging eine Frau vorbei. Sie erinnerte mich an Eliza. Elegant und leichtfüßig. Ihr Pferdeschwanz tanzte auf ihrem Rücken. Ganz kurz stellte ich mir vor, ich würde neben ihr hergehen. Wie hätte unser Leben wohl ausgesehen, wenn sie nicht gestorben wäre? Die Frau bog um die Ecke und machte meinem Tagtraum damit ein Ende. Schmerz besaß manchmal einen ganz eigenen Zauber.

18.

Nikolaj

Gegenwart

Jantien löste die Wickelbinden. Schnell und routiniert, ohne jedes Zögern. An einer anderen Stelle tat Willy dasselbe. Ich hatte Jantien nach Mischa fragen wollen, aber eine innere Stimme hielt mich in Willys Gegenwart davon ab, weil sie mir weniger zugänglich schien.

Der Schmerz stürmte auf mich ein wie wild gewordene Pferde und zertrampelte meine Zuversicht, dass ich ihm widerstehen konnte. Er war mit nichts zu vergleichen, was ich kannte. Rasch holte ich Luft durch die Nase, weil ich gelernt hatte, dass der Schmerz abnahm, wenn man weiteratmete, und zwang mich, meine Wunden anzuschauen. Mit der Faust schlug ich auf die Matratze ein und stellte mir vor, ich träfe Mischas Gesicht.

»Zeit für die Virtual-Reality-Brille?«, erkundigte sich Jantien. Vor einer halben Stunde, als sie mir Morphium gespritzt hatte, damit ich den Verbandswechsel besser durchhielt, hatte sie mir von diesem neuen, gerade von der Klinik erworbenen Gerät erzählt. Ich konnte damit virtuell Paris erkunden oder ein Fußballspiel anschauen. »Die Brille stimuliert das Gehirn so stark, dass die Schmerzreize übertrumpft werden«, hatte Jantien mir erklärt.

»Noch nicht.« Ich lehnte die Brille nicht ab, um mich tapfer zu geben, auch wenn Jantien das wahrscheinlich glaubte. Ich musste den Schaden mit eigenen Augen sehen, als könnte ich erst dann glauben, dass es ihn wirklich gab.

Es war, als wäre das da mit dem schwammartigen Gelb und dem feuchtglänzenden Rot nicht mein Bein. Der hellbraune Leberfleck mit dem Aussehen eines kleinen ovalen Steins war weg. Meiner abergläubischen Oma zufolge bedeutete das Muttermal, das Glück wäre mir hold. Jetzt sah mein Bein aus wie ein modernes Gemälde voller wilder Farbstreifen, das ich einmal irgendwo gesehen hatte und das nun zum Leben erwacht war. Ich bemerkte, wie Willy auf den Überwachungsmonitor schaute, und brauchte ihrem Blick nicht zu folgen, um zu wissen, dass mein Herz wie verrückt arbeitete.

»Das Schöne am menschlichen Körper ist, dass das Ganze hier wieder vollständig verheilen wird, auch wenn man das jetzt gar nicht glauben will. Aber es geht sehr schnell.«

»Jetzt hätte ich doch gern die Brille.«

Willy nickte Jantien zu, und die verschwand im Nebenzimmer.

»Fußball? Oder lieber eine Shoppingtour in Paris?«, fragte sie.

»Ich gehöre zu den wenigen Männern, die nichts gegen Shopping haben. Wir Tänzer sind eitel, wie du sicher weißt.« *Wir Tänzer*, hatte ich gesagt. Ich war kein Tänzer mehr. Ich musste mit dem Tanzen aufhören. Dieser Moment hatte sich zwar schon abgezeichnet, aber ich hätte den Zeitpunkt lieber selbst bestimmt. Irgendwo, so seltsam es auch war, spürte ich gleichzeitig ein Fünkchen Erleichterung. Niemand würde mich mehr belästigen und fragen, wann ich denn aufhören würde – die Frage klang immer so unschuldig, implizierte jedoch, dass ich meinen Höhepunkt überschritten hatte, es selbst aber noch nicht einsehen wollte. Ich würde nicht mehr ewig weitermachen können, wäre aber nicht in der Lage, mich von dem Tanzrausch loszusagen, bis mich eines Tages die jüngere Generation überholte. Ich würde kein peinliches Gespräch mit Kai führen müssen, in dem er mir aufzuhören befahl. Ich hatte jetzt eine legitime Entschuldigung. Ich war gezwungen, an meinem Höhepunkt aufzuhören.

Ich hatte schon immer eine äußerst komplizierte Beziehung zum Ballett gehabt. Eigentlich glich sie eher einer Sucht. Ich wollte kein Balletttänzer sein, konnte aber nicht anders. Es war eine Droge, und meine Mutter hatte mich davon abhängig gemacht. Sie träumte große Träume für mich und hatte ihr ganzes Leben mir gewidmet. Damit ich einer Tanzausbildung folgen konnte, waren wir nach Moskau umgezogen, wo ich an der Bolschoi-Ballettakademie und später beim Bolschoi-Ballett angenommen wurde. Schon bald hielt mich das Korsett des Bolschoi-Balletts gefangen. Wenn ich tanzte, tat mir der ganze Körper weh. Wenn ich nicht tanzte, auch. Ich wollte aufhören, nur brachte mir dieses Leben nicht die Befreiung, nach der ich suchte. Am Anfang schon, denn es fühlte sich an wie Urlaub, und ich war frei und sorglos.

Aber nachdem die Erleichterung verebbt war, wurde die unbändige Freude durch die harte Erkenntnis ersetzt, dass ich mich selbst neu erfinden musste. Wer war ich denn, wenn ich kein Tänzer war? Wer wollte ich sein? Was wollte ich mit meinem Leben anfangen? Ich hatte keine Ahnung. Das befreiende, endlos scheinende Meer der Möglichkeiten, in dem ich glückselig herumschwamm, verwandelte sich in eine schwere See, äußerst erschöpfend; es verhieß eine Zukunft, die ich nicht sehen konnte. Machte ich mir selbst etwas vor? War es nur eine Phantomzukunft? Ich fühlte mich wie ein Flüchtling in einem fremden Land, der Heimat beraubt, ohne Ziel herumirrend und nicht in der Lage, mich verständlich zu machen. Es war zu mühsam, zu schwierig.

Deswegen war ich in die einzige Existenz zurückgekehrt, die mich jemals glücklich gemacht hatte. Die Begegnung mit Hugo und sein Angebot, einmal als Gasttänzer in einer seiner Ballettaufführungen aufzutreten, waren meine Rettung gewesen.

Danach hatte ich, vom Verlust meiner großen Liebe einmal abgesehen, nur Erfolge gekannt. Mehr, mehr, mehr. Alles, was ich berührte, verwandelte sich in Gold, so schien es zumindest. Hatte ich zu viel gewollt, hatte ich mich übernommen? Hatte ich auf zu vielen Gebieten erfolgreich sein wollen? Konnte man nur auf einem einzigen der Beste sein? Nein – den Gegenbeweis erbrachten eindrucksvoll Männer wie John und Kai.

War das hier also meine Strafe? Hatte ich das Ganze über mich selbst herabbeschworen?

Ich wusste keine Antworten auf diese Fragen. Doch, eine. Ich hatte es schon wieder verbockt, nur diesmal auf eine ganz andere Art und Weise.

19.

Mischa

Vor elf Jahren

Ein kollektiver Schreckenslaut durchlief den Saal, als Eliza stolperte. Neben mir fluchte John. Es gelang ihr, nicht das Gleichgewicht zu verlieren, sodass sie nicht auf dem Hintern landete, aber es fehlte nicht viel. Aus den Kulissen schaute ich zu. Ich sah, wie ganz kurz ein Ausdruck des Ärgers in Nikolajs Gesicht aufblitzte, und Eliza entging seine Mimik ganz ohne Zweifel auch nicht. Ein Fehler wie dieser war wie ein Fehler beim Schlittschuhlaufen auf fünfhundert Meter: So etwas kostete einen den Sieg.

Ich hatte Mitleid mit ihr, verspürte jedoch zugleich einen Stich des Triumphs, was mich anwiderte.

Eliza hatte sich von ihrer heftigen Grippe erholt, die gut eine Woche angedauert hatte, und Hugo hatte entschieden, sie könne ihre Rolle wieder übernehmen.

Aber was war nur mit ihr los? Sie war nicht wie sonst. Ihre Bewegungen wirkten hölzern und unsicher. Die Nachwehen der Grippe? Nein, unmöglich. Während der Proben hatte es keine Probleme gegeben.

Hinter mir tauschten sich die Mitglieder des Corps de

Ballet in einem lebhaften Flüstern über den Vorfall aus, bis John sie ermahnte, sie sollten still sein.

Das Orchester presste die letzten Klänge hervor, der Vorhang fiel. Der Applaus brach los. Der Vorhang hob sich wieder, und Eliza und Nikolaj betraten als Letzte erneut die Bühne. Als sie sich verbeugten, schwoll der Beifall an, und ich wusste nicht, ob er ehrlich oder höflich gemeint war. Oder schlimmer noch: ob die Leute aus Mitleid klatschten. Das Publikum scherte sich wenig um Fehler, außer am Premierenabend, wenn der Saal voller erfahrener Kritiker und Presseleute saß. Aber für das Corps, für Eliza, war es schrecklich. Jetzt würden die Leute im Foyer nicht über die prächtige Vorstellung sprechen, die sie soeben genossen hatten, sondern darüber, dass Eliza gestolpert war.

»Sie ist fast gefallen, hast du das gesehen? Schlimm, so was.«

»Man kann ja auch nicht erwarten, dass jemand so lange ohne einen einzigen Fehler tanzt.«

»Ich habe wirklich die Luft angehalten – ich dachte, gleich liegt sie da.«

Und zusammen mit den Glückwünschen kamen auch die mitleidigen Blicke, auch wenn einem die anderen noch so nachdrücklich versicherten, dass man nichts dafür konnte und so etwas den Besten passierte. Dann musste man mit aller Gewalt die Tränen zurückhalten und so tun, als wäre nichts, bis man einen Krampf im Kiefer bekam, und das, obwohl man am allerliebsten durch die Hintertür nach draußen geschlüpft wäre, um sich zu Hause im Bett zu verkriechen und vor seinem inneren Auge jeden einzelnen Tanzschritt unzählige Male ablaufen zu lassen. Man wollte unbedingt herausfinden, wie es hatte schiefgehen können.

So weit das Publikum. Intern sah die Sache natürlich ganz anders aus.

Eliza war schon auf dem Weg in die Kulissen, bevor der Vorhang beim zweiten Niedergehen den Boden berührte. Sie wollte sofort weiter in die Garderobe, aber John packte sie am Oberarm und hielt sie fest. »Was war verdammt noch mal gerade mit dir los? So schlecht habe ich dich noch nie tanzen sehen. Das war kein Ballett, das war ...«

»Ich weiß es nicht.« Eliza weinte, und ich schaute zu Boden, nicht in Johns Gesicht.

»Das war einfach allerunterstes Niveau.«

In den Kulissen herrschte reger Betrieb. Einige von uns schauten weg, andere beobachteten fasziniert das Geschehen. Auch ich konnte den Blick nun nicht von John und Eliza abwenden. Nikolaj erschien ebenfalls. Unsere Blicke kreuzten sich, doch es war dunkel, und ich konnte seinen Gesichtsausdruck nicht gut erkennen. Mir fiel auf, dass er Eliza nicht zu Hilfe kam.

»Du hast mich lächerlich gemacht.«

»Ich weiß, es tut mir leid ...«

John hatte sich noch nicht beruhigt. »War das überhaupt eine echte Grippe, Eliza? Oder lag es an deinem Gekiffe? Hast du vor der Aufführung etwas geraucht?«

»Das ist es nicht, ich ...«

»Was denn sonst?«

Eliza schaute auf, zu mir hin. Unwillkürlich erschrak ich.

»Beim nächsten Mal ...«

»Es wird kein nächstes Mal geben. Ich kann mir nicht noch so eine schlechte Aufführung leisten, das war schlechte Werbung vom Feinsten. Was du dir da geleistet hast, spricht sich herum. Dieses Ballett ist der Höhepunkt des Jahres, und was darüber reinkommt, macht die Hälfte unserer Jahreseinnahmen aus. Hast du überhaupt eine Vorstellung davon, was ...«

»John, genug jetzt!«, erklang Hugos Stimme. Er lächelte Eliza ermutigend an, und sie stand wie ein geprügelter Hund dabei. Hugo packte Eliza am Ellenbogen und führte sie weg.

»Morgen tanzt du«, wandte sich John an mich.

»Aber ...«

»Mach dir keine Sorgen, alles wird gut. Du hast es verdient, da oben auf der Bühne zu stehen.« Dann lief er Hugo hinterher.

Ich schaute zu Nikolaj hin. Hatte er Johns Worte gehört? Warum hatte er seine Tirade nicht unterbrochen? Und warum hatte ich das nicht getan?

Als ich mich umdrehte, brach hinter mir das Stimmengewirr los. Die anderen besaßen nicht einmal den Anstand, damit zu warten, bis ich ganz außer Sicht war. Ich schlüpfte in die Garderobe, wo sich Eliza auf einem Stuhl vor dem Spiegel zusammengekauert hatte. Ihre schmalen Schultern bebten.

Ich kniete mich neben sie. »Komm, Eliza, jetzt wein doch nicht.« Obwohl aus unserer ehemals engen Freundschaft wegen Nik eine eher lose geworden war, wollte ich Eliza trösten.

Sie schaute auf, und die Tränen sorgten für den Eindruck, als hätte sie ihr Make-up ohne Spiegel angebracht. Ich reichte ihr ein Taschentuch, und sie putzte sich lautstark die Nase. »Sei ehrlich: Wie schlimm war es?«

»Ich ...« Während ich nach Worten suchte, verfluchte ich meine Eile. Ich hätte mich besser vorbereiten müssen, kurz darüber nachdenken, was ich zu ihr sagen konnte, um sie aufzumuntern. »Das war doch nur eine Momentaufnahme. John hätte nicht so mit dir reden dürfen, und ...«

»Warum denn nicht? Er hat schließlich recht.«

»Du weißt doch, wie er ist, er lässt sich völlig von seinen Emotionen leiten. Ich bin ganz sicher, sobald er sich ein bisschen beruhigt hat, kommt er zu dir und entschuldigt sich.« Glaubte ich das wirklich? Eliza war nicht die Erste, die eine solche Reaktion abbekam. Man konnte über John sagen, was man wollte, aber er war streng und ehrlich, und recht hatte er immer. Er verlangte, dass man hundertzehn Prozent gab. Ein Kompliment von ihm war die höchstmögliche Auszeichnung.

Eliza zerknäulte ihr Taschentuch und warf es gegen den Spiegel. »Ich wäre jetzt gern kurz allein.«

Erstaunt schaute ich sie an. Warum stieß sie mich jetzt von sich?

»Komm, ich ...«

»Es ist lieb gemeint, Mies, aber lass mich kurz in Ruhe, okay? Ich kann jetzt nicht ...«

»Was kannst du nicht?«

»Muss ich dir das wirklich erklären?«

Ich nickte.

»Ich kann deinen Anblick gerade einfach nicht ertragen. John hat recht behalten, oder etwa nicht?«

Nahm sie mir das etwa übel? »Lies ... Bitte sei nicht so.«

Eliza beugte sich vor und nahm sich etwas Watte, um sich abzuschminken.

Ich stand auf. »Soll ich Nikolaj zu dir schicken?« Es gelang mir nicht ganz zu verbergen, dass ich verletzt war.

Eliza lachte auf. Bitter. »Bloß nicht. Er war noch wütender auf mich als John.« Sie rieb sich über die Oberarme. Blaue Flecken waren darauf zu sehen, so groß wie Fingerabdrücke.

»Lies, was ist da passiert? Hat Nikolaj das getan?« Ich wollte sie berühren, mir die blauen Flecken genauer ansehen, als würde ich auf diese Weise dahinterkommen, was genau vorgefallen war, doch sie wehrte mich ab.

»Das passiert einfach so beim Tanzen …«

»Jetzt erzähl doch keinen Quatsch, vom Tanzen kommt so etwas nicht.« Zuweilen packte der Partner zu fest zu, manchmal hatte man bei einem Sprung oder einer anderen Bewegung zu viel Schwung, und dann geschahen solche Dinge, das gehörte dazu. Aber gerade eben auf der Bühne hatte es nicht eine Situation dieser Art gegeben. »Das sind doch richtig schlimme Hämatome.«

»Er war einfach wütend, und das zu Recht. In der Pause hat er mich hinter den Kulissen festgehalten, mich geschüttelt und gefragt, was mit mir los wäre, sonst nichts. Als er gemerkt hat, dass er mir wehtut, tat ihm das sofort leid. Ich kann ihn verstehen. Das hier ist so unglaublich wichtig für ihn.«

Und für dich vielleicht nicht?, wollte ich fragen. Den ersten Teil nahm ich ihr ab, beim zweiten hatte ich so meine Zweifel. Nikolaj war ein Mann mit einer heftigen Gefühlswelt, und die hielt er nicht zurück, auch wenn jemand anderes sie abbekam.

»Ich bin seine Muse, sagt er immer, und jetzt habe ich ihn enttäuscht.«

Als ich das hörte, musste ich mich fast übergeben. Seine Muse, verdammt noch mal. Ich schluckte meinen Ärger herunter. »Beim nächsten Mal haust du ihm direkt eine in die Fresse. Und wenn du es nicht machst, übernehme ich das.«

Jetzt erschien tatsächlich ein kleines Lächeln auf ihrem Gesicht. Das tat mir gut. Als ich Anstalten machte, die Garderobe zu verlassen, wie sie mich gebeten hatte, sagte sie in dem Moment, als ich die Tür öffnete: »Herzlichen Glückwunsch zu deinem Aufstieg.«

»Glaub mir, Lies: Nächstes Mal bist ganz einfach wieder du an der Reihe.«

Sie sagte nichts, schaute mich nur über den Spiegel an. Ich schlug als Erste die Augen nieder und glitt aus dem Raum. Dann fuhr ich mit dem Aufzug nach oben, zu Hugos Büro, weil ich dort meine Mutter zu finden hoffte. Wie immer stand seine Tür offen, und aus dem Zimmer fielen Schatten auf die gegenüberliegende Flurwand. Leise Musik war zu hören, und ich begriff: Der Fernseher lief. *Schwanensee.* Im Hintergrund gab jemand Anweisungen. Ich erkannte Johns Stimme und schlussfolgerte, dass sich Hugo gerade Aufnahmen der Generalprobe ansah.

Dann hörte ich, wie er mit jemandem sprach. »Siehst du, siehst du, da! Einfach fantastisch. Da bekommt man Gänsehaut. Wie sie tanzt ... Beinahe kommen mir die Tränen bei dem Anblick, so graziös, so zierlich, so ... zerbrechlich ist sie. Es ist fast, als hätte da heute Abend eine andere Tänzerin auf der Bühne gestanden.«

Ich erinnerte mich an diesen Nachmittag. Eine Durchlaufprobe des zweiten Aktes hatte auf dem Plan gestanden, und das bedeutete, dass jeder anwesend sein musste, der in der Aufführung eine Rolle innehatte. Und das betraf viele. Alle Wände im Saal waren mit Taschen und Tänzern belegt, die auf dem Boden saßen, standen oder Dehnübungen machten. Nur der Spiegel, der sich über eine ganze Wand erstreckte, blieb frei.

»Ich hoffe, wir schaffen es, den ganzen Akt durchzukriegen, damit alle an die Reihe kommen. Klappen wird das nicht, fürchte ich, aber wer gerade nicht dran ist, kann immer die Rolle in der anderen Besetzung mittanzen, okay?«, hatte uns Hugo angewiesen.

Ich war zweite Besetzung, und das bedeutete, ich würde im Hintergrund dieselben Schritte absolvieren können wie Eliza.

Hugo unterbrach die Probe immer wieder, um uns Anweisungen zu geben. Die Temperatur im Studio stieg rasch an. Es herrschte Unruhe. Die Atmosphäre veränderte sich, sobald Eliza und Nikolaj ihr Solo tanzten. Gespräche verstummten, Tänzer hielten in ihren Bewegungen inne. Alle Augen waren auf Eliza und Nikolaj gerichtet. Atemlos schauten wir ihnen zu. Eliza und Nikolaj verzauberten uns mit ihrem magischen Tanz, und wir konnten nur voller Bewunderung dabeistehen.

»Ich nehme da tatsächlich eine andere Tänzerin wahr als du. Sie ist körperlich stark, mit guter Technik, aber von der Persönlichkeit her finde ich sie langweilig. Da fehlt der Ausdruck«, meinte John.

»Ihre Verlegenheit behindert sie. Stell dir vor, du müsstest das leisten, so die Verführerin spielen, das Idealbild eines jeden Mannes. Da ist sie einfach zugeklappt wie eine Auster.«

»Also, das ist wohl der schönste Euphemismus für Drogenmissbrauch, den ich jemals gehört habe.« John lachte.

»Wovon sprichst du?«

»Du liebe Güte, Hugo, wie viel Geld bekommst du denn von ihren reichen Eltern, dass du so tust, als würdest du nicht sehen, dass ihr Freund sie alles andere als positiv beeinflusst?«

»Das hat damit nichts zu tun.«

»Natürlich nicht«, gab John sarkastisch zurück.

»Vergiss nicht, wer von uns beiden hier der Direktor ist, John.«

Mir war bewusst, dass ich die beiden schamlos belauschte, deswegen schaute ich mich sicherheitshalber um, damit mich auch niemand erwischte.

»Ich will nicht mehr mit ihr arbeiten. Ich finde sie zu wenig interessant«, gab John halb nach.

»Ich habe viel in sie investiert. Sie trägt das Potenzial in sich, eine große Tänzerin zu werden, eine wirklich große.«

Diese Worte stürzten wie Felsbrocken auf mich herab. *Und ich?* Eine innere Stimme sagte mir, ich solle lieber gehen, bevor ich noch mehr Dinge hören würde, die ich nicht hören wollte.

»Ich habe Mischa die Rolle gegeben.«

»Verdammt noch mal, John, das steht dir nicht zu, und das weißt du auch ganz genau. Das haben wir doch schon tausendmal besprochen!«

»Ich will bestimmen können, wer welche Rolle bekommt.«

»Das musst du dann irgendwo anders tun, hier jedenfalls nicht.«

»Was für ein Problem hast du denn mit Mischa?«

»Gar keins. Sie besitzt große Fähigkeiten, und sie hat viel gelernt. Von der Ausführung her ist niemand besser als sie. Mischa arbeitet hart.«

Fähigkeiten? Viel gelernt? Du lieber Gott, ich wurde dargestellt wie das Küchenmädchen beim Ballett. Ich wollte mehr sein als das. Und warum wirkten seine Worte auf mich, als könnte ihnen jeden Augenblick ein riesiges Aber folgen?

»Gut, also?«

»Nochmals: Eliza behält die Rolle.«

Jetzt hörte ich John fluchen. Das Gespräch entwickelte sich ganz eindeutig zu einem Streit. Schnell machte ich mich davon, bevor noch einer der beiden aus dem Zimmer stürmen und mich erwischen würde.

20.

Mischa

Gegenwart

Ich hörte Stimmen. Die meiner Mutter und eine zweite, die mir vage bekannt vorkam. Sie sprachen in gedämpftem Ton, doch ich spürte trotzdem, dass hier etwas faul war.

Ich musste eingeschlafen sein. Jetzt spähte ich durch meine Wimpern hindurch. Meine Mutter und der Ermittler standen einige Meter von meinem Bett entfernt. Das sah ein bisschen komisch aus: Meine Mutter überragte Waanders um Längen, sodass es wirkte, als würde sie ein Kind zur Ordnung rufen.

»Sie haben ja keine Ahnung, was meine Tochter hat durchstehen müssen. Alles seine Schuld. Wie können Sie es wagen, meine Tochter zu beschuldigen, sie hätte …?«

»Langsam, langsam. Ich habe nur gesagt, dass ich Ermittlungen in Bezug auf die Brandursache durchführe. Ihrem Schwiegersohn zufolge hat Ihre Tochter das Haus in Brand gesteckt, weil sie ihn ermorden wollte. Eine schwere Anschuldigung, und nun ist es meine Aufgabe …«

»Sie verschwenden Ihre Zeit.« Meine Mutter wischte seine Worte mit einer dramatischen Geste weg. »Das Ganze macht mich so entsetzlich wütend. Ich wusste von

Anfang an, dass mit diesem Kerl etwas ganz und gar nicht in Ordnung ist. Ich konnte meine Tochter nicht beschützen, deshalb ist es so weit gekommen. Fast wäre sie gestorben. Mit großer Wahrscheinlichkeit wird sie nie wieder tanzen können.«

»Was genau meinen Sie mit ›ganz und gar nicht in Ordnung‹?«

»Er ist von Mischa besessen. Bevor sie ihn kannte, hatte sie viele Freunde, und mich ... Wir hatten eine innige Beziehung, meine Tochter und ich. Das hat Nikolaj nicht ertragen. Er war eifersüchtig und besitzergreifend, und langsam aber sicher hat er sie isoliert. Nicht nur von mir, auch von ihren Freunden. Sie sind sogar nach London gegangen, damit ich ... Ich habe meine Tochter und meine Enkelkinder kaum zu Gesicht bekommen. Und wenn ich zu Besuch in London war, hatte Mischa immer so viele Proben und Aufführungen.«

Arme Mama, dachte ich. Es war nicht Nikolaj, der mich gezwungen hatte, auf Distanz zu ihr zu gehen – das war meine eigene Entscheidung gewesen. Ihr ganzes Leben hatte sie mir geweiht, oder besser gesagt meiner Tanzkarriere, aber sie machte mich völlig wahnsinnig. Nicht ohne Grund war ich mit Eliza zusammengezogen, obwohl meine Mutter auch in Amsterdam wohnte. Und selbst danach war sie in meinem Leben noch zu sehr präsent. »Mischa, solltest du nicht ...? Mischa, wäre es nicht besser, wenn du ...? Mischa, meinst du wirklich ...? Mischa, an deiner Stelle würde ich ... Mischa, jetzt hör mir doch endlich mal zu ... Mischa, es geht mich ja wirklich nichts an, aber ...«

Ständig stand sie bei uns vor der Tür, oder ich begegnete ihr am Nationalballett. Angeblich rein zufällig, aber wir wussten es beide besser. »Isst du auch genug? Reichen deine Ruhezeiten aus? Nimmst du die Vitamine, die ich dir gegeben habe? Die Mädchen haben mir erzählt, dass ihr gestern Abend ausgegangen seid – war das wirklich eine so gute Idee? Du hast doch gerade einen so vollen Probenplan. Es sind ganz viele Leute scharf auf deine Position, das weißt du ja wohl?«

Nach der Geburt der Zwillinge wurde alles nur noch schlimmer. Sie bot an, auf die beiden aufzupassen, und ich konnte das anstandshalber nicht ablehnen. Entweder wir nahmen eine entsetzlich teure Krippe in Anspruch, die wir einfach nicht bezahlen konnten, oder meine Mutter. Sie erledigte die Wäsche, putzte und kochte.

Das Angebot des *Royal Ballet* in London war in mehrfacher Hinsicht ein Geschenk des Himmels.

»Ihre Frisur, ihren Kleidungsstil, sogar die Art und Weise, wie sie ihren Tee trinkt: Er hat das alles sorgfältig choreografiert. Ich erkenne meine Tochter nicht wieder. Er hat ihr eine Gehirnwäsche verpasst.«

»Warum sollte er sie tot sehen wollen, wenn er sie so sehr liebt?«

Es wurde still. Ich wusste ganz genau, wie der Gesichtsausdruck meiner Mutter jetzt aussah.

»Er will sie loswerden.«

»Warum das denn?«

Meine Mutter seufzte tief. »Kennen Sie sich ein wenig mit Ballett aus?«

»Nein, nein, nicht wirklich.«

»Ballett ist ein Sport, und wie bei allen Sportarten kommt ein Alter, an dem man seinen Höhepunkt erreicht. Der liegt sicher überall anders, aber ich kenne kaum Sprinter oder Fußballer über fünfunddreißig. Sie vielleicht?

Von den Ausnahmen einmal abgesehen: Mischa hat ihren Höhepunkt fast überschritten und Nikolaj übrigens auch. Es gibt viele Frauen, die schon sehr bald besser tanzen werden als Mischa. Mischa hat keinen Nutzen mehr für Nikolaj, deswegen braucht er sie nicht mehr.«

»Aber wissen Sie ...«

»Lassen Sie mich ausreden«, unterbrach ihn meine Mutter. »Lassen Sie mich ausreden. Es geht darum, dass er kein normaler Mensch ist, kein Mensch wie Sie und ich. Er will Mischa vernichten.«

Plötzlich begriff ich, was meine Mutter da gerade tat: Sie half mir. Wie sie mir immer geholfen hatte. Man verdächtigte mich der Brandstiftung, eines Mordversuchs, und meine Mutter würde alles daransetzen, um zu verhindern, dass ich dafür verurteilt wurde.

Dafür hatte sie viel zu viel in mich investiert.

Waanders kratzte sich nachdenklich den Kopf. Dadurch verschob sich seine Kappe ein wenig.

»Glauben Sie mir vielleicht nicht?«

»Sie sind ihre Mutter«, erwiderte Waanders beschwichtigend.

»Hat die Ärztin Ihnen gegenüber Mischas blaue Flecken erwähnt? Ich werde Ihnen ein Beispiel nennen. Als die beiden noch in London gelebt haben, wollte ich sie eines Tages besuchen. Das hatten wir schon Wochen vorher so abgesprochen, aber als ich an der Tür klingelte, machte mir Nikolaj auf und erklärte, ich solle einen Tag später zurückkommen, Mischa würde mit Migräne im Bett liegen. Ich habe gesagt, ich würde sie nicht stören und ihn sogar entlasten können, denn ich könnte ja etwas mit Gregory unternehmen. Aber das wäre nicht nötig, wimmelte er ab, wegen der Nanny. Ich erwiderte, Gregory würde vielleicht lieber Zeit mit seiner Oma verbringen als mit dem Kindermädchen. Nikolaj hat gesagt, ich würde den Jungen in den nächsten Tagen noch oft genug sehen, und außerdem müsse er früh ins Bett. Ich wollte sagen, dass ich nicht vorhätte, seine Planung durcheinanderzubringen, aber ganz eindeutig hätte ich genauso gut auf die Wand einreden können. Und dann ...« Sie machte eine kleine Pause und fuhr mit heiserer Stimme fort. »Dann hat er mir zweihundert Pfund in die Hand gedrückt, für ein Hotel! Ich war völlig verblüfft. In meinem ganzen Leben hat man mich noch nie derartig ungehobelt behandelt. Ich kann Ihnen nur sagen, am liebsten hätte ich den ersten Flieger zurück nach Hause genommen, aber ich wollte diesen Mistkerl nicht gewinnen lassen. Wie dem auch sei, am nächsten Tag bin ich dann ins *Royal Ballet* gegangen und habe dort Mischa angetroffen. Ich erkundigte mich nach ihrer Migräne. Sie hatte keine Ahnung, wovon ich sprach. Dann fragte sie, warum ich am Vorabend nicht wie abgesprochen erschienen war. Als ich ihr alles erzählte, wollte sie mir nicht glauben. Sie beharrte darauf, da wäre ein Missverständnis passiert. Das Verrückte ist, ich rege mich nicht einmal mehr darüber auf, dass meine eigene Tochter ihrem Ehemann glaubt und nicht mir. Daran habe ich mich längst gewöhnt, genauso wie an seine Lügen. Er dreht wirklich alles so hin, wie es ihm passt.« Sie holte tief Luft. »Aber gut, das hat mich noch nicht einmal am meisten erschreckt.«

Dramatisch hielt sie in ihrem Bericht inne. Ich wusste, sie hoffte darauf, der Ermittler werde nachfragen, aber ganz offensichtlich war er damit nicht schnell genug: »Meine Tochter hatte einen riesigen blauen Fleck auf der Stirn.«

»Und Sie glauben, daran ist er schuld.«

»Wer denn sonst?« Ihre Stimme hatte einen schrillen Klang angenommen.

»Haben Sie nachgefragt?«

Meine Mutter schnaubte. »Natürlich, wofür halten Sie mich denn? Sie hat mir erklärt, sie wäre morgens bei den Proben gestürzt und unglücklich aufgeprallt.«

»Das kann doch auch sein?«

»Sicher, aber es war eine Lüge! Ich habe da so einige Kontakte am *Royal Ballet*, also habe ich mich erkundigt. Niemand hatte eine Ahnung, wovon ich überhaupt sprach. Was für ein Mann tut denn so etwas? Und ich könnte Ihnen zehn weitere Beispiele geben.«

Mach das, Mama!, ermutigte ich sie in Gedanken. Sosehr ich sie früher auch verurteilt hatte – jetzt hätte ich sie küssen können. Nervensäge hin oder her, sie kämpfte für mich wie eine Löwin. Und sie glaubte mir. Immer.

21.

Mischa

Vor zwei Jahren

Gerade noch rechtzeitig riss Nikolaj das Steuer herum, und wir entgingen der Kollision mit einer efeubewachsenen Mauer. Ich wurde gegen die Tür gedrückt.

»Verdammt, Nik, das war ganz schön knapp.« Ich drehte mich zum Rücksitz um, aber Natalja und Gregory schliefen einfach weiter.

»Ich weiß schon, was ich tue.«

»Aber *ich* weiß es nicht!«

»Du musst mir vertrauen.«

Ich lachte verächtlich. »So wie in puncto Frauen, meinst du?«

»Jetzt geht das schon wieder los«, sagte er mit einem Seufzer.

»Ja, es geht schon wieder los.«

»Ich begreife nicht, warum du so eifersüchtig bist.«

Zum ersten Mal war Nik sechs Monate nach der Geburt der Zwillinge fremdgegangen. Er hatte es mir selbst erzählt und sich noch nicht einmal entschuldigt. Er meinte, ich hätte kaum noch Lust auf Sex – wie auch, mit einem Zwillingspaar, dem ich die Brust gab, das erkältet war, nicht durchschlief, zahnte. Deswegen hätte er der Versuchung nicht widerstehen können. Tanzen sei Sex, erklärte er. Er fand das fast logisch: Als Mann spürte ein Tänzer, wie sich eine Frau bewegte, sich an einen schmiegte. Wenn sich eine Tänzerin so anbot, konnte man unmöglich Nein sagen.

Bis zu einem gewissen Grad konnte ich seine Argumentation sogar nachvollziehen. Auch ich war gegenüber den prächtigen Körpern der Tänzer um mich herum nicht immun. Manche Männer wirkten ganz einfach wie der pure Sex-Appeal. Einmal hatte ich mit John über dieses Thema gesprochen. In seinen Inszenierungen spielte die Erotik eine sehr wichtige Rolle. »Entscheidend ist, wie ein Mensch sich bewegt. Wie er geht. Wie man jemanden anschaut. Oder wie man das gerade nicht tut«, meinte er. Damit bezog er sich nicht einfach nur auf Sex, sondern auf erotische Spannung. Mit Nik nahm ich das bei jedem Tanz wahr. Mit anderen manchmal ebenfalls, auch wenn ich lange Zeit nicht darauf reagierte. Im Gegensatz zu Nik. Nach diesem ersten Mal hatte er kein Geheimnis daraus gemacht, dass er nicht monogam leben wollte. Nicht konnte, sagte er. Ich hatte die Wahl: mich von ihm scheiden zu lassen oder es zu akzeptieren.

Er hatte mir versprechen müssen, mir von seinen Affären nichts zu erzählen. Und weil ich nicht als betrogene Ehefrau dastehen wollte, hatten wir verkündet, wir führten eine offene Ehe. Nachdem ich zum ersten Mal mit einem anderen Mann ins Bett gegangen war, hatte ich mir die Augen aus dem Kopf geheult – ich hatte nur mit einem anderen geschlafen, um Nik eifersüchtig zu machen. Und das gelang mir nicht. Ich wollte nur ihn, niemanden sonst. Wenn ich fremdging, so hoffte ich, würde ihm bewusst werden, dass ich die Einzige für ihn war, doch er begriff es eher als einen Freibrief, um seinerseits tun zu können, was er wollte.

Der Form halber ging ich hin und wieder mit jemandem ins Bett. Oder na ja, nicht nur der Form halber. Auch der Wärme wegen, der Ablenkung, für das Gefühl, dass mich jemand begehrte, dass ich etwas Besonderes war.

»Es geht nicht um Eifersucht, es ist erniedrigend. Deine neueste Eroberung stand kichernd mit einer Freundin in der Garderobe, als ich hereinkam. Dann hat sie mir direkt in die Augen geschaut und gesagt: ›Ältere Männer mögen am liebsten junges Fleisch und einen festen Busen.‹ Hast du ihr am Ende den Kopf verdreht?« Unsere Vereinbarung lautete folgendermaßen: sich nicht verlieben, anderen keine Versprechungen machen. Das hatten wir auf die harte Tour gelernt. Ich wusste, warum ich bei ihm blieb, aber wie sah es umgekehrt aus? Wenn ich ihn fragte, ob er mich liebte, erwiderte er, dass er immer noch bei mir sei.

»Da musst du drüberstehen.«

»Du hast leicht reden. Hat vielleicht irgendwann mal jemand zu dir gesagt, dass ältere Frauen Männer mit großen Schwänzen bevorzugen?«

Nik brach in Gelächter aus. »Was das betrifft, fühle ich mich nicht unsicher.«

»Das hat damit gar nichts zu tun.«

»Sie will dich mental fertigmachen. Das darfst du nicht zulassen.«

Diesen »weisen Rat« schleuderte er mir nicht zum ersten Mal an den Kopf.

Meistens konnte ich mit solchen Situationen umgehen, weil ich wusste, dass die betreffende Frau innerhalb kurzer Zeit mit verheulten Augen herumlaufen würde. Sie war nichts Besonderes, weil danach wieder eine Neue kam. Ich war die Einzige, die blieb.

Nur wusste ich das in letzter Zeit nicht mehr ganz so sicher. Nik ging immer häufiger seine eigenen Wege, begann neue Projekte ohne mich. Natürlich hatte er auch in der Vergangenheit schon allein Interviews gegeben, Fotoshootings gemacht, Reklameaufnahmen und Gastauftritte absolviert, aber neuerdings gab er Tanzstunden und betreute junge Tänzerinnen und Tänzer als Mentor. Die Anfrage eines Fernsehsenders, der einen Dokumentarfilm über uns drehen wollte, hatte er abgelehnt. Erzählt hatte Nik mir das nicht, aber ich hatte das Angebot entdeckt, als seine Tasche umfiel und allerlei Papiere auf den Boden geflattert waren.

22.

Mischa

Vor ein paar Monaten
»Pass auf, Mischa«, sagte Nikolaj.
»Ich *passe* auf«, gab ich in giftigem Ton zurück. Wir probten für *Sarkasmen*, einen Tanz, den wir dieses Jahr zusammen absolvieren würden und von dem wir zur Eröffnung der Saison schon einmal einen Ausschnitt zeigen sollten. *Sarkasmen* war eine Choreografie aus Johns Feder, vor Jahren entwickelt. Für mich hatte sie den Durchbruch bedeutet. Lobende Rezensionen hatten wir dafür bekommen, die ich inzwischen so oft gelesen hatte, dass ich sie fast wortwörtlich abspulen konnte. Eine wichtige niederländische Zeitung schrieb damals:

Zur Musik von Prokofjew, dargeboten von einem Pianisten, der zusammen mit seinem Flügel die dritte Figur von *Sarkasmen* repräsentiert, entwickelte John Romeijn mit Mischa de Kooning und Nikolaj Iwanow ein mitreißendes, zärtliches und prickelndes Spiel des Wetteiferns, einander Herausforderns, Anziehens, Abstoßens, Provozierens, Quälens und Folterns. Das Ballett handelt von den Spielchen, die Geliebte miteinander spielen. Wer dominiert wen? Ihr Tanz verkörpert Klasse, Verve und Erotik. Mischa de Kooning präsentiert uns eine Vampartige, raffinierte Figur, ohne dabei ins Ordinäre abzurutschen.

Die Tänzer schauen einander kaum an. Es ist, als befänden sie sich unter einer Glasglocke und führten ein heftiges Gespräch, einen intimen Dialog über die Liebe, den sie nie in Worte gefasst haben. »Dazu wären sie auch nicht in der Lage. Was sie da sagen, lässt sich mit Worten nicht erfassen. Durch den Tanz schon. Im Tanz kann man ausdrücken, wofür die Sprache nicht ausreicht. Bei großem Kummer sind Tränen manchmal angemessener, als wenn man über sein Unglück berichtet. In der Wut ist Schreien häufig angebrachter als eine Erklärung. Dieses Zwischenreich zwischen Sprache und Emotionen erreicht nur der Tanz, und dort bewegt sich auch *Sarkasmen*«, so John Romeijn.

Sarkasmen ist schön und hart zugleich. Der Tanz ist Ja und Nein, er gedeiht in der Diskrepanz. Auf die Frage, ob die beiden Tänzer, die auch im richtigen Leben eine Beziehung miteinander führen, eine Quelle der Inspiration für ihn darstellen, gibt der Choreograf eine rätselhafte Antwort: »Mir reicht ein einziger Blick, dann weiß ich, ob das eine Person, eine Situation oder eine Beziehung betrifft.«

In anderthalb Wochen würde die Saison eröffnet, und *Sarkasmen* einzustudieren ging nur mühsam vonstatten. Auf seltsame Weise mühsam.

»Gib mir einfach ein bisschen Zeit! Meinst du, das bekommst du hin? Wir haben doch gerade erst angefangen«, sagte ich.

»Du bist steif.«

»Dann hättest du mir vielleicht etwas länger zum Aufwärmen lassen müssen, statt mich zu drängen, weil du unbedingt sofort anfangen wolltest.«

»Früher hättest du ...«

»Ich werde älter, okay? Du übrigens auch«, konnte ich mir einen Zusatz nicht verkneifen.

»Damit hat das nichts zu tun. Du tanzt nicht mehr wie früher«, sagte Nikolaj leise.

»Und woran liegt das wohl?«

»Willst du mir das jedes Mal wieder an den Kopf werfen?«

Ich senkte die Stimme. Das hier brauchten nicht alle mitzubekommen. »Ich begreife einfach nicht, wie du einfach weitertanzen kannst.«

»Tanzen war immer da und wird es auch immer sein. Es stellt die einzige Konstante in meinem Leben dar.«

Das war nicht das, was ich hatte hören wollen, deswegen machte mich seine Antwort wütend, wie immer. Doch irgendwo in mir drin verstand ich ihn. Sein Vater hatte ihn wegen seiner Leidenschaft zurückgewiesen, und seine Mutter hatte ihn zum Tanz gedrängt, zu sehr gedrängt. Mit beiden hatte sich Nik überworfen. Außer dem Tanz war ihm nichts geblieben. Manchmal dachte ich, er wage nicht, uns zu lieben, weil er bisher noch jeden geliebten Menschen verloren habe, doch das hielt Nikolaj für Unsinn.

»Und dein Sohn?«

»Ich liebe ihn unendlich, das weißt du.«

Wie häufig hatten wir dieses Gespräch nicht schon geführt? Ich konnte das Aber, das nun folgen sollte, fast schon mitsprechen.

»Aber das Vatersein liegt mir nicht im Blut. Ich hatte nicht gerade ein gutes Vorbild, was das betrifft.«

»Du bist nicht als Einziger ohne Vater aufgewachsen. Und trotzdem tun diese Männer und Frauen, auch ich, unser Bestes, um ihren Kindern ihre ganze Aufmerksamkeit und Liebe zu schenken.«

»Du hast dich verändert. Früher wolltest du dich auch nicht zwischen dem Tanzen und den Kindern entscheiden müssen«, wich er meiner Frage aus.

Nikolaj hatte sich nach dem Unfall mehr als jemals zuvor ins Tanzen gestürzt. Ich wollte getröstet werden, einen Arm um mich spüren, brauchte eine Schulter zum Anlehnen, jemanden, der meine Tränen trocknete. Das war immer Nikolaj gewesen, aber jetzt hasste ich ihn. Wegen ihm war ich so geworden.

»Eines Tages wird unser Sohn sein eigenes Leben führen. So muss das auch sein. Dann lässt er mich im Stich. Es ist der Lauf der Natur, und das ist okay. Ich hoffe nur, dass ich ihn nicht zu sehr enttäusche.«

»Warum solltest du ihn denn enttäuschen?«, fragte ich ihn.

»Kinder sind so verletzlich. Ein Tanz bildet sich kein Urteil, kann nicht verletzt werden, streitet nicht mit einem, schaut einen nicht vorwurfsvoll an.«

Sprach er jetzt über mich oder über Gregory? Plötzlich drang zu mir durch, dass der Pianist zu spielen aufgehört hatte. Mit einem kurzen Nicken gab ihm John ein Zeichen, noch einmal zu beginnen.

»Eine Drehung, ganz kurz, gut so. Den Fuß höher, Mischa. Ja, prima. Und dann hopp, hopp, hopp hin zum ... Lass sie ein Stück weiter auf dich zukommen, Nikolaj. Ja, so, und den Arm, mit dem du sie hältst, nicht strecken, das wirkt faul, Nikolaj, folge ihr in der Beugung, ja, genau so ...« Seine Anweisungen erklangen im Rhythmus der Musik. Um uns herum befassten sich andere Tänzer mit ihrer eigenen Choreografie.

»Und geht das vielleicht mit ein wenig mehr Gefühl? Ich weiß, wir befinden uns noch in den Proben, aber ihr tanzt umeinander herum wie ein altes Ehepaar, das genug voneinander hat. Auf, ich will Interaktion sehen. Mischa, sieh dir doch nur seinen göttlichen Körper an, diese Muskeln. Jedes Mal nach einer Pirouette ... Und du musst schon mitmachen, Nikolaj. Du schaust drein wie ein Mann, der beim Sex seine Einkaufsliste zusammenstellt. Sieh doch, was für eine schlanke Taille sie hat, wie sich ihre Muskeln unter deinen Händen bewegen, schau dir den prächtigen Schwung ihres Halses an, die vollen Lippen, die du so gern küssen würdest. Na also, wird doch.«

Johns Worte wirkten auf meine Lachmuskeln, und gleichzeitig lösten sie Traurigkeit in mir aus. Er hatte recht. Was auch immer früher privat zwischen uns vorgefallen war – wenn wir tanzten, fiel das alles weg, und es gab nichts als diesen Zauber, als stünde ich unter Strom. Das lag an ihm, an Nikolaj, daran, wie er mich ansah.

So hatte er mich schon eine ganze Zeit lang nicht mehr angesehen. Je stärker ich an ihm zog, desto mehr ging er auf Distanz. Er entglitt mir.

Am Beginn unserer Beziehung hatte ich ihn einmal gefragt, warum er sich in mich verliebt hatte. Nik hatte geantwortet, er hätte sofort gesehen, dass ich Potenzial besaß. Daraufhin fragte ich mich, ob ich wohl eine Art Geschäft für ihn darstellte, ein Projekt, ein Ding. »Wenn ich also Tänzerin im Corps de Ballet gewesen wäre, hättest du mich gar nicht wahrgenommen?«, hatte ich nachgehakt.

Er hatte nur gelacht und ausweichend geantwortet. »Du warst aber nicht im Corps de Ballet, oder?«

Immer fühlte es sich so an, als wäre seine Liebe zu mir abhängig von meiner Leistung beim Tanzen, von meinem Einsatz, von den Kritiken. Und das machte mich wütend, auch weil er die ganze Ehre einheimste, als wäre ich erst *durch ihn* eine so gute Ballerina geworden, als hätte er mir den Zugang zu sonst unerreichbaren künstlerischen Höhen ermöglicht.

Oder stimmte es vielleicht sogar? Hätte ich es ohne ihn auch so weit gebracht? Warum war die Antwort auf diese Frage überhaupt wichtig für mich? Was sagte dieser Gedanke eigentlich über mich aus? Und galt umgekehrt das Gleiche? Hätte er ohne mich das erreichen können, was er erreicht hatte?

Was verband uns noch miteinander, wenn wir nicht mehr zusammen tanzten? Den *Nussknacker* würde er mit Maja absolvieren – war das der Anfang vom Ende? Bestand darin meine Angst: dass er mich als Muse gegen eine andere eintauschen und fallen lassen würde? Ich konnte nicht ewig weitertanzen. Was sollte ich danach anfangen? Eine Art Aufseherin zu werden wie meine Mutter kam für mich nicht infrage.

All diese Gedanken schossen durch meinen Kopf und lenkten mich ab, weshalb ich einen Fehler machte.

»Verdammt noch mal, Mischa, jetzt pass doch endlich auf!«, blaffte mich Nikolaj an.

»Die Zurechtweisungen übernehme ich, danke für deine Mühe«, mischte sich John schnell ein.

Ich warf Nikolaj einen wütenden Blick zu.

»Was ist denn los mit dir?«, flüsterte er mir ins Ohr. »Hast du getrunken?«

»Hast du Kokain genommen?«

»Jede Kuh tanzt besser als du.«

»Wenn du glaubst, das spornt mich an, bist du auf dem Holzweg.«

»Wieso Holz?«

Versteckte er sich jetzt absichtlich hinter der Tatsache, dass Niederländisch nicht seine Muttersprache war? Manchmal hatte ich ihn im Verdacht, er wusste genau, was ich meinte, wenn ich Redewendungen benutzte, dass er jedoch absichtlich vorgab, sie nicht zu verstehen.

»Falls ihr euch da nicht gerade Liebkosungen ins Ohr flüstert, würde ich vorschlagen, ihr hört auf, miteinander zu reden. So viel Zeit habt ihr nicht«, sagte John. »Am Ende kommt der Sprung. Macht euch bereit.«

Ich wirbelte auf die andere Seite des Saals. Alle hatten zu tanzen aufgehört, um uns zuschauen zu können. Fünf Jetés, und während des letzten würde mich Nikolaj auf halber Strecke auffangen. Eins, zwei, drei, vier. Nach dem fünften schoss ich einfach weiter und landete mit einem Knall auf dem Boden. Ein Schrei des Entsetzens durchlief den Raum.

Nikolaj kniete sich neben mich, und ich versetzte ihm einen heftigen Stoß. »Du hast mich fallen lassen. Du hast mich absichtlich nicht aufgefangen!« Hatte er mich strafen, zur Ordnung rufen wollen? Oder sollte ich erkennen, wer hier der Boss war? Hoffte er, ich würde mich verletzen, sodass er nicht mehr mit mir tanzen musste? Ich wusste nicht, was ich schlimmer fand: Die Vorstellung, dass er das getan hatte, oder dass ich ihm überhaupt so etwas zutraute.

»Wovon redest du? Du kamst schief ran, und außerdem zu schnell. Ich konnte das so schnell nicht ausgleichen, deshalb bist du mir im Sprung aus den Händen gerutscht. Es tut mir leid.«

Ich schlug die Hand weg, die er mir hinstreckte. Aus den Augenwinkeln sah ich, wie John alle anderen Tänzer aus dem Saal schickte, auch den Pianisten. Danach eilte er auf uns zu.

»Alles in Ordnung? Kannst du allein aufstehen?«

Vorsichtig tat ich es. Ich wusste nicht, was schlimmer schmerzte: mein Ego oder das Knie, auf dem ich gelandet war.

»Schau beim Physiotherapeuten vorbei und hole dir ein bisschen Eis, okay?«

»Komm, lass mich dir helfen«, sagte Nikolaj, der Anstalten machte, mich zu stützen.

»Du hast mir schon genug geholfen.«

»Es war ein Unfall! John, bitte erkläre du ihr, dass es ein Unfall war und dass sie sich nicht so anstellen soll. Ich werde auch älter, das hat sie sogar selbst gesagt.«

John ging nicht auf seine Worte ein und bückte sich. »Ist es dein Knie? Zeig mal her.«

Fachkundig betastete er mein Knie, in dem der Schmerz hämmerte. Eine Schürfwunde hatte ich auch abbekommen, aber immerhin blutete sie nicht.

»Kannst du es belasten?«

Ich versuchte es.

»Dann hole ich jetzt Eis«, verkündete Nikolaj.

»Lass nur, ich kann auf dem Bein stehen, alles in Ordnung.« Ich musste einfach kurz weg von ihm. »Gebt mir einen Moment, okay?« Halb hinkend verließ ich den Saal. Auf dem Flur lehnte ich mich an die Wand, und durch die Tür konnte ich die gedämpften Stimmen von Nikolaj und John hören. Ein Stück weiter entfernt standen die anderen Tänzer in Gruppen zusammen und unterhielten sich. Niemand bemerkte mich, und ich bekam mit, wie jemand sagte: »Von da, wo ihr gestanden habt, konnte man es nicht sehen, aber ich schwöre: Im allerletzten Moment hat er die Arme ein winziges Stück zurückgezogen, und dadurch ist sie nicht sicher gelandet, sondern gestürzt. Ich bin schockiert, einfach nur entsetzt.«

Ich war also nicht verrückt geworden, hatte es mir nicht eingebildet.

»Aber das ist doch komisch. Warum sollte er das denn tun?«

»Ich stand ganz in deiner Nähe, und ich habe nichts gesehen«, widersprach eine Tänzerin. »Pass nur auf mit deinem Klatsch, Julien. Er kann Nikolajs Ruf schaden.«

»Willst du dich bei ihm einschleimen oder was?«, reagierte Julien irritiert. »Ich weiß ja wohl, was ich gesehen habe.«

»Du hast doch neben Julien gestanden, Esther«, wandte sich die Tänzerin an eine andere.

»Ich ... Ach je, ganz sicher kann ich es nicht sagen, aber es sah wirklich so aus. Es ging alles so schrecklich schnell.«

»Jetzt macht bloß nicht so einen Aufriss«, redete die Tänzerin weiter. »Wir sind doch alle schon mal gestürzt, weil ihr Männer einfach nicht stark genug seid.«

»Stimmt, wenn ich einen Elefanten heben soll, geht mir die Puste aus, das gebe ich gern zu. Ich habe den Eindruck, du hast diesen Sommer ein paar Kilo zugelegt, meine Liebe. Sieh lieber zu, dass du die wieder loswirst, sonst kracht mir noch der Rücken durch.«

Die ganze Gruppe brach in Gelächter aus, außer der Tänzerin, die Julien der Gewichtszunahme beschuldigt hatte.

So schnell es mir mein Knie erlaubte, eilte ich in die andere Richtung davon, bevor man mich noch bemerkte. Im Zimmer des Physiotherapeuten war niemand, also ging ich zum Kühlschrank, holte mir einen Eisbeutel aus dem Gefrierfach und legte ihn mir aufs Knie, nachdem ich mich auf einen Stuhl gesetzt hatte.

»Scheißdreck«, murmelte ich dabei. John steckte den Kopf durch die Tür und betrat den Raum, als er mich entdeckte. »Geht's?«

»Halb so schlimm, glaube ich.«

»Ein Glück.«

Er setzte sich neben mich und strich mir ein paar Mal über den Rücken. Ich ließ den Kopf auf seine Schulter sinken.

»Glaubst du wirklich, Nik hat dich fallen lassen? Ich meine, warum sollte er das denn tun?«

Ich richtete mich auf und schaute ihn an. »Willst du ihn jetzt plötzlich verteidigen?« John hatte nie ein Geheimnis daraus gemacht, dass er Nik ebenso wenig ausstehen konnte wie meine Mutter.

»Gibt es da etwas, was ich wissen sollte? Tut er dir weh? Körperlich, meine ich?«

Darüber musste ich lachen. Zumindest psychisch tat mir Nik immer weh, das kannte ich gar nicht anders. Oder tat ich mir das selbst an? Ich konnte es nicht mehr sagen. Ich war müde, so schrecklich müde von allem. Ich schüttelte den Kopf. »Nein, es ist …«

»Was?«, drängte John.

»Lass nur.«

»Mach das nicht, stoß mich nicht weg. Ich finde es einfach entsetzlich, dich so zu sehen.«

Nun konnte ich die Tränen nicht mehr zurückhalten. »Ich auch«, schniefte ich und versuchte zu lachen.

»Liegt es daran, was Nik gesagt hat – dass ihr auch getrennt tanzen wollt?«

Ich nickte nur, weil ich nicht sprechen konnte.

»Deine Idee war das nicht, oder?«

»Ich wusste nicht einmal davon«, brachte ich mit erstickter Stimme heraus. »Er hat mich einfach vor vollendete Tatsachen gestellt.«

»Das dachte ich mir schon.« John seufzte tief. »Warum bleibst du ...«

Ich wusste, was er mich fragen wollte. »Bitte nicht«, unterbrach ich ihn. Wir waren nicht nur wegen der künstlerischen Herausforderungen oder wegen meiner Mutter nach London gegangen, auch wenn Nik es stets behauptete. Es lag auch daran, dass er John nicht ausstehen konnte.

»Gut, dann sage ich nur noch so viel: Weißt du, dass Nik plant, eine eigene *Giselle*-Version auf die Bühne zu bringen?«

Der Eisbeutel rutschte mir aus den Händen und fiel mit einem Knall auf den Boden.

»Er will sich in Zukunft auf die Choreografie konzentrieren«, fuhr John fort.

Dieser Schlag war heftiger als jener, den ich vorhin beim Sturz abbekommen hatte. »Wo... woher weißt du das?«, brachte ich stotternd hervor. Eine dumme Frage. John wusste über alles Bescheid, was hier vor sich ging, genau wie meine Mutter.

John hob den Beutel auf und legte ihn mir wieder aufs Knie. Mein Herz fühlte sich genauso hart und kalt an wie das Eis unter meinen Fingern.

23.

Mischa

Gegenwart

»Guten Morgen, Mischa.« Willy betrat das Zimmer, gefolgt von Jantien. Sie gab etwas in den Computer ein. »Heute Nachmittag kommt ein Psychologe vorbei, um mit Ihnen zu sprechen.«

»Worüber denn?«

»Worüber Sie wollen«, gab Willy zurück.

»Da fällt mir nichts ein.«

»Über die Zukunft vielleicht? Diese Frage stellen sich die meisten Patienten zuerst. Werde ich wieder arbeiten können? Sie haben von den Ärzten erfahren, dass Sie wahrscheinlich nie wieder Ihr altes Niveau beim Tanzen erreichen. Das scheint mir doch ein Thema, das man besprechen sollte.«

Ich wollte in Ruhe gelassen werden. Jeden Tag kam fast ein ganzes Heer vorbei: Ärzte, Pflegekräfte, eine Diätberaterin, ein Physiotherapeut und jetzt also auch noch ein Psychologe. Ich hatte nicht das geringste Bedürfnis nach professioneller Einmischung. Beim letzten Mal hatte mir das auch nichts gebracht, außer einigen klischeeartigen Ratschlägen, die ich mir genauso aus Zeitschriften oder Selbsthilfebüchern hätte besorgen können. Das wäre dann auch mindestens hundert Euro pro Woche billiger gewesen.

»Kann ich dieses Angebot auch höflich ablehnen?«

Willy tauschte einen Blick mit Jantien und zog sich einen Stuhl heran. Sie setzte sich nicht mir gegenüber, sondern seitlich von mir an den Tisch. Ganz ohne Zweifel lag dem eine psychologische Erklärung zugrunde. Man musste die Distanz zwischen sich und dem Patienten verkleinern. Jantien verließ den Raum nicht, sondern überprüfte die Funktion der Apparate und machte mein Bett.

»In den vergangenen paar Tagen hat man Ihnen mehrere Leute vorgestellt. Die waren vor allem hier, um Ihnen zu helfen, dass es Ihnen besser geht. Körperlich, meine ich. Aber den psychischen Aspekt gibt es natürlich auch. Und dafür haben wir einen Psychologen.« Sie schaute mich erwartungsvoll lächelnd an. Ich erwiderte ihr Lächeln und nickte, weil ich klarstellen wollte, dass ich sie verstanden hatte.

»Viele Opfer von Bränden leiden unter Albträumen oder Flashbacks. Das ist auch gar nicht erstaunlich. Sie haben etwas Traumatisches erlebt, einen Zustand, in dem sich ihnen kein Ausweg bot.«

Sollte mich das etwa beruhigen?

»Das ist etwas ganz Normales. Haben Sie damit auch Probleme?«

Ich schüttelte den Kopf. Ich schlief wie ein Stein.

»Schön.« Sie räusperte sich. »Sie sind nicht nur das Opfer eines Brandes, sondern stehen außerdem unter Verdacht. Ihr Mann beschuldigt Sie, den Brand verursacht zu haben ... Und Sie umgekehrt ihn.« Sie hüstelte, fühlte sich ganz eindeutig unbehaglich.

Misstrauen regte sich in mir. Würde sie etwa Waanders Bericht erstatten? »Darüber will ich nicht sprechen.«

»Das muss auch gar nicht sein, jedenfalls nicht mit mir, aber der Psychologe ...«

»Den brauche ich nicht.«

Es war unglaublich, was diese Schutzkleidung für einen Effekt hatte. Der Körper des Gegenübers wurde auf Augen und Augenbrauen reduziert. Willy wirkte verletzt.

»Ich verstehe, dass das im Augenblick alles ein wenig viel für Sie ist. Und dann kommen ständig die Leute zu einem ans Bett und wollen etwas. Aber wir sind hier, um Ihnen bei der Genesung zu helfen, auch wenn sich viele Patienten schwer damit tun, jemand anderem die Kontrolle zu überlassen. Natürlich können Sie sich weigern, aber Sie können später jederzeit Anspruch auf psychologische Hilfe erheben, wenn Sie das wünschen.«

»Gut, dann danke ich Ihnen.«

»Darf ich fragen, warum Sie eine psychologische Betreuung ablehnen?«

Weil ich nicht will, dass mir jemand im Hirn herumstochert. Weil ich dann ständig ganz genau auf jedes Wort achten müsste, weil ich Angst habe, mich zu verplappern.

»Ich möchte einfach nur in Ruhe gelassen werden.«

»Mir fällt auf, dass Sie ziemlich feindselig reagieren. Das ist durchaus verständlich, wissen Sie. Manchmal richten Patienten ihre Wut gegen diejenigen, die ihnen helfen wollen.« Sie tätschelte mir die Hand, voller Verständnis, auch wenn ihre Stimme beleidigt geklungen hatte.

Durch diese Geste, durch Willys Versuche, mich zu trösten, begriff ich plötzlich, dass ich die Sache gerade falsch anging. Ich musste möglichst viele Leute auf meine Seite ziehen. Ich musste Jantien und Willy zu meinem

Vorteil einsetzen. Ich musste dem Vorbild meiner Mutter folgen.

»Kommt denn auch ein Psychologe zu ihm, zu meinem Mann, der mich umbringen wollte? Ich kann einfach nicht glauben, dass er auch hier zusammengeflickt wird. Er hat es verdient, im Gefängnis zu verrotten. Dieser Mann ... Er ist ...« Ich erstickte beinahe an dieser Wortlawine.

»Ich kann mir vorstellen, dass ...«

»Schön! Schön, dass Sie sich etwas vorstellen können. Wissen Sie, was *ich* mir vorstellen kann? Wie er für den Rest seines Lebens in einer dunklen Zelle verfault.«

Ich beschwor Tränen herauf. Und Rotz. Wegen des Verbands fühlte sich das komisch an. Ich schluchzte laut, krümmte mich vor Schmerz und Kummer, wofür ich noch nicht einmal schauspielern musste. Willy half mir ins Bett zurück, deckte mich behutsam zu, fuhr mir mit einem nassen Waschlappen über das erhitzte, klebrige Gesicht und streichelte mir immer wieder sanft übers Haar. Die ganze Zeit flüsterte sie mir zu, alles würde gut werden.

»Es tut mir leid«, sagte ich zu ihr. »Es tut mir leid, dass ich mich Ihnen gegenüber so dumm verhalten habe.«

»Pssst, Sie brauchen sich nicht zu entschuldigen. Ich verstehe es schon, Sie müssen einfach mit unheimlich viel fertigwerden.«

Ich nickte heftig. »Es ist alles meine Schuld. Wenn ich nicht gesagt hätte, dass ich mich scheiden lassen will, wäre das alles nicht passiert. Ich wusste, er würde ausflippen. Er hatte schon vorher gedroht, er würde mir etwas antun, wenn ich ihn verlasse. Darum habe ich es auch nie getan. Aber jetzt ...«

»Aber jetzt?«, hakte Willy nach.

»Gregory wird älter. Er fängt an, Fragen zu stellen, er

nimmt wahr, was für eine Beziehung sein Vater und ich führen. Bei seinen Freunden sieht er, dass es auch ganz anders sein kann ... Dass es Väter gibt, die ihre Partnerinnen nicht schlagen.« Als ich unter meinen Wimpern hervorspähte, sah ich, wie Jantien und Willy einen Blick miteinander tauschten. »Er spürt die Anspannung zwischen uns. Und seit dem Tod seiner Schwester ... Ich musste mich für meinen Sohn entscheiden, sonst wäre er daran zerbrochen.«

»Hören Sie mir jetzt gut zu, Mischa: Es ist nicht Ihre Schuld. Ich erlebe das oft bei Frauen, die von ihrem Partner misshandelt werden – sie nehmen die Schuld auf sich.«

»Aber ich mache immer alles falsch. Wenn ich etwas richtig machen würde, würde Nik nicht immer so böse auf mich werden«, schluchzte ich.

»Sie machen nichts falsch, das dürfen Sie nie vergessen. Er ist derjenige mit dem Problem, nicht Sie.«

Niedergeschlagen schüttelte ich den Kopf. »Er sagt oft, dass ich ihm während der Proben nicht widersprechen darf, wenn alle dabei sind, und dann tue ich es trotzdem. Dann fühlt er sich lächerlich gemacht. Niederländische Männer vertragen das, aber russische ... Er kann nichts dafür. Es liegt in seiner Erziehung: Der Mann ist der Herr im Haus.« Du liebe Güte, wo nahm ich das nur alles her? Ich fühlte mich an diese Fernsehsendungen mit Doktor Phil und Oprah Winfrey erinnert, die Eliza und ich früher abends auf dem Sofa mit Wonne angeschaut hatten.

»Solche Beziehungen sind schwieriger als solche zwischen zwei Menschen mit demselben kulturellen Hintergrund«, kommentierte Willy. »Aber das bedeutet nicht, dass man dem anderen seine Überzeugungen einprügeln darf.«

»Er hat mich gar nicht so fest geschlagen ...«, fügte ich schnell hinzu. »Oder wenigstens ...« Ich verkrallte mich in mein Laken und sah zu meiner großen Zufriedenheit, wie meine Knöchel weiß wurden.

»Auch psychische Misshandlung ist Misshandlung«, erklärte Willy. »Wenn man immer nur zu hören bekommt, dass man nichts wert ist, dann ...«

»Nein, so war es nicht. Ich ... Ich bin keine Heilige, ich weiß, dass ich ihn zur Weißglut treiben kann. Ich muss ganz einfach lernen, wann ich den Mund zu halten habe, das ist alles.«

»Darüber brauchen Sie sich ja jetzt keine Sorgen mehr zu machen«, meinte Jantien trocken. Willy schaute sie schockiert an. Ich brach in Gelächter aus, und schon bald lachten wir alle drei, bevor ich das Gelächter in Weinen übergehen ließ.

»Die Polizei glaubt, ich hätte es getan.«

»Die Polizei ermittelt, das ist alles«, versuchte mich Willy zu beruhigen.

»Ich habe Angst. Jedes Mal, wenn dieser Mann hier erscheint ... Er verdreht alles. Nik verdreht alles. Darin ist er ein Meister.« Einen Augenblick lang fürchtete ich, ich hätte zu viel gesagt. Wie passte das zu der schuldbeladenen Frau, die ich ihnen gerade vorgespielt hatte? Aber weder Willy noch Jantien schienen etwas gemerkt zu haben.

Jantien schaute auf ihre Armbanduhr.

»Es tut mir leid, ich will Sie nicht von der Arbeit abhalten.«

Willy wechselte einen Blick mit Jantien. »Nein, nein, das ist wichtig. Es ist so gut, dass Sie sich das endlich eingestehen, nachdem Sie so viele Jahre lang geschwiegen haben. Ich muss jetzt gleich noch zu einem anderen Patienten, den ich nicht warten lassen kann, aber wir werden zusammen an dieser Sache arbeiten. Sie sind nicht allein.«

Ich gab einen zitternden Seufzer von mir und zwang mich zu einem Lächeln. Willy nickte mir ermutigend zu.

»So schlimm das alles auch sein mag, eins dürfen Sie nie vergessen: Endlich sind Sie frei von ihm.«

»Frei?«

»Sie brauchen nicht mehr krampfhaft und um jeden Preis so zu tun als ob. Als ob Ihre Beziehung perfekt wäre. Sie können endlich Ihr eigenes Leben führen.«

Meinte sie das wirklich ernst? Hier lag ich in einem speziellen Zimmer, das so gut wie möglich Bakterien und Infektionen von mir fernhalten sollte, mitten zwischen allerlei Apparaten. Ich war verbrannt, was das Ende meiner Tanzkarriere bedeutete, einer Karriere, für die ich mein ganzes Leben lang unglaublich hart gearbeitet hatte – ein anderes Leben als dieses kannte ich nicht, und ich wollte es auch nicht kennen. Und sie versuchte doch tatsächlich, dem ganzen Schlamassel einen positiven Aspekt abzugewinnen? Mir wurde kotzübel, und am liebsten hätte ich mich spontan auf ihren Schutzanzug übergeben.

»Nun ja, unsere Beziehung ist alles andere als perfekt.« Ich zog eine Grimasse. »Das ist wohl inzwischen nur allzu deutlich.« Ich sah, wie mir die beiden an den Lippen hingen, als wäre ich eine Klatschzeitschrift, die zum Leben erweckt worden war und gerade mit ihnen sprach. Etwas Spannenderes hatten sie wahrscheinlich schon seit Jahren nicht mehr erlebt. Waren solche Pflegekräfte nicht einfach die schlimmsten Voyeure? Sie wühlten schließlich ohne Hemmungen und sogar mit Zustimmung im Leben anderer Leute herum.

Ich schniefte noch einige Male. Du lieber Gott, was war es doch einfach, Leute zu manipulieren.

24.

Nikolaj

Vor ein paar Monaten
 Über den Solistenflur ging ich in den Saal. Auf der Bühne, zu meiner Rechten, lag die Tanzfläche. Die Mitarbeiter befanden sich mitten im Aufbau der Kulissen für den *Nussknacker*. Nichts als das Geräusch von Möbeln und anderen Gegenständen, die man hierhin und dorthin verrückte, war zu hören. Der Orchestergraben war geschlossen. Im Saal saßen ein paar Leute, eifrig in ein Gespräch vertieft. Ich erkannte niemanden.

Ich betrat die Bühne und schaute über das Meer aus roten Veloursesseln. Dann stellte ich mir vor, alle eintausendsechshundert Plätze wären besetzt, der Vorhang senkte sich herab, und alle Besucher würden sich wie auf ein geheimes Kommando erheben, um in einen ohrenbetäubenden Beifall auszubrechen. Sie spendeten nicht mir Beifall, sondern den Tänzern und der Choreografie für den ersten Akt von *Giselle*, die ich erarbeitet hatte.

Ich lächelte. Ein paar Monate würde ich mich noch gedulden müssen. Hinter mir erklangen Schritte, hielten neben mir inne. Es war Kai. Ohne ein Wort überreichte er mir das Programmheft für die neue Saison. Er war ganz in

Schwarz gekleidet: in einer Sporthose und dazu passenden Schuhen und einem Hemd, das seinen noch immer straffen Oberkörper umspannte. Einen Pullover hatte er sich locker um die Schultern gebunden.

Eifrig wie ein kleines Kind blätterte ich das Heft durch und suchte nach der Ankündigung von *Giselle*, doch ich suchte vergebens.

»Was soll das?« Schnell wiederholte ich das Durchblättern, obwohl ich bereits wusste, dass ich mich nicht getäuscht hatte. »Wo steht denn die *Giselle*?«

Kai starrte geradeaus wie ein Soldat auf Wache. »Die ist nicht dabei.«

»Das habe ich verdammt noch mal auch gerade gesehen. Warum nicht?«

»Wir konnten das Finanzielle nicht klären.«

»Was?«

Eine Ballettaufführung kostet Geld, viel Geld. Nicht nur die Gehälter der Tänzer, des Ballettmeisters, der Techniker, der Kostümbildner, auch die Kostüme selbst sind teuer, das Catering für die Premiere, die Kulissen, der Saal, das Werbematerial und die ganzen anderen Dinge – alles will bezahlt werden. Das Nationalballett erhielt natürlich Geld vom Staat, aber das reichte hinten und vorne nicht. Darum war Kai immer auf der Suche nach Sponsoren: nach Firmen, aber auch nach Privatpersonen.

»Du hast gesagt, das mit dem Budget sei geklärt.« Kai habe einen großen Investor gefunden, hatte er mir versichert. Ich hatte in einem früheren Stadium schon mal bei anderen Investoren vorgefühlt. Große Pläne hatten wir gemacht. Vielleicht würden wir eine Ballettvorstellung für alle Mitarbeiter der Firma organisieren, als Dankeschön. Wahrscheinlich wäre das dann schon eine Szene aus der *Giselle*.

»Der Investor hat sich zurückgezogen.«

»Wer ist es?«

»Das ist jetzt nicht mehr von Belang.«

»Wer, habe ich gefragt!« Das Rot der Bestuhlung wirkte auf mich wie ein Tuch auf einen Stier.

»Damit du wutentbrannt hinstürmst und dich so aufführst, dass wir von diesen Leuten bestimmt nie wieder ein Sponsoring bekommen? No way«, gab Kai zurück. Einer der Techniker lief mit einem Kabel auf der Schulter vorbei, und Kai nickte ihm freundlich zu. »Ich verstehe ja, dass du enttäuscht bist, aber wir versuchen es einfach weiter. Vielleicht klappt es ja nächstes Jahr«, sagte er, sobald der Mann außer Hörweite war. »Das Geld, das wir schon dafür bekommen haben, behalten wir dafür in Reserve.«

Ich fluchte. Laut. Die Leute im Saal schauten verstört auf. Jetzt verstand ich, warum Kai hierhergekommen war, statt mich in sein Büro zu bitten. Er wusste, dass ich mir keine Szene erlauben würde. »Darum geht es nicht«, sagte ich.

»Worum denn sonst?«

Ich hatte in die Angelegenheit viel Geld investiert, eigenes Geld, aber das konnte ich Kai nicht sagen. Als Vorschuss. Ich war davon ausgegangen, das Geld zurückzubekommen, sobald alle Verträge mit den Investoren in trockenen Tüchern waren, sobald Geld geflossen war und man die Karten verkauft hatte. Kalter Schweiß brach mir aus. Ich hatte Mischa nicht erzählt, dass ich einen Großteil unserer Ersparnisse dafür aufgewendet hatte.

»John bekommt doch in ein paar Tagen diesen wichtigen französischen Preis ...«, sprach Kai weiter, als ich nicht antwortete. Es juckte mir in den Fingern, ihm einen Schubs zu geben, sodass er mit einem Knall von der

Bühne fallen würde. Ich erschrak über meine eigenen Aggressionen. Je älter ich wurde, desto deutlicher erkannte ich meinen Vater in mir. Ich war immer stolz auf meine Selbstbeherrschung gewesen, aber besaß ich sie wirklich? Drückte ich nicht einfach nur einen Ball unter Wasser, der mir vielleicht einmal entwischte? Konnten sich Aggressionen aufaddieren, wie ein Stein auf den anderen, bis das Ganze gefährlich schwankte und umfiel?

»Übrigens muss das hier noch eine Zeit lang unter uns bleiben. Dieses Jahr ist er zwanzig Jahre bei uns. Deswegen erschien es uns eine gute Idee, ihn zu ehren, und darum haben wir *Ode an den Meister* entwickelt, ein abendfüllendes Programm mit verschiedenen Werken von John. Dafür mussten wir Platz im bereits bestehenden Programm schaffen.«

Auf einmal durchfuhr mich eine Erinnerung wie eine Stichflamme. Dorothée hatte uns zu einem Essen eingeladen, und John war auch dabei, wie so oft. Ich hatte von meinen Plänen erzählt, davon, dass ich den ersten Akt der *Giselle* neu als Ballett inszenieren wollte. Danach war das Gespräch wie von selbst auf Johns Karriere als Choreograf gekommen.

»Nächstes Jahr erlebt John sein zwanzigjähriges Jubiläum«, hatte Dorothée verkündet.

Daraufhin fragte Mischa, ob John dieses Ereignis auch feiern wolle. Er hatte die Schultern hochgezogen und den Kopf geschüttelt.

»Es ist noch nicht so weit«, erklärte Dorothée, und in ihren Augen lag ein ganz bestimmter Glanz. »Aber du bringst mich da auf eine Idee.«

Danach hatte ich das Ganze vergessen. Bis gerade eben.

»Hast du mit John darüber gesprochen?«

»Was hat denn John damit zu tun?«

Natürlich brauchte ihm Kai nichts zu erzählen, denn Dorothée war seine Sekretärin und verfolgte seine gesamte Korrespondenz. Hatte sie John von meinen Plänen erzählt, damit er sie sabotieren konnte? War sie es selbst gewesen? Oder hatte Mischa mit John gesprochen, um sich an mir zu rächen?

Oder sah ich schon Gespenster?

25.

Nikolaj

Gegenwart

Das Summen der Schleusentür erklang, aber ich hatte keine Lust, die Augen zu öffnen. Sicher jemand vom Pflegepersonal, um mir zu sagen, ich solle aufstehen und mich bewegen. Er oder sie schlurfte nach drinnen und blieb dann stehen. Eine ganze Weile. Meine Neugierde besiegte die Müdigkeit, und vorsichtig öffnete ich ein Auge.

»Du lieber Gott, Dorothée.« Vor Schreck sprang ich halb auf. Mein ganzer Körper protestierte gegen diese unerwartete Anspannung, und ich ließ mich wieder zurücksinken. Der Schmerz schwappte in einer pulsierenden Welle von meinem Kopf bis in meine Zehen und wieder zurück.

»Weißt du, was ich mir vorgestellt habe, als du da gerade gelegen und geschlafen hast? Wie ich dir ein Kissen aufs Gesicht lege und zudrücke, immer weiter, bis du ...«

»Du hast hier überhaupt keinen Zutritt.«

»Davon abgehalten hat mich nur, dass hier sofort Leute von der Pflege an deinem Bett stehen würden, weil es einen Alarm gäbe«, sprach Dorothée weiter, als hätte sie mich gar nicht gehört. Ihre Stimme zitterte vor Wut.

Ich drückte auf den roten Knopf, um jemanden vom Pflegepersonal herbeizurufen. »Ich möchte, dass du sofort gehst.«

»Nach allem, was meine Tochter für dich getan hat ...«

»Mischa ist nicht so unschuldig, wie du glaubst, das wirst du noch früh genug merken.«

»Ihr größter Fehler bist *du*.«

Dorothée hatte nie ein Geheimnis daraus gemacht, dass sie ihre Tochter lieber mit jemand anderem liiert gesehen hätte, aber als sie mitbekam, dass Mischa zusammen mit mir einen Erfolg nach dem anderen feierte, hatten wir eine Art Burgfrieden geschlossen.

»Deine Tochter verdankt mir alles«, herrschte ich sie an. Ich schaute zur Schleuse hinüber. Wo blieben die Pflegekräfte, verdammt noch mal? »Ohne mich hätte sie es nie so weit gebracht, das weißt du genauso gut wie ich.«

Man konnte alles Mögliche über Dorothée sagen, aber dumm war sie nicht. Sie wusste, dass ich recht hatte.

»Undankbarer Hund. Du hast sie benutzt ...«

»Und sie hat mich genauso benutzt«, fiel ich ihr ins Wort.

Endlich erschien Willy in der Schleuse. Ich winkte ihr zu.

»Was ist denn los?«, wollte Willy wissen. Befremdet sah sie zu Dorothée, die sie nicht sofort erkannte.

»Man hätte diese Person nie zu mir lassen dürfen.«

»Du bist mich noch nicht los«, verkündete meine Schwiegermutter, die mit einer Drohgebärde auf mich zeigte.

»Jetzt reicht es. Ich muss Sie bitten, das Zimmer zu verlassen. Sie regen Herrn Iwanow zu sehr auf.«

Als Dorothée keine Anstalten machte, sich zu entfer-

nen, fügte Willy hinzu: »Entweder Sie gehen freiwillig, oder ich rufe den Sicherheitsdienst, und dann kommen Sie nie wieder hier rein. Auch nicht zu Ihrer Tochter.«
Das wirkte.

»Geht es?«, erkundigte sich Willy, nachdem Dorothée verschwunden war.

»Diese Frau ist wahnsinnig. Sie hat gesagt, sie wolle mich umbringen.«

»Das hat sie bestimmt nicht so gemeint«, versuchte mich Willy zu beschwichtigen.

»Da kennen Sie Dorothée schlecht.«

»Ihre Tochter liegt schwer verletzt im Krankenhaus, man hat ihr nach dem Leben getrachtet. Für eine Mutter muss das schrecklich sein.«

»Verteidigen Sie Dorothée jetzt auch noch?«

»Ja, so sieht es fast aus, was?«, sagte Willy betont lässig.

»Glauben Sie vielleicht, ich …«

Sie begriff sofort, was ich meinte. »Ich habe keine Ahnung.«

»Aber Sie haben kein Problem damit, mich hier zu betreuen.«

»Das gehört zu meiner Arbeit, oder? Sie wären nicht der erste Kriminelle, den ich pflege. Sie wollen gar nicht wissen, was hier so alles reinkommt. Mörder, Vergewaltiger, alles Denkbare.«

»Und da haben Sie keine Angst?«

»Das ist jetzt nicht böse gemeint, aber Sie sehen im Moment nicht wirklich aus, als könnten Sie mir irgendetwas antun. Und außerdem bin ich ja nicht mit Ihnen verheiratet.«

Etwas hatte sich verändert, das wurde mir plötzlich bewusst. Vorher war Willy freundlich gewesen, doch jetzt erschien sie mir richtiggehend feindselig. Was wusste sie, das ich nicht wusste? Hatte Mischa etwas zu Waanders gesagt? Ich versuchte, mich zu beruhigen. Nein, das würde sie nicht tun. Dann würde sie mit mir untergehen, und das war ihr klar. Ein beunruhigender Gedanke beschlich mich. *Außer, wenn ihr nichts mehr etwas ausmacht. Weil sie nichts mehr zu verlieren hat.*

26.

Nikolaj

Vor elf Jahren

Lächelnd schaute ich Eliza an, schlang den Arm um sie und zog sie an mich. Ich hatte schon viele Beziehungen gehabt, aber keine wie die hier. Diese Liebe war sanft, zärtlich, energiegeladen und voller Verständnis. Immer noch. Meistens empfand ich die Liebe nach einiger Zeit als anstrengend und ermüdend, aber mit Eliza war es anders. Das war völlig neu für mich. Ich konnte gar nicht genug davon bekommen.

So blieben wir stehen, während wir darauf warteten, was uns Hugo zu sagen hatte. Er hatte uns alle in einem der Proberäume zusammengerufen.

»Ich habe euch hergebeten, weil ich eine besondere Mitteilung machen möchte. Oder eigentlich zwei, wobei die erste keine schöne ist: John wird uns verlassen.«

Ein allgemeines Gemurmel entstand. Ich konnte nicht genau einordnen, ob es empört oder erstaunt klang. Natürlich wusste jeder um die Probleme zwischen John und Hugo. Die beiden harmonierten überhaupt nicht, was die künstlerische Ebene betraf. Ihre Auffassungen über die Richtung, die das Nationalballett einschlagen sollte, lagen meilenweit auseinander. John wünschte sich mehr modernen Tanz, seine eigenen Inszenierungen, und das wollte Hugo nicht.

»Bald wird das Datum für seinen Abschied bekannt gegeben. Gut, also weiter. Wie ihr alle wisst, steht uns eine neue Produktion ins Haus. Normalerweise hänge ich die Rollenverteilung ans Schwarze Brett, aber diesmal will ich es anders handhaben. Die neue Produktion wird nämlich« – hier machte er eine dramatische Pause – »*Dornröschen.*«

Ist das alles?, dachte ich. *Dornröschen* war natürlich etwas Besonderes, gehörte jedoch gleichzeitig zum Standardrepertoire. Es wurde geklatscht, aber nicht gerade begeistert.

Hugo lachte und hob beide Hände. »Ich weiß, meine Lieben. Vielleicht sollte ich dazusagen, dass es sich hier um eine eigens für uns entwickelte Version handelt, und zwar von Isabelle Déjan.«

Alle Anwesenden, ich selbst eingeschlossen, brachen in lauten Jubel aus. Isabelle Déjan war eine weltberühmte Choreografin, bekannt für ihren Innovationsdrang. Dass das Nationalballett sie für die Aufführung hatte gewinnen können, stellte eine riesige Ehre dar.

Nun begriff ich, warum uns Hugo zusammengerufen hatte. Wenn man die Hauptrolle in *Dornröschen* tanzte, würde das einen gewaltigen Impuls für die eigene Karriere bedeuten, ein Sprungbrett in die Zukunft. Viele Tänzer, die mit Isabelle Déjan arbeiteten, erlebten danach ihren internationalen Durchbruch.

»Und jetzt, wo ihr mir alle aufmerksam zuhört …« Hugo genoss den Moment und wollte ihn so lange wie möglich ausdehnen. Dieses eine Mal gönnte ich es ihm.

Er musste gearbeitet haben wie ein Wilder, um das hier zu schaffen. »... die Hauptrollen! Die weiblichen und die männlichen Hauptrollen gehen ...«

Eliza kniff mich in die Hand. Unter meinem Arm spürte ich den Puls an ihrem Hals, ihr Herz hämmerte wie rasend. Mischa, die neben uns stand, schaute Eliza über den Spiegel an und lächelte ihr ermutigend zu.

»... an unser schönes Paar: Eliza und Nikolaj!«

Mit einem Aufschrei schlug Eliza die Hand vor den Mund und fiel mir in die Arme. Ich hob sie hoch, wir drehten zahllose Runden, küssten uns dabei wild. Es gab Beifall und Gejohle. Hugo zählte die weitere Rollenverteilung auf, aber das hörte ich nicht einmal mehr.

Nachdem Hugo verkündet hatte, Isabelle Déjan werde am nächsten Tag eintreffen, sodass die Proben sofort beginnen konnten, zog er ab. Eliza wandte sich um und umarmte Mischa.

»Herzlichen Glückwunsch. Und diesmal sparst du dir das Lampenfieber, was?«, meinte Mischa.

Am liebsten hätte ich sie an Ort und Stelle erwürgt. Sie lächelte mich lieb an. Eliza wurde von einem anderen Tänzer in Beschlag genommen, der ihr gratulieren wollte, und Mischa und ich blieben beieinander stehen.

»Und eure Ferien?«, erkundigte sie sich.

Wir waren nach Russland gefahren, in mein Heimatdorf. Mir war wichtig, dass Eliza meinen Hintergrund kannte, dass sie wusste, mit welcher Sorte Mann sie es bei mir zu tun hatte, und warum ich zu dem geworden war, der ich war.

»Lehrreich«, erwiderte ich.

Mischa hatte auf unsere Wohnung aufgepasst. Sie hatte die Pflanzen gegossen, und als wir zurückkehrten, lag unsere Post ordentlich aufgestapelt da. Weniger glücklich war ich darüber gewesen, die Porzellanfigur eines ineinander verschlungenen Paares in Scherben im Papierkorb vorzufinden. Es handelte sich um mein allererstes Geschenk für Eliza. An einem freien Morgen waren wir am Schaufenster eines Second-Hand-Ladens vorbeigekommen, und Eliza hatte ausgerufen, wie schön sie die Figur fand. »Das sind wir«, hatte sie gesagt. Purer Kitsch, aber ich stimmte ihr zu. Die Beine von Mann und Frau waren miteinander verschmolzen, ihre Oberkörper bildeten eine Art Kreis. Später war ich zurückgegangen und hatte die Figur gekauft.

»Was ist mit der Figur passiert?«

»Mit welcher Figur?«

»Auf der Fensterbank.«

»Ach, die. Tut mir leid. Die ist mir beim Staubwischen heruntergefallen.«

»Warum hast du überhaupt abgestaubt?«

»Weil es staubig war«, meinte Mischa.

»Das hättest du nicht zu tun brauchen.«

»Gern geschehen«, gab sie sarkastisch zurück.

Ich hatte das ungute Gefühl, dass es dabei nicht geblieben war, also fragte ich sie ganz direkt: »Warum hast du in unseren Sachen rumgeschnüffelt?«

Mischa riss die Augen auf. »Wie bitte?«

»Du hast mich schon verstanden.«

»Ich habe keine Ahnung, wovon du sprichst.«

Ich hätte nicht beweisen können, dass sie herumgeschnüffelt hatte, aber ich meinte mich zu erinnern, dass die Vorhänge im Schlafzimmer zugezogen gewesen waren, als wir wegfuhren; der Zeitschriftenstapel auf dem Küchentisch hatte ein ganz klein wenig anders dagelegen, und so gab es noch verschiedene Kleinigkeiten, die mir aufgefallen waren.

»So schnell biete ich euch nicht mehr an, die Hauswirtin zu spielen, das kannst du mir glauben«, meinte sie empört.

»Das Ganze war sowieso deine Idee, nicht meine.«

»Was unterstellst du mir da eigentlich?«

Hätte ich das nur gewusst. Es war eher ein Gefühl. Es gefiel mir einfach nicht, wie nahe sich Mischa und Eliza standen. Solche Freundschaften kannte ich nicht und fand sie ungesund. Mischa war zwar ausgezogen, stand jedoch ständig bei uns vor der Tür. Eliza meinte, ich wäre einfach eifersüchtig, weil ich sie ganz für mich allein haben wollte. Vielleicht stimmte das sogar. Aber manchmal, wenn Mischa glaubte, niemand bemerke es, schaute sie Eliza mit einem ganz bestimmten Blick an, der mir nicht gefiel.

Eliza stellte sich wieder zu uns. »Worüber sprecht ihr denn?«

»Über die Figur.«

»Ach ja, darüber wollten wir noch mit dir reden«, sagte Eliza. In ihrem Blick lag etwas Herausforderndes, das mich mit Befriedigung erfüllte. Ich war der Ansicht, dass sie sich zu sehr von Mischa leiten ließ. Zeit, sich zu lösen. »Diese Figur hatte eine große emotionale Bedeutung für mich, das weißt du.«

Mischas Gesicht verfinsterte sich. »Was willst du denn von mir, soll ich die Scherben zusammenkleben?«, versuchte sie einen Witz, aber niemand von uns lachte darüber.

»Es gibt Dinge, die lassen sich nicht kitten«, sagte Eliza. Wir alle wussten, dass sie nicht mehr über die Figur sprach.

»Jetzt stell dich nicht so an, Lies. Das Ding war doch purer Kitsch.«

Eliza verschränkte ihre Finger mit meinen und schaute mich kurz an. »Nicht für mich.«

Mischa verdrehte die Augen.

»Was ist?«, fragte Eliza in scharfem Ton. »Warum reagierst du jetzt so?«

»Wie denn, *so*? Warum tust du, als hätte ich ein Schwerverbrechen begangen? Jetzt komm, krieg dich wieder ein.«

»Ein sehr guter Rat. Den solltest du selbst beherzigen.«

»Was heißt das denn jetzt schon wieder? Ich verstehe dich wirklich überhaupt nicht mehr, seit du mit ihm zusammen bist«, meinte Mischa mit einem Blick in meine Richtung. Sie steckte beide Hände in die Taschen ihres Bodywarmers.

»Daran gewöhnst du dich wohl besser«, erwiderte Eliza giftig und lief davon.

Mischa wollte auch gehen, aber ich packte sie am Arm und hielt sie zurück. »Zu uns kommen immer noch Briefe für dich«, sagte ich.

Sie riss sich los. »Was ist denn heute mit euch? Regt euch doch ab. Mach dir keine Sorgen, ich stelle einen Nachsendeantrag.«

»Das sagst du schon ewig.«

»Warum stört dich das überhaupt? Ich hole die Post doch meistens, wenn ihr nicht da seid.«

»Ja, genau. Ständig stehst du bei uns auf der Matte. Beim nächsten Mal kannst du auch gleich deine Schlüssel dalassen.«

27.

Mischa

Vor einem Jahr

»Mama! So eine Überraschung«, rief ich aus. Nach der Vorstellung hatte ich geduscht und ein schwarzes Cocktailkleid angezogen. Jetzt mischte ich mich im Foyer unter die Gäste, die eine teurere Karte erworben hatten, um sich mit den Tänzern unterhalten zu können. Das war manchmal nett und manchmal schrecklich. Jetzt zum Beispiel. Ich hatte Pech. Ein Mann mittleren Alters – stämmig, Glatze, dicker Bauch – fiel über mich her. Er gehörte zum Typ Vampir: Die letzte Energie, die ich noch besaß (und das war weiß Gott nicht mehr viel), sog er mir aus den Gliedern. Zuerst machte er mir ein Kompliment zu meinem Auftritt.

»Ich finde es ganz großartig, dass jemand in Ihrem Alter noch so tanzen kann«, erklärte er.

»Jemand in meinem Alter?«

»Ja, zwischen Ihnen und den Mädchen vom Ensemble liegen doch einige Jahre. Ist das nicht schwirig für Sie?«

Wovon sprach dieser Idiot überhaupt? Wer war er, dass er sich anmaßen konnte zu behaupten, der Herbst meiner Karriere sei angebrochen? Seinem Anblick nach zu urteilen hatte er sich noch nie in seinem ganzen Leben körperlich angestrengt. Ich wusste natürlich, was hinter seiner Frage steckte. In letzter Zeit wollte man in Interviews öfter von mir wissen, was ich nach meiner Karriere als Tänzerin vorhatte. Erschwerend kam hinzu, dass am *Royal Ballet* zwei junge Mädchen zu ersten Solistinnen ernannt worden waren. Und für erste Solistinnen gab es jedes Jahr nur eine begrenzte Anzahl Rollen.

»Warum sollte das schwierig für mich sein?« In den vergangenen Jahren hatte ich gelernt, dieser Sorte Leute keine Antwort zu geben, sondern ihnen eine Gegenfrage zu stellen. Sie hörten sich sowieso am liebsten selbst reden. Nikolaj zufolge war ich viel zu brav. Wenn sein Gesprächspartner etwas sagte, was ihm nicht passte, drehte er sich einfach um und ließ ihn stehen. Der Direktor des *Royal Ballet* war darüber alles andere als erfreut. Einmal hatte Nik einen wichtigen Geldgeber vor den Kopf gestoßen. »Du kannst über diese Leute ja denken, was du willst, aber vergiss nicht, dass sie dein Gehalt bezahlen«, hatte der Direktor gewettert. Ich dagegen hätte gern auch nur einen Teil von Niks Mumm gehabt. Manchmal fühlte ich mich geradezu wie eine Prostituierte.

Die Antwort meines Gegenübers war mir erspart geblieben, denn ich entdeckte meine Mutter. So konnte ich mich aus seinem widerlichen Griff lösen, ohne unhöflich zu wirken. »Bitte entschuldigen Sie«, sagte ich zu dem Mann, floh zu meiner Mutter und umarmte sie. Der besorgte Blick in ihren Augen entging mir nicht.

»Kann ich auch so begrüßt werden?«, erklang eine Stimme hinter mir.

Als ich mich umdrehte, sah ich Kai. Lächelnd fiel ich ihm in die Arme. »Was macht ihr hier in London?«

»Dich tanzen sehen natürlich«, lautete Kais Antwort.

»Nachschauen, wie es dir geht«, sagte meine Mutter gleichzeitig.

Wir lachten. Ich vor allem, weil ich mein Erstaunen und meine Besorgnis über ihr unerwartetes Erscheinen verbergen wollte. Meine Mutter besuchte uns häufiger, Kai sah ich eigentlich nur, wenn ich in den Niederlanden war.

Nikolaj, der die meisten Gäste überragte, kam auf uns zu. Ich winkte ihm. »Welchem Umstand verdanken wir denn diese Ehre?«, wollte er wissen, während er Kai die Hand schüttelte und meiner Mutter einen Wangenkuss gab. Einen flüchtigen, bei dem die beiden einander kaum berührten. Ob das an ihm oder an ihr lag, konnte ich nicht sehen, weil alles so schnell ging, doch automatisch reagierte ich mit Anspannung.

Während sich Kai und Nikolaj über die Aufführung unterhielten, wandte ich mich an meine Mutter. »Bleibt ihr denn ein paar Tage?«

»Natürlich, ich will doch Gregory und ...« – rasch fing sie sich und schluckte den Namen gerade noch rechtzeitig herunter – »... so unglaublich gern sehen.«

»Er dich auch.« Was auch immer ich von ihr als Mutter hielt, als Oma war sie großartig. Ich hatte erwartet, sie würde die Bezeichnung »Oma« schrecklich finden, aber das genaue Gegenteil war eingetreten. Sie trug die Anrede wie eine Auszeichnung.

Obwohl sie Nataljas Namen nicht ausgesprochen hatte, konnte meine Mutter nicht verhindern, dass ihr Tränen in die Augen traten.

»Bitte nicht, Mam.« Ich spannte den Kiefer an und unterdrückte so meine eigenen Tränen. Ohne sie, ohne das hier, war es schon schwer genug. Bei jeder Premiere waren Gregory und Natalja dabei gewesen. Auch auf dem Fest danach. Dann hüpften sie durch die Gegend, sammelten Gläser ein, spielten mit den Tänzern und waren noch Tage später high von Cola und Orangensaft.

An der Premiere dieses Balletts, die einige Wochen zurücklag, hatte Gregory allein teilgenommen. Er hatte unbedingt kommen wollen, obwohl ich ihm immer wieder gesagt hatte, es wäre nicht nötig. Ich hatte gehofft, er würde nicht wollen. Dann hätte ich eine Ausrede für die anschließende Premierenfeier gehabt.

Es war auf eine bizarre Weise schmerzlich gewesen, ihn so allein zu sehen, ohne seine Schwester. Alle Tänzer strengten sich ganz besonders an, und er hatte sich ganz ausgezeichnet amüsiert. Ich hatte mir völlig umsonst Sorgen gemacht. Es traf mich, wie widerstandsfähig Kinder doch waren. Hätte ich das nur auch von mir selbst sagen können: Nach wenigen Stunden hatte ich mich auf der Toilette übergeben, was nicht an dem vielen Alkohol lag.

»Wie hat dir das Ballett gefallen?«, fragte ich. Ein Ober passierte uns mit einem Tablett, und ich nahm mir ein Glas Champagner, das ich in einem Zug herunterstürzte. Meine Mutter riss die Augen auf.

»Du warst großartig, Schatz, wie immer.«

Ich winkte den Ober heran, weil ich ein zweites Glas brauchte. In der Vergangenheit hatte ich an Premierenabenden immer die Kinder losgeschickt, um mir ein Getränk oder Schnittchen zu besorgen. Ich nahm einen Schluck.

Nicht. Noch einen Schluck. *Mehr.* Noch einen Schluck. *Daran.* Noch einen Schluck. *Denken.* Bläschen auf meiner

Zunge, an meinem Gaumen. Sie platzten mit einem Ploppen. Ein warmes Gefühl in der Speiseröhre, im Magen. Wärme, die mein Herz einfach nicht erreichte.

»Bist du gekommen, um mich zu kontrollieren?« Ich unterdrückte einen kleinen Rülpser.

»Bitte, Mischa, tu das nicht. Stoß mich nicht so weg. Ich dachte, dieses Stadium hätten wir hinter uns«, sagte meine Mutter.

Schuldbewusst sah ich sie an. Sie hatte recht. Hatte sie nicht immer recht gehabt? Nach Nataljas Tod hatte sie unbezahlten Urlaub genommen und war mir wochenlang nicht von der Seite gewichen. Sie hatte dafür gesorgt, dass ich nicht den ganzen Tag im Bett blieb, dass ich nicht trank, dass ich duschte, aß, an die frische Luft ging. Ohne sie hätte ich es nicht überstanden. Als sie wieder nach Hause fuhr, hatte ich geweint wie ein Baby.

»Tut mir leid«, murmelte ich. Auch dieses Schuldgefühl spülte ich herunter. »Es ist einfach so schrecklich schwer.«

»Du bist ja nur noch Haut und Knochen.«

Ich aß tatsächlich nicht viel, dafür trank ich mehr als genug. Ich hatte ganz einfach keinen Appetit. Mein Magen war bis oben hin mit Kummer gefüllt.

»Musst du denn wirklich tanzen?«, fuhr meine Mutter fort. Jemand anders hätte jetzt das Thema gewechselt – nicht sie. Meine Mutter hatte mir oder meinen Freundinnen auch immer mit Genuss Splitter aus den Fingern gezogen. »Sonst fängt das Ganze doch nur an zu eitern«, erklärte sie dann.

»Mir bleibt ja wohl nichts anderes übrig«, gab ich zurück.

»Setzt dich Moses unter Druck?«

Moses war der Direktor des *Royal Ballet*.

»Nein, daran liegt es nicht.«

»Schade«, meinte meine Mutter.

Ich lachte erstaunt. »Schade?« Ich reckte den Hals, um nach dem Kellner Ausschau zu halten. Als er wieder erschien, nahm ich mir ein weiteres Glas. Den forschenden Blick meiner Mutter ignorierte ich.

»Das würde dir die Entscheidung noch leichter machen.«

»Du sprichst in Rätseln.«

»Kai ist gekommen, um euch einen Vorschlag zu unterbreiten. Er will euch wieder ans Niederländische Nationalballett holen.« Wegen des Stimmengewirrs im Foyer konnte ich sie nur schlecht verstehen. Ich konzentrierte mich auf ihre Lippen. Jemand stieß mich an, und die Hälfte des Champagners aus meinem Glas landete auf meiner Hand und auf dem Fußboden. Ich leckte mir die Flüssigkeit von der Haut.

Bei bisher jeder Begegnung hatte Kai wissen wollen, wann wir denn zurückkämen. Zum Teil war das scherzhaft, zum Teil aber auch ernst gemeint. Jetzt meinte er es also wirklich ernst. Steckte meine Mutter dahinter? Und war das überhaupt wichtig?

»Also?«, drängte meine Mutter.

»Ich weiß nicht, was ich sagen soll.«

»Ich glaube, es würde dir guttun. Weg von hier, wo dich alles und jeder an Natalja erinnert.«

Ich begriff, was sie damit meinte, aber so einfach war die Sache nicht. Ich brauchte nicht an Natalja erinnert zu werden. Sie war ständig bei mir. So wollte ich es auch. Und sonst erinnerte mich natürlich Gregory an sie.

»Ich muss das mit Nik besprechen«, hörte ich mich zu meinem eigenen Erstaunen sagen. Mein Blick blieb an dem dicken Mann hängen, der noch immer dastand und mich anstarrte. So konnte ich nicht weitermachen. Hier war alles grau, verschwunden unter der Ascheschicht meines Verlusts. Vielleicht war ihr Angebot ja gar keine so schlechte Idee. Ein Neuanfang.

28.

Nikolaj

Gegenwart

Ich starrte die Wand an. Der Gedanke, dass sich Mischa möglicherweise hinter dieser Wand befand, dass uns vielleicht nur ein paar Meter voneinander trennten, war mehr, als ich ertragen konnte. Erschöpft saß ich auf dem Stuhl und versuchte, zu mir zu kommen. Mein Körper reagierte, als hätte ich einen ganzen Abend lang ohne Unterbrechung getanzt. Trotzdem hatte ich nicht vor, aufzugeben und hier sitzen zu bleiben. Das Nichtstun machte mich wahnsinnig. Ich wollte wissen, wo sich Mischa befand, und zu Ende bringen, was ich begonnen hatte.

Vorsichtig stand ich wieder auf und stützte mich an dem Tisch ab. Schwer lehnte ich mich auf die Tischkante und schob Fuß um Fuß nach vorn. Das Gepiepe der Geräte ignorierte ich geflissentlich.

Mir zitterten die Beine. Als müsste ich durch kniehohen Schlamm waten, kämpfte ich mich unbeholfen weiter, ruderte dabei mit den Armen, um das Gleichgewicht nicht zu verlieren. Ganz kurz lehnte ich mich gegen die Wand, um wieder zu Atem zu kommen. Ich fragte mich, ob meine Wunden durch meine Bewegungen vielleicht aufgerissen wurden, und in Gedanken sah ich Blut, Wundflüssigkeit und Eiter durch den Verband sickern.

Ich erreichte die Schiebetür zur Schleuse und drückte auf den Knopf, um sie zu öffnen. Dabei fragte ich mich, ob ich wohl schnell genug wäre, um hindurchzukommen, oder ob ich gleich festsitzen würde. Ganz kurz musste ich wegen dieses Bildes lachen, aber dann fiel mir wieder ein, wo ich war und warum. Und vor allem: durch wessen Schuld.

Das gab mir die Kraft, weiterzumachen und nicht direkt zu Boden zu sinken. Schrittchen für Schrittchen schlurfte ich weiter. Nachdem ich die Schiebetür hinter mir gelassen hatte, war es, als würde ich eine andere Welt betreten. Ich kam in einen Raum, der sehr an eine Küche erinnerte. Da gab es eine Anrichte mit Unter- und Oberschränken und mehreren Regalen voller Handtücher, Nierenschalen aus Pappe und Schutzkleidung.

Die Glastür zum Flur befand sich auf meiner linken Seite. Ärzte, Pflegekräfte und Patienten gingen vorbei. Ihr Anblick war schlimm für mich: gesunde medizinische Helfer, die sehr rasch Patienten transportierten. Normale Menschen und solche, die nie wieder normal sein würden. Das war auf schmerzliche Weise krass. Vielleicht würde mich gleich ein Patient sehen und sich glücklich preisen, dass es ihm nicht so schlecht ging wie mir. Lief Mischa auch da draußen herum? Der Hass, der wie ein Komet durch meinen Körper schoss, erfüllte mich mit ausreichend Energie, um wieder weiterzugehen. Weiterzustolpern.

Mir stand der Schweiß auf der Stirn, und ich keuchte so laut, dass mein Atem alle anderen Geräusche um mich herum übertönte. Auch Willys Stimme. Die Krankenschwester stand plötzlich vor mir. Ich begriff nichts von dem, was sie sagte, doch die tiefe Falte zwischen ihren Augenbrauen und ihre in die Seiten gestemmten Hände verrieten mir, dass sie nicht gerade begeistert war. Ich wollte sie beiseitestoßen, aber es kostete mich zu viel Kraft, den Arm zu heben.

Sie versperrte mir den Weg und winkte ihre Kollegin Jantien herbei. Beide stützten mich und halfen mir so zurück zum Bett. Es war, als würde ich erneut eingesperrt, nachdem ich einige wertvolle Sekunden der Freiheit gekostet hatte. Willy verschwand wieder, und ich blieb allein mit Jantien zurück.

Kurze Zeit später konnte ich wieder Geräusche um mich herum wahrnehmen.

»Was wolltest du da draußen auf dem Flur?«

»Ihr sagt doch immer, ich muss mich bewegen.«

»Im Zimmer, ja, aber nicht da draußen. Außerhalb dieses Raumes ist das Risiko wegen möglicher Infektionen viel zu groß. Da darfst du also nicht hin.« Sie redete mit mir, als wäre ich ein kleines Kind. Bestimmt fehlte nicht viel, und sie würde mich behutsam zudecken und mir ein Schlaflied singen. »Wenn es dir bald besser geht, wirst du auf eine andere Abteilung verlegt, wo du dein Zimmer verlassen und einfach so in der Gegend herumlaufen darfst.«

Sie sagte es so, als wäre es etwas, worauf man sich freuen konnte. Routiniert überprüfte sie meine Verbände.

»Hast du große Schmerzen?«

»Geht schon.«

»Dass du eine so gute Kondition hast, macht wirklich einen großen Unterschied. Wir hatten hier einmal einen Leistungssportler, völlig durchtrainiert und so weiter. Nach zwei Monaten war davon nichts mehr zu sehen, so groß sind die Anforderungen, die die Genesung an den Körper stellt. Du darfst es also nicht übertreiben, okay?«

Ihre Worte schockierten mich. Die Ärztin hatte mir zwar gesagt, ich würde nie mehr tanzen können, aber irgendwie waren diese Prognosen in der kleinen Hoffnungsflamme, die noch in mir loderte, in Rauch aufgegangen. Ich wusste, von wem Jantien sprach. Der junge Mann hatte eine vielversprechende Karriere hingelegt und mehrmals Sprintwettkämpfe über die Viertelmeile gewonnen. Nach einem Autounfall war er im Wagen eingeklemmt gewesen, und dann explodierte der Motor. Umstehenden war es gelungen, ihn aus dem Auto zu zerren.

»Es darf nicht sein, dass du deine Verletzungen noch schlimmer machst.«

»Das hatte ich auch nicht vor«, erklärte ich verbissen. »Ich wollte einfach nur mit Mischa sprechen.«

»Warum?«

»Warum was?«

»Warum willst du mit ihr sprechen? Wenn mein Freund versucht hätte, mir das Leben zu nehmen, würde ich ihn nie wieder sehen oder sprechen wollen.«

»Ich will, dass sie die Wahrheit sagt. Ich will einfach wissen, warum sie ...«

Fragend zog Jantien die Augenbrauen hoch.

»Warum sie es getan hat, verstehst du?«

»Ja, ich glaube schon.«

»Vielleicht kann ich ja zu ihr durchdringen. Du hast mir erzählt, dass sie mich beschuldigt, das Feuer gelegt zu haben. Das begreife ich einfach nicht. Warum sollte ich sie umbringen wollen?«

»Sie sagt ...« Abrupt schwieg Jantien.

»Was sagt sie?«, hakte ich nach.

»Aber du darfst nicht wieder zu fluchen anfangen, wie beim letzten Mal.«

Ich wollte etwas viel Schlimmeres tun als das. Trotzdem schüttelte ich den Kopf.

»Ich weiß nicht, ob ich dir das überhaupt erzählen darf, aber sie sagt, du bist wütend geworden, als sie dir gesagt hat, dass sie sich scheiden lassen wollte«, flüsterte mir Jantien ganz leise zu.

»Das ist doch verdammt noch mal nicht zu glauben! Die blöde Schlampe dreht alles um!«, brüllte ich los. Vor Wut ballte ich die Fäuste, was Jantien nicht entging.

»Das ist noch nicht alles. Sie behauptet auch, du hättest sie sozusagen psychisch misshandelt.«

»Was um Himmels willen soll das denn heißen, ›sozusagen‹? Dieses manipulative Biest.«

»Willy glaubt ihr.«

»Natürlich. Himmel, Mischa wickelt einfach alle um den Finger.« Das war nicht gut. Das war ganz und gar nicht gut.

»Nicht alle, das darfst du mir glauben. Ich habe ihr das nicht abgenommen. Ich fand sie ziemlich ...«

»Ziemlich was?«

»Ich weiß nicht genau, ein bisschen heuchlerisch oder so. Erst war sie ganz fies zu Willy, sodass die beinahe geweint hat, und dann drehte sie sich plötzlich um hundertachtzig Grad und fing selbst an zu heulen.«

In diesem Augenblick öffnete sich die Schiebetür. Ich hatte mich so auf Jantiens Worte konzentriert, dass ich Willy nicht hatte kommen sehen.

Auch Jantien erschrak.

»Alles in Ordnung?«, erkundigte sich Willy in scharfem Tonfall.

»Ja, sicher«, gab Jantien zurück.

»Du bist schon ganz schön lange hier«, meinte Willy. »Wirst du bald fertig? Ich könnte deine Hilfe gut gebrauchen.«

Jantien nickte.

»Und Sie sollten dann ein Nickerchen machen, nach einem so großen Ausflug«, wandte sich Willy an mich. Ich war es nicht gewohnt, dass mich jemand betüttelte. Ich konnte mich damit nicht anfreunden und fühlte mich dadurch auch nicht gestärkt – stattdessen machte es mich sehr wütend. Ballett war eine knallharte Angelegenheit. Man musste weitermachen, so schlimm der Schmerz auch sein mochte. Nur bei einer schweren Verletzung durfte man die Sache ein wenig langsamer angehen, auch wenn man bei einem Knieproblem immer noch den Oberkörper trainieren konnte, indem man sich an die Ringe hängte. Der Choreograf kam dann nicht zu einem, um sich zu erkundigen, wie es einem ging, ob man sich gut fühlte oder Schmerzen hatte. Allein die Vorstellung zählte.

Und hier riet mir jemand, ich solle ein Nickerchen machen. Das war etwas für Kinder und alte Leute.

29.

Nikolaj

»Hmmm, einen Moment, mit dem Nickerchen warten Sie besser noch ein wenig. Der Ermittler ist hier und will Sie sprechen«, erklärte Willy mit einem Kopfnicken in Richtung Schleuse. Die Tür öffnete sich. Hans Waanders betrat den Raum, und Willy verschwand.

»Inzwischen habe ich mit Ihrer Frau gesprochen. Den Umständen entsprechend geht es ihr ...«, sagte er zur Begrüßung, doch ich unterbrach ihn.

»Wie es ihr geht, interessiert mich einen Scheißdreck. Was mich betrifft, ist sie tot«, brach es aus mir heraus.

»Das haben Sie auch beinahe so hinbekommen.«

»Wie bitte?«

»Wollten Sie, dass sie stirbt?«

»Wagen Sie es nicht, mir etwas in den Mund zu legen. Ich habe nicht gesagt, ich wollte, dass sie stirbt, ich habe gesagt, was mich betrifft, ist sie tot.«

»Wo liegt denn da der Unterschied?«

»Sie sind doch kein naiver Mensch. Beleidigen Sie mich also nicht, indem Sie so tun als ob.«

Hans Waanders senkte leicht den Kopf. Ich nahm an, das war als Entschuldigung oder Zustimmung gemeint.

»Warum fragen Sie mich das überhaupt?«

»Ihre Frau behauptet, Sie hätten das Haus angesteckt.«

»Natürlich behauptet sie das. Meine Frau ist ein verlogenes Biest.«

»Besonders erstaunt wirken Sie nicht.«

»Nein, ich bin auch nicht erstaunt. Mich erstaunt nichts mehr, was sie angeht. Ich hätte wissen müssen, dass sie das Ganze umdrehen würde.«

»Das klingt, als würden Sie sie hassen.« Zu spät bemerkte ich die raffiniert gestellte Falle des Ermittlers. »Ihr Vater neigte stark zur Gewalt«, fuhr er fort.

»Ich will nicht über meinen Vater sprechen. Was mich betrifft, ist er ...« *Tot*, wollte ich sagen, bremste mich aber gerade noch rechtzeitig. »Er gehört in die Vergangenheit. Ich habe keinen Kontakt mehr zu ihm, schon seit meiner Jugend nicht mehr.«

»Warum nicht?«

»Das wissen Sie ganz genau. Sie haben seine Neigung zur Gewalt erwähnt, also haben Sie ganz offensichtlich einige Recherchen betrieben.«

»Ihr Vater hat Ihre Mutter misshandelt. Sie selbst hat er auch geschlagen. Darum hat Ihre Mutter ihn verlassen und Sie mitgenommen.«

»Was hat das mit Mischa und mir zu tun? Wie schon gesagt, ich habe schon seit Jahren keinen Kontakt mehr zu ihm.«

»Wie man einen Knaben gewöhnt, so lässt er nicht davon, wenn er alt wird.«

»Manchmal verstehe ich diese niederländischen Redensarten nicht.«

»Ich spreche über Vererbung oder, auch möglich, über erlernte Verhaltensweisen. Zuweilen werden Kinder drogensüchtiger Eltern selbst abhängig, manchmal missbrauchen Menschen, die man in jungen Jahren missbraucht hat, ihre eigenen Kinder, manchmal ...«

»Ich habe noch nie in meinem ganzen Leben eine Frau geschlagen. Noch nie!« Bei Männern war das eine andere Geschichte. Wie gern wäre ich jetzt aus dem Bett gesprungen und hätte diesem gottverdammten Arschloch einen Schlag in die Fresse verpasst.

»Sie haben Ihre Frau während einer Probe fallen lassen.«

»Das war ein Unfall. Und von wem haben Sie das überhaupt? Dann müssen Sie doch auch gehört haben, dass das häufiger vorkommt, vor allem während der Proben. Genau dafür sind sie schließlich gedacht: um komplizierte Figuren immer und immer wieder zu üben, bis man irgendwann keine Fehler mehr macht. Ich bin stark, wie alle Tänzer, aber manchmal schafft man es einfach nicht, eine Frau mit einem Gewicht von fünfzig Kilo richtig aufzufangen. Sollte ich wirklich so dumm sein und etwas planen, wenn alle zuschauen? Wir proben häufig genug nur zu zweit.«

Hans Waanders nickte langsam. »Damit haben Sie nicht unrecht. Aber wissen Sie, Wut oder plötzlicher Hass ist irrational, er lässt sich nicht beherrschen oder gezielt heraufbeschwören. Manchmal lodert der Hass ganz plötzlich auf, die Gelegenheit kommt, und dann ist es unmöglich, dem Impuls nicht nachzugeben, jemandem wehzutun.« Waanders ließ mir keine Chance für eine Reaktion. »Außerdem ist da noch mehr als dieser unglückliche Sturz.«

»Was für Lügen hat sie Ihnen denn noch erzählt?«

Der Ermittler räusperte sich. »Die Nachbarn haben Streitigkeiten mitbekommen.«

»Das ist nicht unmöglich.«

»Mehrfach.«

»Ich will diese Frau nicht umsonst verlassen.«

»Auch am Abend des Brandes.«

»Das hatte ich Ihnen schon berichtet.«

»Ihre Frau hat blaue Flecken am Körper. Hämatome, die nicht vom Feuer stammen.«

»Muss ich denn immer alles zweimal sagen? Sie ist beim Ballett. Wir Tänzer haben ständig blaue Flecken.«

»Auch an beiden Unterarmen, als hätte sie jemand ganz fest gepackt?«

»Das kann durchaus sein ... Haben Sie ihren Tanzpartner danach gefragt? Oder den Choreografen?«

»Sie behaupten also, nichts damit zu tun zu haben?«

»Die nächste Aufführung hätten wir nicht gemeinsam absolviert.«

»Und wenn Sie abends zu Hause zusammen auf dem Sofa sitzen, erzählt sie Ihnen nicht von den blauen Flecken, die sie durch das Tanzen mit ihrem anderen Partner abbekommen hat?«

»Ihre Welt ist eine andere – bei Ihnen bedeuten Verletzungen direkt das Schlimmste. In meiner Welt bedeuten sie nur, dass hart gearbeitet worden ist, sonst nichts.«

»Und in dieser Welt hat Ihre Frau auch das blaue Auge abbekommen? Sie musste ins Krankenhaus damit.«

»Das lag an Gregory. Er saß auf ihrem Schoß und hat sich ruckartig bewegt, dabei ist er mit dem Kopf gegen Mischas gestoßen. Ihre Augenbraue ist aufgeplatzt und musste genäht werden, darum habe ich sie in die Notaufnahme gefahren. Und weil ihr plötzlich sehr übel wurde und sie Kopfschmerzen bekam. Ich wollte sichergehen, dass es keine Gehirnerschütterung war.«

»Das muss ein ordentlicher Schlag gewesen sein.«

»Stimmt.«

»Und Ihr Sohn hat gar nichts abbekommen.«

»Nein. Kinder haben harte Schädel. Das hat man mir zumindest gesagt.« Plötzlich wurde mir klar, dass Waanders diese Geschichte nur von einer einzigen Person gehört haben konnte. »Einen Moment mal, haben Sie mit ihrer Mutter gesprochen?«

Waanders nickte. »Und das ist nicht das Einzige, was sie mir erzählt hat. Ihrer Schwiegermutter zufolge haben Sie Ihre Frau isoliert.«

»Natürlich sagt sie das. Mischa ist ihre Tochter, und sie geht für sie ...« *Durchs Feuer*, hatte ich sagen wollen, aber das schien mir unter den gegebenen Umständen wenig passend. »Sie tut alles für Mischa, und Mischa macht diese Aufdringlichkeit ganz verrückt, die ihre Mutter als Besorgnis tarnt. In London konnte Mischa befreiter leben. Sie hat damals entschieden, dass wir nach London gehen, nicht ich.«

Einer der Apparate begann zu piepsen. Jantien erschien und tauschte einen der Beutel am Ständer aus. Ganz offensichtlich war sie neugierig, weshalb sie sich nur sehr langsam bewegte, aber Waanders redete erst weiter, als sie wieder verschwunden war.

»Genauso, wie es die Entscheidung Ihrer Frau war, nach Amsterdam zurückzugehen?«

Ich nickte.

»Und was wollten Sie? Hatten Sie kein Mitspracherecht bei der ganzen Sache?«

»Wenn es nach mir gegangen wäre, wären wir in London geblieben.« Ich hatte Himmel und Hölle in Bewegung gesetzt, um Mischa zu überreden, aber sie ging einfach nicht darauf ein. Und sie hielt die Macht in den Händen. Damals wurde mir das erste Mal klar, wie der Rest meines Lebens aussehen würde. Und diese Zukunftsvision war alles andere als angenehm gewesen. »Aber ich tue alles, um meine Frau glücklich zu machen.«

»Im Gegensatz zu Ihrem Vater.«

»Ich dachte, dieses Thema wäre jetzt abgehakt.«

»Abgesehen von dem entstehenden emotionalen und körperlichen Schaden haben Misshandlungen die unangenehme Angewohnheit, immer schlimmer zu werden. Mit einem Schlag ins Gesicht fängt es an. Dann ist es die Faust im Gesicht. Ein blaues Auge, zwei blaue Augen. Ein verdrehter, als Nächstes ein gebrochener Arm. Ihre Mutter ist mit Ihnen geflohen, weil sie fürchtete, ihr Mann würde sie umbringen, und Sie selbst auch.«

»Damit erzählen Sie mir nichts Neues.«

»Ist es Ihnen möglich, das Ganze aus meiner Sicht zu betrachten? Ein Vater, der seinen Sohn misshandelt, der Sohn, dessen Frau mit Verletzungen durch die Gegend läuft. Das ist doch kein Zufall mehr. Diese Zusammenhänge kann ich nicht einfach ignorieren.«

Grimmig schaute er mich an.

»Es geht Ihnen also um Zusammenhänge? Ich glaube, Mischa hat schon vorher versucht, mich umzubringen.«

30.

Nikolaj

Vor einigen Wochen
 Gerade noch rechtzeitig erreichte ich die Toilette. Ich musste mich heftig übergeben. Immer wieder zog sich mein Magen zusammen, selbst als er nur noch bittere Galle hervorbrachte. Nach dem Abendessen – Spaghetti Bolognese – war meine Übelkeit immer schlimmer geworden. Ich hatte oben weiter an den *Giselle*-Vorbereitungen arbeiten wollen, mich aber nach einer Stunde ins Bett gelegt, weil der Brechreiz einfach nicht vergehen wollte.

Ich spülte mir den Mund mit Wasser aus. Erschöpft ließ ich mich auf den kalten Badezimmerboden sinken und wischte mir den Schweiß von der Stirn.

Ich hatte mich schon oft genug im Leben übergeben: zu viel Alkohol, zu viele Pillen, zu viel anderer Dreck, aber diesmal lag es nicht daran. Kam es vom Essen? Aber dann hätten Mischa und Gregory inzwischen auch krank sein müssen. Gregory lag schon im Bett, und Mischa war zu Besuch bei ihrer Mutter.

In meinen Eingeweiden brodelte es. Sicher ging eine Magen-Darm-Grippe um. Die kam nie zum richtigen Zeitpunkt, aber im Moment passte sie mir überhaupt nicht in den Kram. Ich stand auf und stützte mich mit den Händen auf dem Waschbecken ab. Meine Gesichtsfarbe ähnelte stark den Kacheln hinter mir.

Plötzlich lief mir ein dünner Strahl Blut aus der Nase. Als ich den Arm hob, um ihn mir abzuwischen, fiel mir plötzlich ein großer blauer Fleck auf meinem Unterarm auf. Der musste ganz frisch sein, das wusste ich. Bei den Proben heute Nachmittag hatte ich ihn noch nicht gehabt.

Ziemlich unsicher auf den Beinen ging ich ins Schlafzimmer zurück und ließ mich aufs Bett fallen. Auf dem Handy gab ich die Symptome »Übelkeit, Erbrechen, Nasenbluten und blaue Flecken« in eine Suchmaschine ein. Die ersten Treffer bezogen sich alle auf Rattengift, das zwar ursächlich für solche Vergiftungserscheinungen bei Hunden war, aber in einigen Fällen auch bei Menschen. Ich öffnete eine Seite. Am häufigsten wird Rattengift eingesetzt, das die Blutgerinnung unterbindet, wodurch die Ratte innerlich verblutet, stand da. Mein Herz schlug schneller.

Ich las weiter: Die meisten Sorten Rattengift hemmen die Blutgerinnung, indem sie das sogenannte Recyceln von Vitamin K verhindern. Die Gerinnung ist ein relativ komplizierter Prozess, bei dem über mehrere Schritte nach dem Reißen eines großen oder kleinen Blutgefäßes Gerinnungsmaterial gebildet wird, was dafür sorgt, dass die Blutung irgendwann aufhört. Zur Bildung dieses Gerinnungsmaterials wird Vitamin K benötigt. Danach wird erneut Vitamin K frei, damit es wieder verwendet werden kann. Irgendwann ist dann das ganze Vitamin K aufgebraucht, und es kann kein Gerinnungsmaterial mehr erzeugt werden. Jede kleine Verletzung oder Prellung kann dadurch zu einer lebensbedrohlichen Blutung werden.

Ich fuhr hoch. Panik nahm meinen Körper gefangen, und es prickelte überall. Weil wir noch nicht so lange in Amsterdam wohnten, waren wir noch nicht dazu gekommen, uns bei einem Hausarzt anzumelden. Ich wählte direkt die Notrufnummer.

»Rettungswagen«, verlangte ich, nachdem ein Band angesprungen und ich gefragt worden war, ob ich die Polizei, die Feuerwehr oder einen Rettungswagen wollte. Man verband mich weiter.

»Rettungsdienst«, erklang eine Frauenstimme.

»Ich brauche einen Krankenwagen.«

»Was ist denn passiert?«

»Ich muss sofort ins Krankenhaus. Ich habe Rattengift gegessen.«

Das Klappern von Tasten erklang.

»Was für Beschwerden haben Sie?«

»Übergeben, blaue Flecken, Nasenbluten«, zählte ich auf.

»Wann genau haben Sie das Rattengift eingenommen?«

»Das kann ich nicht sagen.«

Kurz blieb es still. »Woher wissen Sie dann, dass es sich um Rattengift handelt?«

»Sicher weiß ich es nicht, aber die Symptome ...«

»Hier steht, dass es in den meisten Fällen einige Tage dauert, bevor das Rattengift wirkt.«

»Es ist doch egal, was ich gegessen habe! Ich muss mich übergeben ...«

»Müssen Sie sich immer noch übergeben?«, unterbrach sie mich.

»Nein.«

»Bluten Sie noch an anderen Stellen?«

»Nein, nein, soweit ich weiß, nicht.«

»Um wie viele blaue Flecken handelt es sich?«

»Bisher ist es nur einer, auf meinem ...«

»Hier steht, bei Einnahme geringer Mengen besteht keine akute Lebensgefahr. Ich würde Ihnen empfehlen, sich an Ihren Hausarzt zu wenden.«

»Aber ich ...«

»Sie sind ansprechbar, und eine Notsituation liegt nicht vor. Wie lautet Ihre Adresse?«

Ich gab sie ihr.

»Dann stelle ich Sie jetzt zum nächsten Hausarzt durch.«

Bevor ich protestieren konnte, erklang ein Signal, das angab, dass man mich weiterverband.

»Hausarztstelle, guten Abend. Was kann ich für Sie tun?« Wieder eine Frauenstimme.

Noch einmal erzählte ich alles und gab mir dabei nicht die geringste Mühe, meine Ungeduld und Verärgerung zu verbergen. Die Frau stellte mir in etwa dieselben Fragen wie die vorherige; in der Zwischenzeit überprüfte ich, ob auch keine neuen blauen Flecken hinzugekommen waren. Ich lief ins Badezimmer und kontrollierte Nase und Ohren auf Blutspuren.

»Das habe ich der anderen Frau auch schon alles erzählt.«

»Der anderen Frau?«

»Von der Notrufnummer.«

»Ich verstehe«, gab sie zurück.

»Ich muss ins Krankenhaus.«

»Und Sie wissen nicht sicher, ob Sie Rattengift genommen haben?«

»Nein, aber ...«

»Und auch nicht, wie viel?«

»Nein, aber ...«

»In geringen Mengen ist Rattengift nicht lebensgefährlich. Allenfalls geht es Ihnen für kurze Zeit ziemlich schlecht. Haben Sie noch andere der beschriebenen Symptome?«

»Nein, aber ich habe gelesen, dass das Gift tagelang im Körper weiterwirken und Schäden verursachen kann, die sich erst später zeigen.« *Und dann ist es zu spät*, fügte ich in Gedanken hinzu.

»Nehmen Sie andere Medikamente?«

»Was? Nein.« Hielt sie mich vielleicht für geisteskrank?

»Hatten Sie in letzter Zeit viel Stress?«

»Natürlich, welcher gesunde Mensch hat den nicht?«, schnauzte ich sie an.

»Was machen Sie beruflich?«

»Ich bin Tänzer.«

»Gerade herrscht eine Magen-Darm-Grippewelle, das könnte die Übelkeit erklären. Sind bei Ihnen auf der Arbeit Leute krank?«

»Keine Ahnung«, gab ich kurz angebunden zurück. Mit so etwas befasste ich mich nicht. Die Leute waren da oder auch nicht, und ich wollte gar nicht wissen, warum sie nicht da waren.

»Nasenbluten tritt häufiger auf, vor allem bei Anstrengungen, wie sie in Ihrem Beruf an der Tagesordnung sind. Ich sehe keinen direkten Anlass für eine Aufnahme in ein Krankenhaus. Lassen Sie uns vereinbaren, dass Sie sofort wieder anrufen, wenn sich Ihre Symptome innerhalb der nächsten Stunden verschlimmern.« Wütend beendete ich das Gespräch. Während ich mich ängstlich im Spiegel begutachtete, versuchte ich nachzuvollziehen, was ich in den vergangenen Tagen gegessen hatte, und wo. Morgens frühstückte ich zu Hause, das Mittagessen nahm ich meistens im Musiktheater ein, und abends aß ich oft zu Hause. Das Frühstück bereitete ich selbst zu. Der Lunch konnte es auch nicht sein, denn dann wären inzwischen längst mehr Leute krank geworden. Und für das Abendessen galt das ebenfalls.

Außer ... Nein, das war Unsinn. Oder? Mischa tat uns meistens in der Küche das Essen auf und reichte dann jedem einen Teller. Vor ein paar Tagen war ich später nach Hause gekommen, und sie hatte eine Portion für mich in den Kühlschrank gestellt, die ich mir dann in der Mikrowelle aufwärmte.

Ich rief mich selbst zur Ordnung. Ich sah einfach Gespenster. Ich holte einige Male tief Atem. Die Panik war schuld, sie verhinderte, dass ich gut nachdenken konnte, und ließ mich Dinge sehen, die es gar nicht gab. Trotzdem ging ich nach unten, wo die Reste des Abendessens noch im Spülstein standen. Ich hatte versprochen, alles aufzuräumen, aber wegen der Übelkeit war ich noch nicht dazu gekommen. Ich nahm meinen Teller und roch daran. Dann tat ich dasselbe bei den anderen Tellern. Etwas Auffälliges nahm ich nicht wahr, aber ich hatte auch keine Ahnung, ob man Rattengift riechen konnte. Ich versuchte mich zu erinnern, ob die Spaghetti anders geschmeckt hatten als sonst.

Ich schaute im Schränkchen unter der Spüle nach, als würde ich wirklich erwarten, dort ein Gefäß mit Rattengift vorzufinden. Spontan trat eine Erinnerung aus dem Schatten, hinaus ins Scheinwerferlicht. Rattengift in einem anderen Spülschränkchen, in Elizas Wohnung. Ich hatte sie noch danach gefragt, weil ich es so seltsam fand. Gift gegen Mäuse konnte ich nachvollziehen, aber Rattengift? Eliza wusste gar nicht, wovon ich überhaupt sprach oder wer das Gift besorgt hatte. »Vielleicht Mischa«, hatte sie schulterzuckend gesagt. Ich hatte das völlig vergessen und Mischa auch nie danach gefragt. Es war, als würde eine Erinnerung die nächste hervorlocken. Eliza, die am Abend der Premiere krank wurde. Erbrechen. Blaue Flecken. Mir wurde ganz leicht im Kopf, ganz schwindlig von der Erkenntnis. Mein Gefühl verwandelte sich in eine Einbahnstraße: Es gab nur eine mögliche Erklärung, und die ließ mir das Blut in den Adern gefrieren.

Natürlich bewahrte sie das Gift nicht in der Küche auf, wo es Gregory mit seinen acht Jahren hätte finden können. Der Keller war dafür viel geeigneter. Ich schaute nach. Nichts. Aber sie konnte das Gift überall versteckt haben. Vielleicht hatte sie es sogar in eine andere Verpackung umgefüllt. Oder weggeworfen.

Der Mond spiegelte sich im Glas der Gartentüren. Den Schuppen gab es auch noch. Ich öffnete die Tür, und als mir die frische Abendluft entgegenwehte, war es, als würde mein Misstrauen davongejagt. Plötzlich fühlte ich mich einfach nur lächerlich. Was trieb ich hier um Himmels willen?

Glaubte ich wirklich, Mischa wollte mich vergiften? Würde sie so weit gehen?

31.

Mischa

Vor zehn Jahren

Eine Arabesque, gefolgt von drei Grands Jetés. Einen Winkel von fünfundvierzig Grad halten, dabei das Bein auf neunzig Grad anheben. Nach oben, auf die Zehenspitzen, Position halten, Muskeln anspannen, das Gleichgewicht nicht verlieren. Und die ganze Zeit die Arme strecken.

Keine schwierige Abfolge, warum kostete es mich dann heute so viel Mühe? Meine Beine schienen sich mit jedem Tanzschritt im Umfang zu verdoppeln, so schwer fühlten sie sich an. Ich kam kaum von der Stelle, von hoch ganz zu schweigen. Der Schweiß lief mir in Rinnsalen über das Gesicht, das Oberteil klebte mir unangenehm am Körper.

Die Probe war schon längst vorbei, doch ich war geblieben, um weiterzuüben, weil ich nicht zufrieden war. Ich musste an Nikolajs Worte denken. Er hatte mich eine verwöhnte westliche Prinzessin genannt. Er hatte den Drill in Russland mitgemacht und war darauf unglaublich stolz. »Wir haben wegen Schmerzen oder einer Verletzung niemals eine Stunde ausgelassen. Man erwartete einfach von uns, dass wir erschienen und mitmachten.« Er vertrat die

Meinung, Künstlertum sei untrennbar mit harter Arbeit und enormer Disziplin verbunden. In Moskau hatte er gelernt, dass man seine Ziele erreichte, wenn man nur immer sein Bestes gab. Dass man, wenn man Schweiß vergoss und Schmerzen ertrug, etwas Gutes tat.

Ich schüttelte den Kopf. Ich wollte nicht an ihn denken.

Unwillkürlich schaute ich zu der Ecke hinüber, in der Eliza immer gesessen hatte. Nie wieder würde sie dort sitzen. Der Verlust hatte sich mir wie eine Schlinge um den Hals gelegt, und je mehr Zeit verstrich, desto straffer zog sie sich zusammen. Wie oft hatten wir nicht zusammen den Tag beendet, nur wir beide in diesem riesigen Studio? Manchmal stellten wir Popmusik an und tanzten wild drauflos. Freestyle. Dann imitierten wir Tanzschritte von Michael Jackson oder Madonna. Machten einfach Quatsch. Einmal musste Eliza so sehr lachen, dass sie sich in die Hose machte.

Ich setzte mich hin, zog die Spitzenschuhe aus und massierte mir die Füße. Wegen der ganzen Unebenheiten, die vom Tanzen herrührten, waren sie hässlich. Mit dem Zeigefinger drückte ich auf eine Beule, immer kräftiger, wollte sie verschwinden lassen, was mir natürlich nicht gelang. Schließlich ließ ich meine Füße in Ruhe und betrachtete mich seufzend im Spiegel. Die Frau da war meine einzige Konkurrentin, sagte ich mir, nur half mir dieser Gedanke nicht. Ich streckte mir selbst die Zunge heraus.

»Meinst du vielleicht mich damit?«, erklang hinter mir eine Stimme.

Erschrocken wandte ich mich um. »John, du bist zurück!« Ich sprang auf und fiel ihm um den Hals. »Du hast mir so gefehlt.«

»Na, es ist wohl nur gut, dass ich wieder da bin. Was ich da gerade gesehen habe, war nicht unbedingt überwältigend, Schatz.«

Ich errötete. »Wie lange stehst du denn schon da?«

»Lange genug.«

Ich schlurfte zu der Bank vor dem Spiegel zu meiner Tasche. Ich ließ mich auf die Sitzfläche fallen und trank ein paar Schluck Wasser. Langsam zog ich meine Stulpen an. Meine Muskeln mussten warm bleiben. Ich hatte nach Hause gehen wollen, doch nach Johns Bemerkung war mir klar, dass noch viel Arbeit vor mir lag.

John setzte sich neben mich. »Wirst du mir noch sagen, was los ist?«

»Warum muss denn unbedingt etwas los sein? Ich bin einfach müde«, erwiderte ich schulterzuckend und mied seinen Blick.

»Unsinn.«

Ich öffnete den Mund, um ihm zu widersprechen, doch dann wurde mir klar, dass es keinen Sinn hatte. John kannte mich zu gut, er durchschaute mich. Auch wenn das zum Teil daran lag, dass ihm meine Mutter alles erzählte.

»Schläfst du bei uns?«, wandte ich mich einem anderen Thema zu.

»Hat deine Mutter dir nichts gesagt? Jetzt, wo Hugo endlich weg ist, hat mich Kai gebeten, zu euch zurückzukommen.«

Die beste Neuigkeit, die ich in den letzten Wochen gehört hatte. Wieder fiel ich ihm um den Hals. »Das ist ja großartig.«

»Kann man wohl sagen. Auch für dich.«

Fragend schaute ich ihn an.

»Ich habe ein Ballett entwickelt, und das ist wie für

dich gemacht. Es wird dir das Selbstvertrauen zurückgeben.«

»Ach, das hat doch damit nichts zu tun. Ich weiß ganz einfach nicht, ob ich mich wirklich fürs Tanzen eigne. Ich bin kein zartes Püppchen wie die anderen.« Wie Eliza, meinte ich damit, und sofort fühlte ich mich schuldig. Sie war tot, und ich wollte immer noch mit ihr in Konkurrenz treten. »Das *Royal Ballet* hat mich nicht umsonst abgelehnt.« Mit fünfzehn war ich nach London gegangen, an die Royal Ballet School. Zwei Jahre später war ich desillusioniert in die Niederlande zurückgekehrt. Der Direktor hatte entschieden, mir keine Anstellung zu geben, weil er fand, ich sei zu hochgewachsen für das Corps de Ballet.

»Mein lieber Schatz, ich bin dir in dem Augenblick verfallen, als du mit achtzehn Jahren das Studio im Nationalballett betreten hast. Kraft hast du ausgestrahlt, sinnliche Weiblichkeit, Ehrgeiz und Brutalität. Ich liebe Tänzerinnen mit Mut, Tänzerinnen, die etwas mitbringen. Leute, die abwarten und sorgfältig Tanzschritte imitieren, machen mich unglaublich wütend. So bist du nicht. Wenn ich dir einen Schritt vorgebe, ergänzt du ihn sofort um eine ganze Nuance. Du wartest nie einfach nur, bis dir jemand eine Schrittfolge auf dem Silbertablett serviert. Es stimmt, du bist nicht der Prototyp einer klassischen Tänzerin, aber wenn du diesem Ideal nicht entsprichst, musst du dir eben deine eigenen Normen, deinen eigenen Raum schaffen. Gerade Tänzer mit einer ›Macke‹, also solche, die sich weiter strecken und tiefer graben müssen, um sich einen Platz zu erobern, sind die interessantesten. Du darfst alles tun, alles sein, du darfst Fehler machen, Verrücktheiten ausprobieren, fantasieren, kannst frei und kreativ sein. Du musst dich trauen, auf der Bühne auch hässlich, grob, hart und sexy zu erscheinen.« John hatte sich in Rage geredet und erhob sich jetzt. »Komm jetzt, aufstehen.«

Zögernd tat ich, was er mir befohlen hatte.

»Mit ein wenig mehr Begeisterung, bitte. Oder soll ich jemand anderen fragen?«

Plötzlich drang es zu mir durch. John Romeijn, der berühmte Choreograf, der von allen Seiten bejubelt wurde, weil er das moderne Ballett – eine Kombination aus akademischer Technik und modernen Tanz- und Bewegungsabläufen – einem großen Publikum schmackhaft zu machen wusste, trug mir eine Rolle in seinem neuen Ballett an. Ich spürte, wie ein Lächeln an meinen Mundwinkeln zog.

»Ja, das gefällt mir«, sagte John, ebenfalls mit einem Lächeln. »Gut, auf geht's.« Er begann eine Melodie zu summen.

Ich brach in Gelächter aus. »Was ist das denn?«

»Musik von Astor Piazzola. In Berlin habe ich während eines Abendessens diese Musik gehört. Von diesem Augenblick an wusste ich, dass ich unbedingt eine Choreografie dazu entwickeln musste. Ich habe fünf Kompositionen aus seinem Oeuvre ausgewählt und ein Ballett daraus gemacht. *Fünf Tangos* heißt es.«

»Tango?« Es gelang mir nicht ganz, meine Ablehnung gegenüber den Bildern, die das Wort »Tango« in mir hervorrief, aus meiner Stimme zu verbannen.

John warf mir einen Blick zu, der unmissverständlich war. Ich zweifelte nicht daran, dass er jede andere Tänzerin längst aus dem Studio geworfen hätte. Und das zu Recht, wurde mir bewusst. Wer war ich denn, eine kleine Tänzerin am Anfang ihrer Karriere, dass ich an ihm zu zweifeln wagte? »Tut mir leid«, murmelte ich. »Vergiss einfach, was ich gesagt habe.«

»Gut so. Einfach ist das Ganze nicht.« Er lachte laut auf. »Ich will die unterschwellige Passion des Tango mit der kühlen Distanz der klassischen Balletttechnik verbinden. Vertrau mir nur. Und lateinamerikanische Folklore wirst du nicht absolvieren müssen.« Wieder begann er zu summen und machte mir einige Tanzschritte vor. »Jetzt du.«

Ich folgte seinem Beispiel, während er immer weitersummte und mir zusah. Je länger er das tat, desto mehr vertiefte sich die Falte zwischen seinen Augenbrauen. Es war, als stiege ich langsam in einen Keller hinab, in dem es immer kälter und dunkler wurde. Ich gab mein Bestes, um die Falte auf Johns Stirn verschwinden zu lassen, erreichte damit jedoch das genaue Gegenteil. Sein Summen verwandelte sich immer mehr in ein lautes Trommelsolo, das mir langsam auf die Nerven ging. Je lauter er wurde, desto schlechter vollführte ich meine Tanzschritte. Sein Missfallen über meine Leistung war in jeder Note deutlich zu spüren.

Mitten in einer Bewegung fing ich an zu weinen, tanzte jedoch trotzdem weiter.

John entging das nicht.

»Warum heulst du jetzt?«

Ich ließ mich auf den Boden sinken. »Ich kann es nicht.«

»Was kannst du nicht?«

»Diese ganzen Bewegungen ...« Ich fuchtelte mit den Armen. »Das ist so anders als alles, was ich bisher gemacht habe.«

»Stimmt, Schatz, du hast klassisches Ballett gelernt, und das hier ist modernes.«

»Ich bringe dafür einfach nicht den richtigen Körper mit, wirklich nicht.«

»Blödsinn.«

»Das findest du doch selbst auch. Sonst würdest du nicht so dastehen und ...«

»Ja, was?«

Ich verzog böse das Gesicht.

Wieder brach John in lautes Gelächter aus. »Ich sage doch gar nichts.«

»Nicht mit Worten, aber mit deinem Gesichtsausdruck.«

»Wegen deiner Technik mache ich mir überhaupt keine Sorgen. Das kriegen wir schon hin. Aber da gibt es auch noch so etwas wie Ausdruck, Überzeugungskraft, Ausstrahlung. Begreifst du, was ich meine? Du brauchst eine gewisse Präsenz.« Bei diesen Worten flatterten seine Arme nach oben.

Ich nickte.

»Du absolvierst die Schritte, aber ich spüre da nichts. Du musst auch darüber nachdenken, wie du die Dinge darstellst, und wie du den Schritten eine Bedeutung verleihst. Du musst deine eigene künstlerische Persönlichkeit entwickeln.«

Ich nickte wieder, dachte aber im Stillen: *Wie denn?*

»Und jetzt trocknest du deine Tränen, und dann versuchen wir es noch einmal.«

Zuerst fühlte es sich unangenehm an und klappte auch nicht besser als beim ersten Mal. Der Spiegel war gnadenlos und zeigte mir eine schlechte Kopie meiner selbst. Weil ich es nicht länger mit ansehen konnte, schloss ich die Augen. In Gedanken sah ich Eliza in ihrer Ecke sitzen, während sie mir zusah und Anweisungen gab. *Den Arm noch ein Stück höher, Mies. Streck die Finger, als würdest du die Wange deines Geliebten streicheln wollen. Ja, gut so. Vergiss nicht, das Bein zu strecken, so weit es geht, und anspannen musst du es.* Eliza stand auf und tanzte mit mir mit. Ich folgte ihren Bewegungen, die so zierlich und gleichzeitig so bezaubernd waren. Wir tanzten synchron. Nie würde ich sie wieder in Wirklichkeit tanzen sehen. Sie war für immer in meinen Erinnerungen eingeschlossen.

»Stop!«, rief John.

Eliza flatterte davon. Ich öffnete die Augen.

»Was hast du da gerade gemacht?«

»Getanzt.«

»Ja, ja, schon klar, aber du hast an etwas ganz Bestimmtes gedacht.«

»An Eliza«, sagte ich leise.

»Genau das meine ich. Du hast nicht gedacht, du hast gefühlt. Und diese Emotionen hast du in deine Bewegungen einfließen lassen. Das ist es, was ich sehen will.«

Er packte mich an den Oberarmen und küsste mich auf die Lippen. Der Kuss dauerte vielleicht zwei Sekunden. Stocksteif blieb ich stehen.

»Entschuldige«, sagte John sofort.

»John, ich …« Was hatte das zu bedeuten? So hatte ich noch nie an John gedacht. Ich lief zu einer der Bänke vor dem Spiegel und ließ mich darauf sinken. John setzte sich neben mich und streichelte mir über das Gesicht.

»Denk einmal darüber nach«, meinte er.

»Es ist nur … Ich sehe dich eher als Vaterfigur.«

»Als Vaterfigur? Ich bin nur vierzehn Jahre älter als du, verdammt noch mal.«

»John, ich will dir keine falschen Hoffnungen machen.« Ich wagte kaum, ihn anzusehen.

»Aber du bist doch nicht vergeben?«

Ich schüttelte den Kopf. »Nein, das nicht, aber …«

»Nik?«

Erschrocken sah ich ihn an. »Mama«, sagte ich dann. Eines Abends hatte ich ihr mein Herz ausgeschüttet.

»Sie hat es mir anvertraut, sei ihr nicht böse deswegen.«

»Sie hätte es dir nicht erzählen dürfen.«

»Sie macht sich Sorgen um dich. Genau wie ich.«

»Nicht nötig, ich komme wunderbar zurecht.«

»Daran zweifle ich auch gar nicht, aber wünschst du dir nicht mehr als das? Du willst doch die absolute Spitze erreichen.« Er legte mir jetzt die Hand aufs Knie und rieb mit dem Daumen darüber. »Dann sei schlau und nutze die Menschen in deiner Umgebung. Denk doch nur an deine Mutter: Du willst dich von ihr abgrenzen, aber wenn du wüsstest, was sie alles für dich tut ... Sie hat große Opfer für dich gebracht, wir beide.«

»Das sollt ihr gar nicht«, fuhr ich ihn an. Was wollte er mir jetzt sagen – dass ich das alles nicht aus eigener Kraft erreicht, sondern ihm zu verdanken hatte?

»Mit mir zusammen könntest du es sehr weit bringen.«

Und was würde ich dafür hergeben müssen? Ich wagte keinen Blick zur Seite, weil ich fürchtete, er würde mich wieder küssen. Ich glühte vor Hitze. Stocksteif blieb ich sitzen.

John nahm die Hand von meinem Knie. »Sei froh, dass diese Liebe nicht auf Gegenseitigkeit beruht.«

»Wieso?«

»Nik tut dir nicht gut. Er ist ein Opportunist. Er ist nicht der Typ, der bleibt, sondern der, der einen benutzt, um seine Ziele zu erreichen. Er würde dich nicht glücklich machen.« Voller Mitgefühl schaute er mich an. »Du hoffst doch wohl nicht, dass er jetzt, wo Eliza nicht mehr da ist, mit dir ...«

»Warum denn nicht?«, antwortete ich beleidigt. »So unattraktiv bin ich ja wohl nicht.«

»So habe ich das auch nicht gemeint, und das weißt du ganz genau.«

Mach dir keine Sorgen um mich, wollte ich sagen. *Ich bin daran gewöhnt zu bekommen, was ich will, so ging es schon mein ganzes Leben lang.* Ich formulierte ein Ziel und setzte dann alles daran, dieses Ziel auch zu erreichen. Auf diese Weise war ich auch Topsolistin geworden. Meine Mutter hatte damit nichts zu tun.

32.

Mischa

Gegenwart

»Zeit für den Verbandswechsel.«

Willy stand an meinem Bett, zusammen mit Jantien. Ich hatte vor mich hingedöst, weil ich von der Injektion, die ich meinem Gefühl nach erst vor wenigen Minuten bekommen hatte, ein wenig benommen war. Zudem hatte ich eine schlechte Nacht hinter mir.

»Gut, dann beginne ich jetzt mit Ihrem rechten Arm, und danach übernimmt Jantien Ihren linken, in Ordnung?«

Nein, nicht in Ordnung, ganz und gar nicht in Ordnung, alles andere als in Ordnung. Warum verpackte sie alle Mitteilungen als Fragen? Es war ja nicht so, als hätte ich irgendein Mitspracherecht. Nein, das mit dem Verbandswechsel machen wir heute lieber nicht, bitte nicht heute. Der Verbandswechsel war eine Qual, die sich über Stunden hinzog.

Mit einer Pinzette packte Willy eine Spitze des Verbandes und zog ihn langsam von meiner Haut ab. Ich presste die Kiefer so fest aufeinander, dass ich etwas krachen zu hören glaubte. Wütend atmete ich durch die Nase ein und durch den Mund aus. In Gedanken versuchte ich das Bild heraufzubeschwören, wie Nikolaj einen Verbandswechsel durchleiden musste. Ich sah sein vor Schmerz verzerrtes Gesicht vor mir, hörte sein Stöhnen und Fluchen. Das tat mir gut. Mit aller Macht versuchte ich einen Rhythmus zu finden, der mir half, den Schmerz zu ertragen, genau wie bei der Geburt der Zwillinge, die viel länger gedauert hatte.

Bei früheren Gelegenheiten hatte man mir eine Virtual-Reality-Brille aufgesetzt, doch die war kaputt, hatte ich gerade erfahren.

»Vielleicht ist es besser, wenn Sie die Augen zumachen?«, schlug Willy vor.

Ich schüttelte den Kopf, weil ich wissen wollte, wie das Ganze aussah.

»Nun, die Wunden verheilen gut. Wirklich gut sieht das aus. Wenn Sie so weitermachen, sind Sie in ein paar Wochen wieder zu Hause.«

Zu Hause? Ich hatte kein Zuhause mehr. Offensichtlich hatte ich das laut gesagt, denn Willy erwiderte: »Nehmen Sie es mir nicht übel. Das war wirklich gedankenlos von mir.«

Ich sagte nicht, dass es nichts ausmachte.

»Haben Sie inzwischen Kontakt zu Ihrem Sohn?«, erkundigte sich Willy, während sie die Wunde ausspülte.

Ich schüttelte den Kopf. Erstens wollte ich ihn nicht meinem Anblick aussetzen, dem, was von mir übrig war – er hatte genug durchgemacht: den Verlust seiner Schwester, seines Zuhauses. Zweitens konnte ich selbst nicht noch mehr Gefühlschaos gebrauchen: den Verlust Nikolajs, des Hauses, meiner Zukunft. Die Beschuldigung, ich hätte den Brand verursacht. Je mehr ich Gregory sah oder sprach, desto mehr würde ich ihn vermissen. Außerdem hätte er dann so viele Fragen, auf die ich keine Antwort wusste. Ich schämte mich für meine Schwäche, aber diesen Teil überließ ich lieber meiner Mutter.

»Zu Besuch kann er noch nicht kommen, aber telefonieren geht doch?«

Wieder schüttelte ich den Kopf. »Dann muss ich weinen. Was nutzt ihm eine weinende Mutter?«

»Sicher vermisst er Sie ganz schrecklich«, meinte Jantien.

Bildete ich mir das ein, oder klang sie vorwurfsvoll? »Meine Mutter sorgt gut für ihn.«

»Das ist schön, dann brauchen Sie sich zumindest darum keine Sorgen zu machen«, kommentierte Willy.

»Ich bin einmal mit ihm hier gewesen, wegen einer Brandverletzung«, sagte ich.

33.

Mischa

Vor zwei Monaten
»Mam, darf ich dir helfen?«, fragte Gregory.
»Ja, gern. Du kannst die Bohnen putzen.«
»Putzen?«
»Ja, mit einer Schere. Schau mal, so.« Ich zeigte ihm, wie er die Spitzen abschneiden und die Bohnen dann in einen Topf werfen sollte. Ich selbst schälte Kartoffeln. Heute Mittag hatte ich schon Fleischbällchen aufgesetzt, die nun vor sich hinköchelten. Typisch holländischen Eintopf sollte es geben, wie meine Mutter ihn früher gemacht hatte. In London hatte ich ihn sehr vermisst und mir vorgenommen, ihn nach unserer Rückkehr häufiger zu essen. Außerdem wollte ich sowieso öfter selbst kochen. Vielleicht würde ich dann meine Gedanken loswerden. Früher empfand ich es einfach als Zeitverschwendung, und meistens überließen wir der jeweiligen Nanny die Mahlzeiten, oder wir bestellten etwas, aßen irgendwo unterwegs oder in der Kantine.

Das war aber nicht der einzige Grund – uns stand ganz einfach nicht mehr so viel Geld zur Verfügung wie früher. Beim Berechnen der regelmäßig anfallenden Kosten war ich darüber erschrocken, wie viel wir jeden Monat für

Einkäufe ausgaben. Der Kassensturz war nötig geworden, weil wir immer öfter in die roten Zahlen gerieten. Eine beunruhigende, ernüchternde Erfahrung.

Es gab Ballerinas, die nur sehr wenig aßen, doch abgesehen von einer kurzen Phase mit etwa fünfzehn Jahren gehörte ich nicht zu dieser Kategorie. Damals hatte ich plötzlich einen Wachstumsschub. Bis dahin war ich überall die Kleinste gewesen, jetzt drohte ich die Größte zu werden, und deswegen hörte ich auf zu essen. Sehr zur Freude meiner Mutter, die schon das Ende meiner Karriere befürchtete. Sie selbst war klein und zierlich, und ich fragte sie zum x-ten Mal nach meinem Vater – war er vielleicht hochgewachsen und stämmig? Doch sie schwieg weiter. Bei einem Meter dreiundsiebzig war es für mich zum Glück vorbei mit dem Wachsen.

Hin und wieder warf ich einen Blick auf meinen Sohn, der hochkonzentriert, mit der Zungenspitze zwischen den Lippen, die Bohnen putzte. Er glich seinem Vater so unglaublich. Dasselbe dunkle, dicke Haar und die fast schwarzen Augen. Die vollen Lippen und die blasse Haut.

Manchmal traten mir ganz plötzlich einfach so die Tränen in die Augen, wenn ich ihn ansah, so wie jetzt. Ich blinzelte die Tränen weg. Seit dem Unfall nahm ich meine Identität als Mutter bewusster wahr, und die Tatsache, dass ich keine zweite Chance bekommen würde; der Preis für diese Erkenntnis war jedoch viel zu hoch gewesen. Außerdem konnte ich meinen Sohn nur selten anschauen, ohne dass sich das bekannte Schuldgefühl wie ein Ballon in meiner Brust ausdehnte. Es war schwer, Gregory aufwachsen zu sehen und dabei zu wissen, dass Natalja nicht dasselbe erleben durfte.

Als ich neue Schuhe mit ihm gekauft hatte, weil seine

alten zu klein geworden waren, hatte ich mich im Badezimmer eingeschlossen und mir unter der Dusche die Augen aus dem Kopf geheult.

Als ich ihn nach den Sommerferien zum ersten Mal in die Schule gebracht hatte, zerriss es mir das Herz. Nur ein Kindersitz im Auto, nur eine Frühstücksdose, die gefüllt werden musste, nur ein Abschiedskuss. Und nach der Schule nur ein Kind, das auf mich zurannte und sich mir in die Arme warf, um dann vom Rücksitz aus munter von seinen Erlebnissen zu erzählen.

Als ich mich zum ersten Mal wieder über etwas Triviales aufregte – einen nicht ins Spülbecken gestellten Teller –, brach ich deswegen in Tränen aus. Es bedeutete, dass ich das Leben weitergehen ließ, und das wollte ich nicht. Es bedeutete, dass ich mich immer weiter von Natalja entfernte, dass die Distanz zwischen uns wuchs.

Während Gregory den Tisch deckte und drei Teller hinstellte, nahm ich das Geräusch wie einen Hammer wahr, mit dem das Urteil gefällt wurde: schuldig, schuldig, schuldig. Manchmal griff ich im Supermarkt automatisch nach Nataljas Lieblingsprodukten: ganz bestimmten Chips, Cola-Eis oder Leberwurst. Wenn ich eine Mutter sah, die ein Mädchen in Nataljas Alter an der Hand hatte, mit langen Haaren, wollte ich sie richtiggehend anfallen. Ich konnte Zöpfe flechten wie eine Weltmeisterin, beherrschte Dutts und Pferdeschwänze, alles. Wir hatten sogar in Erwägung gezogen, einen YouTube-Kanal zu gründen. Dazu war es allerdings nie gekommen, weil mir die Zeit fehlte.

Seit dem Unfall war Gregory Bettnässer, außerdem quälten ihn schlimme Albträume. Die Psychologin, die wir seither aufsuchten, hatte ein posttraumatisches Stresssyndrom diagnostiziert. Das Traurige daran war, dass ich erst durch die Expertin erfuhr, wie es um meinen Sohn stand. Ich wusste einfach nicht, wie ich mit ihm reden sollte.

Seitdem waren zwei Jahre vergangen, und mir schien, es ginge ihm besser. Sogar so gut, dass wir uns dafür entschieden hatten, in den Niederlanden vorläufig keinen Psychologen für ihn zu suchen. Als ich ihn zuerst gefragt hatte, wie er sich fühlte, hatte er gesagt: »Mama, ich habe ein geheimes Zimmer in meinem Kopf. Weißt du noch, wie wir in diesem Museum in London waren und ich dort eine Tür entdeckt habe?«

Ich erinnerte mich. In einigen Sälen hatte es solche Türen gegeben, und Gregory war von dem Gedanken daran fasziniert gewesen, was sich wohl dahinter befand. Er hatte einen der Wachleute gefragt, und der Mann hatte die Tür für ihn geöffnet. Wie sich herausstellte, führte sie in einen Flur, und dort befanden sich die Büroräume der Mitarbeiter. Gregory fand das damals sehr aufregend.

»In einem dieser Zimmer habe ich meinen Kummer weggeschlossen. Wenn ich bei dir und Papa oder in der Schule bin, mache ich die Tür zu und betrete wieder den Saal mit den Gemälden, wo es schön ist. Aber manchmal muss ich kurz weg aus dem schönen Saal, in mein geheimes Zimmer. Verstehst du das?«

»Ja, das verstehe ich.«

»Deswegen darfst du mich auch nicht ständig fragen, wie es mir geht.«

Wieder dieser Blick, der sich mir in die Seele brannte. »Vielleicht kannst du mir einfach immer sagen, ob du gerade in deinem geheimen Zimmer oder in dem schönen Saal bist?«, schlug ich vor.

Er dachte kurz nach und nickte dann.

Ich wusste, wie ich meine Prioritäten setzen musste.

Ich wünschte nur, ich hätte es schon vorher gewusst. Ich hatte immer geglaubt, alles nachholen zu können – später, wenn ich mit dem Tanzen aufgehört hätte. Dass es besser wäre, mich erst auf meine Karriere zu fokussieren, die uns schließlich auch Geld zum alltäglichen Leben einbrachte. Dass Kinder von Eltern mit Vollzeitjobs auch nicht unglücklicher waren als die einer teilzeitarbeitenden Mutter oder Hausfrau, dass wir mit unserem Ehrgeiz ein gutes Vorbild für unsere Kinder waren, dass Gregory und Natalja einander genügten. Auf die eine oder andere Art hatte ich mir vorgemacht, Qualität wäre wichtiger als Quantität.

Nicht, dass ich sie nicht unendlich liebte, aber die Schwangerschaft war mir einfach so passiert. Als sich dann auch noch herausstellte, dass es Zwillinge werden würden, geriet ich in einen Schockzustand. Und ich war noch so verdammt jung. Zu jung, um diese riesige Verantwortung zu übernehmen. Wenn ich jetzt zurückschaute, war ich selbst noch ein Baby. »Die meisten Tänzer sind kleine Kinder. Man tanzt neun oder zehn Stunden am Tag, sechs Tage in der Woche. Man lernt nichts über das Leben. Das Einzige, was man zu Gesicht bekommt, sind die Spiegel und die Stange«, hatte Nikolaj einmal in einem Interview gesagt, und damit hatte er recht. Zwei Monate nach der Geburt stand ich wieder vor dem Spiegel an der Stange, mein altes Gewicht hatte ich zurück. Ohne meine Mutter hätte ich es nicht überlebt. Und die Babys auch nicht. Gott sei Dank gab es die Krippe, und als wir besser verdienten, auch dank lukrativer Aufträge von großen Mode- und Reklamefirmen und Fernsehauftritten, waren die Kindermädchen gekommen, sodass wir lange Arbeitstage einlegen und für Auftritte reisen konnten.

Nach dem Unfall hatte sich das geändert. Bei mir, nicht

bei Nikolaj. Er ging noch mehr auf Distanz. Ich hasste ihn dafür. Wenn ich an all die Momente dachte, die ich mit Natalja verpasst hatte und die sich in der Zukunft nicht mehr würden kompensieren lassen, wollte ich laut schreien, um den ebenso lauten Schmerz in meinem Herzen zu übertönen.

»Wie war's heute in der Schule?«

Ich sagte mir, unser Umzug sei keine Flucht, sondern ein Schritt nach vorn gewesen. Eine Chance für Gregory, einen Neuanfang zu wagen, weg von der Schule, wo ihn alles und jeder an Natalja erinnerte. Sie hatten zwar verschiedene Klassen besucht, doch trotzdem wussten alle, was geschehen war.

»Langweilig.«

Diese Antwort beunruhigte mich nicht, weil er das immer sagte. »Warum denn?«

»Da muss ich die ganze Zeit still sitzen.«

»Rumtoben kannst du nach der Schule.«

Er zog die schmalen Schultern hoch. »Ich bin fertig«, verkündete er.

»Dann halte die Bohnen kurz unter kaltes Wasser. Stell den Wasserkocher an. Danach kannst du das Wasser in den Topf gießen.« So hatte es mir meine Mutter beigebracht. Wasser zu kochen war günstiger, als kaltes Wasser in einem Topf zu erhitzen. Als alleinerziehende Mutter hatte sie nicht viel Geld und war sehr erfinderisch, wenn es aufs Sparen ankam. Eine Notwendigkeit, sonst hätte sie die teuren Ballettstunden oder die Miete für unsere Wohnung nie bezahlen können. Als Nikolaj und ich mit den Zwillingen in einer kleinen Wohnung lebten, erinnerte ich mich an all ihre Weisheiten. Wir hatten es nicht immer so gut gehabt wie jetzt.

Gregory tat, was ich gesagt hatte.

»Nicht ganz vollmachen. Nur so viel, wie du brauchst.«

»So?«

»Ja, das ist genug.«

»Kann ich noch etwas tun?«

»Ich glaube nicht. Oder warte, du kannst schon mal das Besteck auf den Tisch legen, wenn du möchtest.«

»Kommt Papa heute nach Hause?«

»Ich weiß es nicht.«

Das Wasser kochte. »Jetzt kannst du den Topf mit den Bohnen auf den Herd stellen und das Wasser drübergießen.«

Gregory nahm den Wasserkocher und befüllte den Topf. Ich stellte den Gasherd an.

»Jetzt wartest du, bis es kocht, stellst das Gas aus und tust den Deckel drauf.«

»Der Topf steht ein bisschen schief, Mama.« Er nahm einen der Henkel und wollte den Topf geraderücken, schob ihn aber zu weit zur Seite. Ich sah, dass der Topf kippte, und streckte in einem Reflex die Hände aus, um ihn aufzufangen. So lautete zumindest meine Version der Geschichte. Gregory dagegen meinte, der Topf hätte sicher gestanden, ich ihn jedoch heruntergestoßen. Der glühend heiße Inhalt landete zu einem großen Teil auf Gregorys Brust und Bauch. Während der ersten paar Sekunden geschah nichts. Dann fing er an, vor Schmerzen zu schreien.

»Mama, Mama!« Gregory fuhr hysterisch mit den Händen durch die Luft und riss an seinem Shirt. Energisch packte ich ihn am Arm und rannte mit ihm nach oben ins Badezimmer. Ich drehte den Hahn in der Dusche auf, bis das Wasser lauwarm war, und stellte Gregory darunter. Erst als er unter dem Wasserstrahl stand, fing er an zu weinen.

»Bleib da«, rief ich.

Mir blieb keine Zeit, um ihn zu trösten. Ich rannte wieder nach unten. Ein Festnetztelefon besaßen wir nicht, und mir wollte partout nicht einfallen, wo ich mein Handy hingelegt hatte. Mein Gehirn war einfach wie zugeklappt. Nicht auf der Anrichte, nicht auf der Kücheninsel. Auf dem Sofa? Nein. Wo war das verdammte Ding nur? Ich warf die Kissen auf den Boden, doch dadurch fand ich mein Handy auch nicht. Meine Tasche, natürlich, es war noch in meiner Tasche, die an einem Stuhl hing. Ich kippte die ganze Tasche auf dem Boden aus, und die Glitzerhülle, die mir Natalja zum Geburtstag geschenkt hatte, bezahlt von ihrem Ersparten, schimmerte mir entgegen. Erst nach zwei Versuchen gelang es mir, den richtigen Code einzugeben. Meinem Gefühl nach hatte ich während dieser ganzen Zeit nicht einmal Atem geholt.

»Den Rettungsdienst«, sagte ich, als eine Bandaufnahme am anderen Ende der Leitung fragte, was ich wollte. Ich wurde weiterverbunden und sprach mit einem Mann. Als ich berichtete, was geschehen war, stolperte ich über meine eigenen Worte.

»Wo ist er jetzt?«

»Oben, unter der Dusche.«

»Sorgen Sie dafür, dass das Wasser lauwarm ist«, empfahl mir der Mann am Telefon.

»Was? Ich ... Ja, lauwarm, ich weiß.« Schnell ging ich die Treppe zum Badezimmer hoch, um sicher sein zu können, dass Gregory noch unter der Dusche stand. Der Anblick meines Sohnes, wie er da mit weit ausgestreckten Armen zitterte und schluckte, war mehr, als ich ertragen konnte. Mir wurde ganz leicht im Kopf.

»Mama«, erklang seine kläglich Stimme.

Ich keuchte, bekam kaum Luft. »Alles wird gut, Schatz. Der Krankenwagen ist schon unterwegs.« Mit äußerster Anstrengung konnte ich verhindern, in Tränen auszubrechen – dann hätte sich Gregory noch mehr aufgeregt. Ich schluckte heftig.

»Darf ich aus der Dusche raus? Mir ist so kalt.«

»Nein, mein Liebling, es ist zu deinem eigenen Besten, bleib nur da stehen. Ich weiß, das ist nicht leicht, aber ...« Ich stellte mein Handy auf Lautsprecher und legte das Gerät auf den Boden. Dann stellte ich mich auch unter die Dusche und nahm Gregory vorsichtig in die Arme, küsste ihm das nasse Haar, das Gesicht. Ich ließ meinen Tränen freien Lauf, denn er würde sie sowieso nicht sehen. Seine Schmerzen quälten meine Seele. Nach dem Unfall hatte ich mir geschworen, dass ihm nie wieder etwas zustoßen würde, und jetzt, zwei Jahre später, stand ich hier, mit meinem verletzten Kind in den Armen. Ich war eine schlechte Mutter, ich konnte nicht einmal mein eigenes Kind beschützen. Schon wieder nicht. Wieder hatte ich ihn einer Gefahr ausgesetzt, wieder befanden wir uns im Wasser, kalt bis auf die Knochen, klammerten uns aneinander fest. Und obwohl ich diesmal festen Boden unter den Füßen hatte, fühlte sich das nicht so an. Die Erinnerung an die dunkle, grausame Nacht lag auf der Lauer, aber wenn ich sie zulassen würde, würde ich völlig zusammenbrechen. Das konnte Gregory jetzt nicht gebrauchen.

Der Schluckauf ebbte ab. Gregory lehnte sich sanft an mich, er hatte die Augen geschlossen. Ich strich ihm das Haar aus dem Gesicht, das beunruhigend blass war. Selbst seine Lippen hatten ihre ganze Farbe verloren. Das Wasser prasselte unaufhörlich auf uns herunter.

»Ich muss den Leuten vom Rettungsdienst die Haustür aufmachen«, erklärte ich.

»Nein, Mama, bleib hier.« Er klammerte sich an mich.

»Ich bin gleich wieder da. Das schaffst du, Gregory.« Ich konnte seine in meinem Rücken ineinander verflochtenen Finger nur mit großer Mühe auseinanderziehen. Sein herzzerreißendes Weinen und Flehen ertrug ich nur, indem ich daran dachte, dass ihm geholfen werden musste. Es erinnerte mich an all die Male, bei denen ich ihn in der Krippe abgegeben hatte und er sich an mir festklammerte, oder daran, wenn ich abends zu einem Auftritt oder für ein Essen aus dem Haus musste. Das vor Kummer rote Gesicht, sein glühender kleiner Körper, der Rotz und die Tränen, und sein Herz, das wie verrückt klopfte.

Ich stolperte die Treppe hinunter und riss die Tür sperrangelweit auf. Für mich war eine Ewigkeit vergangen, bis der Rettungswagen erschien, und obwohl ich wusste, dass Gregory bei den nun das Haus betretenden Sanitäterinnen in besseren Händen war als bei mir, fiel es mir unendlich schwer, ihn noch einmal loszulassen. Gregory schluchzte und wollte nicht untersucht werden. Sehr viel Überredungskunst war nötig, um ihn davon zu überzeugen, dass diese Leute ihm helfen wollten. Vorsichtig machten sich die beiden Frauen an die Arbeit. Die ganze Zeit sprachen sie mit Gregory und erklärten ihm Schritt für Schritt, was sie tun würden oder gerade taten.

»Wir bringen dich jetzt in ein besonderes Krankenhaus«, sagte die ältere der beiden.

Gregory versteifte sich und begann wieder zu weinen. Die Frau konnte natürlich nicht wissen, dass er schon einmal im Krankenhaus gelegen und daran alles andere als positive Erinnerungen hatte. Dort hatte ich ihm beibringen müssen, dass seine Zwillingsschwester den Unfall nicht überlebt hatte.

»Deine Mama kommt ja mit«, fügte sie hinzu.

»Gregory, du musst jetzt ein tapferer Junge sein«, sagte ich. »Die Leute dort können dir helfen.«

Heftig schüttelte er den Kopf. »Im Krankenhaus stirbt man.«

»Wir waren damals auch im Krankenhaus, Schätzchen, und wir leben noch. Natalja …« Ich schluckte. »Natalja war schon tot, schon im Wasser. Das habe ich dir doch erzählt, weißt du noch?«

Ich merkte, wie unglaublich neugierig die Sanitäterinnen waren, doch zum Glück spürten sie, was los war, und verkündeten, sie würden eine Trage holen. So hatte ich Zeit, mit Gregory zu sprechen, der irgendwann zustimmte, auch wenn er sich auf keinen Fall auf die Trage legen wollte. Die Treppenstufen nach unten kosteten ihn ganz offensichtlich sehr viel Energie, und als er erst einmal im Rettungswagen war, wehrte er sich nicht mehr, als man ihn auf die Trage legte.

»Sie dürfen bei ihm bleiben«, sagte die ältere Frau zu mir.

Ich nickte dankbar und nahm die zierliche, kraftlose Hand meines Sohnes. Der schlimme Vorfall hatte ihm so viel abverlangt, dass er während der Fahrt einschlief, obwohl über ihm die Sirenen heulten. Mir dagegen war zumute, als hätte ich eine Handvoll Amphetamine geschluckt. Und so sah ich wahrscheinlich auch aus, denn die Sanitäterin fragte: »Wie geht es Ihnen?« Sie legte mir eine Decke um, und erst da wurde mir bewusst, dass ich einfach in meinen nassen Sachen in den Rettungswagen gestiegen war. Das Haar klebte mir an der Stirn. Ich fing an zu zittern und zog die Decke mit einer Hand fester um mich.

»Ich bin erschrocken, das ist alles. Und ich mache mir Sorgen. Kann man meinem Sohn helfen?«

»Wir bringen ihn ins Brandwundenzentrum. Dort wird man sich gut um ihn kümmern.«

Das war keine Antwort auf meine Frage, das wussten wir beide, aber wir wussten auch beide, dass sie nicht mehr tun konnte als das: mich beruhigen. Meinem Gefühl nach dauerte die Fahrt endlos lange, und ich stellte mir vor, dass Gregorys kleiner Körper mit jeder vergehenden Minute schlimmer geschädigt wurde.

»Selbst haben Sie kein kochendes Wasser abbekommen?«

»Nein, ich bin nur nass, weil ich meinen Sohn unter der Dusche trösten wollte.«

Ungeduldig schaute ich nach draußen. Allerdings half das nichts, denn ich hatte keine Ahnung, wo wir gerade waren.

»Noch fünf Minuten«, meinte die Frau.

Ich zählte mit. Auf diese Weise hatte ich etwas zu tun. Ich musste Nikolaj anrufen, auch wenn mir vor dem Telefonat schon graute.

Im Brandwundenzentrum ging plötzlich alles sehr schnell. Als die Trage aus dem Rettungswagen geholt wurde, wachte Gregory auf. Zwei Ärzte warteten auf uns, ein älterer Mann mit beginnender Glatze und eine junge Frau. Sie sahen, dass Gregory wach und ansprechbar war, und berieten sich kurz mit den Leuten vom Rettungsdienst. Danach übernahmen sie. Ich hielt immer noch die Hand meines Sohnes fest, und so kamen wir in ein Zimmer, wo uns weiteres Klinikpersonal erwartete.

Um den Ärzten und Pflegekräften ihre Arbeit zu ermöglichen, musste ich Gregorys Hand loslassen. Voller Panik schaute er sich um.

»Ich bin hier, Schatz. Ganz in deiner Nähe.«

»Du sollst herkommen.«

»Wenn ich hier stehe, können die Ärzte besser arbeiten, mein Schatz. Dann ist es umso schneller vorbei.«

Am liebsten wäre ich weggerannt, bis das Ganze erledigt war. Das hier kam mir alles viel zu bekannt vor. Der schmale kleine Körper meines Sohnes wich dem meiner Tochter. Ich schüttelte den Kopf. *Nein, nicht daran denken.* Ich zwang mich, Gregory anzusehen. Sein Brustkorb hob und senkte sich auf beruhigende Weise. Er atmete, er lebte.

Ich musste mich sehr zusammenreißen, um nicht selbst zu hyperventilieren, und konzentrierte mich auf meine Atmung. Meine Beine waren schlaff, und ich lehnte eher an der Wand, als dass ich stand. Mit den Nägeln krallte ich mich fest, bis meine Fingerspitzen schmerzten.

»Mama«, erklang ein klägliches Rufen. »Ich will meine Mama.«

»Ich bin hier, du hast es gleich geschafft.«

»Nicht. Nicht anfassen.« Gregory begann um sich zu schlagen und zu treten. Er schubste die helfenden Hände weg und wollte aufstehen. Man drückte ihn zurück auf die Trage, und dadurch wurde er noch hysterischer. Die leisen, sanften Worte der Ärzte und Schwestern halfen nichts und wurden bald zu Ermahnungen.

»Du musst jetzt wirklich still liegen, Gregory.«

»Hör zu, Gregory, so machst du das Ganze nur schlimmer und bekommst noch mehr Schmerzen.«

»So geht das nicht«, beschwerte sich einer der Ärzte.

Ich konnte es nicht länger mitansehen und drängte mich zwischen allen hindurch. Dann nahm ich Gregorys Hand und legte ihm die andere auf die klamme, fiebrige Stirn.

»Ich habe solche Angst«, rief Gregory weinend.

»Er hat einen Unfall gehabt, vor zwei Jahren. Damals ist seine Zwillingsschwester gestorben. Im Krankenhaus ...«, stammelte ich. *Krankenhäuser assoziiert er mit dem Tod*, wollte ich sagen, aber plötzlich war mir der Hals wie zugeschnürt.

»Wir machen eine Vollnarkose«, entschied ein Arzt. Sein Befehl wurde sofort befolgt – die Pflegekräfte brachten die benötigten Geräte. »Wir halten dir jetzt diese Maske an den Mund, und dann schläfst du ein.«

»Ich will nicht.« Gregory stieß die Maske weg.

Der Pfleger schaute mich an, und ich nickte. »Es wird dir helfen, etwas ruhiger zu werden. Tu es mir zuliebe, Schatz. Wenn du dann aufwachst, ist alles vorbei.«

Der Pfleger wartete Gregorys Antwort nicht ab, sondern drückte ihm die Maske auf Mund und Nase. Gregory schaute panisch um sich und wollte protestieren, doch dann fielen ihm die Augen zu. Seine Hand erschlaffte.

Es war, als durchlaufe ein kollektiver Seufzer den Raum. Wieder kehrte Stille ein.

»Schön, dann können wir ja weitermachen«, kommentierte der Arzt.

Ich fühlte mich zittrig. Erschöpft. Schwankend machte ich ein paar Schritte rückwärts und lehnte mich an die Wand. Eine der Schwestern kam auf mich zu. »Sie sehen aus, als müssten Sie sich kurz hinsetzen. Einen Moment, ich bringe Ihnen eine Tasse Tee.«

Mir wäre etwas Stärkeres lieber gewesen, etwas viel

Stärkeres. Widerstandslos ließ ich mich aus dem Zimmer führen, nachdem ich einen letzten Blick auf meinen Sohn geworfen hatte. Die Schwester brachte mich zu einem Stuhl, und ich sank darauf nieder. Wenig später erschien die Frau mit einem Plastikbecher glühend heißem Tee. »Mit ordentlich viel Zucker drin«, meinte sie. »Können wir jemanden für Sie anrufen?«

Ich schüttelte den Kopf. »Ich muss gleich meinen Mann benachrichtigen. Gibt es hier Fernsprecher?«

»Die meisten Leute haben heutzutage ein Handy, aber Sie können gern schnell das Telefon am Empfang benutzen«, gab sie zurück.

34.

Mischa

Ich wollte gerade telefonieren gehen, als der Arzt, der sich über Gregorys Verhalten verstimmt gezeigt hatte, aus dem Behandlungszimmer kam. Er war in ein Gespräch mit einer Frau mittleren Alters vertieft: schlank, klein, das graue Haar in einem unordentlich geflochtenen Zopf.

Die beiden unterhielten sich leise, aber weil ich mich ganz in der Nähe befand – war ihnen das überhaupt bewusst? –, konnte ich das meiste verstehen, auch wenn ich mich dafür sehr anstrengen musste. Ich glaubte, etwas über weitere Anzeichen von Misshandlung zu hören, und darüber, dass Gregory für sein Alter sehr klein und leicht war. Ich wollte aufspringen und rufen, er sei ganz einfach so und auch schon immer so gewesen. Seit seiner Geburt, seit den allerersten Vorsorgeuntersuchungen bekam ich das zu hören. Es hatte mir immer das Gefühl vermittelt, ich würde nicht gut für ihn sorgen. Das hatte ich vielleicht auch nicht getan, aber nicht, was das Körperliche betraf. Ich hatte ihn noch nie geschlagen, ihm noch nie Essen entzogen. Plötzlich war der Arzt vom Retter zum Feind geworden, der eine Bedrohung für mein bereits so angegriffenes Familienglück darstellte.

Und warum kamen sie nicht zu mir? Ich wollte wissen, wie es meinem Sohn ging. Ich hatte ein Recht darauf zu erfahren, wie es um ihn stand. Mit wenigen Schritten hatte ich die beiden erreicht und unterbrach ihr Gespräch: »Wie geht es Gregory? Kann ich ihn sehen?«

»Wir kümmern uns noch um ihn und werden ihn für eine Weile schlafen lassen.«

»Was tun Sie dann hier draußen? Warum sind Sie nicht bei ihm?«

»Meine Kollegen sind Experten und können die Behandlung nun ohne mich fortsetzen.«

»Und was ist mit mir? Warum kommt niemand zu mir? Ich warte hier schon seit Stunden.« Meine Stimme klang schrill. Hoch. Zu hoch, fast hysterisch. Hysterische Frauen nahm niemand ernst. Ich spürte ihre Blicke wie heiße Hände auf meiner Haut.

»Sie haben völlig recht, entschuldigen Sie«, versuchte mich der Arzt zu beschwichtigen.

»Ich bin seine Mutter ...« Mir brach die Stimme.

»Ich war davon ausgegangen, dass die Pflegekraft, mit der Sie das Zimmer verlassen haben, Sie über alles informiert hätte.«

»Warum sprechen Sie so über meinen Sohn, wie Sie es vorhin getan haben?«

Einigermaßen erschrocken schauten die beiden sich an. Die Frau, die sich mit dem Arzt unterhalten hatte, streckte mir die Hand hin und stellte sich als Doktor de Groot vor, Kinderärztin. »Nehmen Sie mir das nicht übel«, sagte sie. »Unser Austausch war nicht für Ihre Ohren bestimmt.«

»Was ist denn los?«

»Machen Sie sich keine Sorgen, eine solche Beratung gehört zum Standardverfahren, wenn Kinder nach Unfällen eingeliefert werden. Ich möchte Ihnen gern einige Fragen stellen.« Sie schlug vor, wir sollten uns hinsetzen, und ich folgte ihr in ein kleines Zimmer, in dem sich nur ein Tisch und vier Stühle befanden. Kalt war es dort.

»Denken Sie etwa, ich hätte das getan?«

»Das sage ich gar nicht«, erwiderte die Kinderärztin in beschwichtigendem Ton. »Wir möchten lediglich herausfinden, was vorgefallen ist.«

»Damit *Sie* entscheiden können, ob ich mein Kind misshandle oder nicht.« Ich wusste, ich hätte froh sein müssen, dass es Menschen wie sie gab, denn sie tat nur ihre Arbeit, und auf diese Weise rettete sie vielen Kindern das Leben. Doch jetzt, wo ich selbst ins Visier der Mediziner geraten war, trat dieses Gefühl in den Hintergrund. Schon allein deswegen fühlte ich mich schmutzig. Schuldig. Natürlich war ich das auch. Ich hatte nicht gut auf Gregory aufgepasst.

Widerwillig berichtete ich. Nach dem Unfall vor zwei Jahren hatte ich mich mit Büchern zum Thema Verlust beschäftigt und gelesen, dass man ein Kind nach einem traumatischen Ereignis seine Geschichte immer wieder erzählen lassen sollte. Als Vater oder Mutter hatte man das Gefühl, das Kind beruhigen zu müssen. Dann behauptete man, es sei alles nicht so schlimm, und versuchte das Kind mit irgendwelchen Aktivitäten abzulenken, aber das war völlig falsch. Auf diese Weise konnte das Kind das Trauma nicht verarbeiten. Jetzt fragte ich mich, ob das nur für Kinder galt.

»Haben Sie oder Ihr Sohn den Topf vom Herd gestoßen?«, fragte Doktor de Groot.

»Ich ... Ich weiß es nicht. Es war ein Unfall.«

»Sind Sie an den Topf gekommen?«

Sollte ich die Schuld auf mich nehmen, war das besser? Oder genau falsch? Aber ich hatte es nicht absichtlich getan.

»Es war ein Unfall«, wiederholte ich.

»Haben Sie etwas dagegen, wenn wir mit Ihrem Hausarzt Kontakt aufnehmen?«

Mir fiel die Kinnlade herunter. Die ganze Situation, allein die Frage, all das machte mich so aggressiv, dass ich die Frau am liebsten schlagen wollte. Mir war kalt, ich hatte Hunger, ich war erschöpft und hatte Angst. Und ich musste ganz dringend zur Toilette.

»Warum denn?«

»Wir möchten uns gern ein Bild von Ihrem Sohn machen, von Ihrer Familie ...«

»Was wollen Sie wissen? Das können Sie mich doch auch einfach selbst fragen. Wir haben als Familie schon genug durchmachen müssen. Vor zwei Jahren haben wir bereits Gregorys Schwester verloren ...« Abrupt hielt ich inne. Warum hatte ich das gesagt? Ich wusste, wie das in den Ohren der Ärztin klingen musste. Jetzt hatte ich ihr Misstrauen geweckt. Und »bereits«? Ich würde Gregory nicht verlieren.

»Ihre Tochter ist gestorben?«, fragte de Groot.

Ich nickte.

»Wie ist das passiert?«

Die Frage klang alles andere als mitfühlend.

Plötzlich sah ich mich selbst mit den Augen der Ärztin, und ich wirkte nicht gerade beherrscht. »Ich muss zur Toilette«, sagte ich. Als ich mich erhob und das Zimmer verließ, um ein WC zu suchen, hielt sie mich nicht zurück. In der Kabine ließ ich mich auf die Brille sinken und versuchte, mich zu beruhigen.

Der Umzug nach Amsterdam war für uns als Familie als Neubeginn geplant gewesen, aber mehr und mehr ging schief. Was hatte ich denn anderes erwartet? Wir hatten unser Leben auf vier stabilen Pfeilern errichtet, doch durch Nataljas Tod war einer von ihnen gewaltsam weggeschlagen worden und dadurch alles unwiderruflich ins Rutschen geraten, geradewegs in einen unendlich tiefen Abgrund hinein.

35.

Mischa

Meinem Gefühl nach verbrachte ich Stunden auf der Toilette, bis mich die Schwester holen kam, die mir schon Tee gebracht hatte. Sie hatte gesehen, wohin ich gegangen war. Mit ruhiger Stimme informierte sie mich über Gregorys Zustand, und ich konnte einigermaßen aufatmen.

»Sie dürfen gern kurz mein Handy leihen. Dann haben Sie ein wenig mehr Ruhe als am Empfang.«

Dankbar nahm ich ihr Telefon entgegen und ging auf den Flur. Von dort aus rief ich Nikolaj an. »Ich bin's. Erschrick nicht, aber Gregory hat einen Unfall gehabt.« So kurz und knapp wie möglich berichtete ich ihm, was geschehen war.

»Du liebe Güte, Mischa.«

Es gelang ihm, einen riesigen Vorwurf in diese wenigen Worte zu legen. Gleichzeitig hielt er es für nötig, sie auszusprechen. »Was hast du dir nur dabei gedacht?«

»Wie meinst du das?«

»Du lässt dein Kind unbeaufsichtigt an kochend heißes Wasser?«

»Er war nicht unbeaufsichtigt. Ich habe ihn bei jedem Schritt begleitet. Es war ganz einfach ein Unfall.«

»Er ist acht Jahre alt.«

»Ich konnte mit acht ...«

»Ja, ja, die Geschichte kenne ich.«

»Nicht alle von uns hatten eine Mama, die uns den ganzen Haushalt abgenommen hat.« Weil meine Mutter eine Ganztagsstelle hatte, war ich als Kind die meiste Zeit auf mich selbst angewiesen. In Gregorys Alter schmierte ich mir meine Brote und radelte allein zur Schule. Ich konnte Spiegeleier braten, ein einfaches Nudelgericht zubereiten, die Wäsche zusammenlegen – all das hatte meine Mutter mir beigebracht. Sie fand, ich könne durchaus meinen Beitrag leisten, und damit hatte sie nur recht. Nikolaj war in dieser Hinsicht verwöhnt.

»Wird das hier jetzt ein Wettbewerb, wer die schwerste Kindheit hatte? Den gewinne nämlich ich.«

Ich sagte nichts, sondern holte tief Luft. »Sollen wir das vielleicht ein andermal diskutieren?«

»Warum hast du mich denn nicht sofort angerufen?«, fragte Nikolaj.

»Weil ich bei Gregory bleiben wollte.«

Jedes andere Verhalten hätte er mir genauso zum Vorwurf gemacht. Sofort rief ich mich zur Ordnung. Warum dachte ich etwas so Gemeines über ihn? Weil in letzter Zeit jedes Gespräch zwischen uns außer Kontrolle geriet, sagte eine Stimme in meinem Kopf.

»Wo bist du jetzt?«

»Im Brandwundenzentrum. Gregory geht es gut«, beruhigte ich Nik. »Er hat leichte Verbrennungen zweiten Grades auf der Brust, aber die Ärzte sagen, das heilt alles wieder, und er wird nichts zurückbehalten.«

»Also keine Narben.«

»Richtig, keine Narben. Sie wollen ihn heute Nacht

hierbehalten, zur Beobachtung, und morgen darf er wieder nach Hause. Er schläft jetzt. Die Ruhe wird ihm guttun, sagt der Arzt.«

»Bleibst du bei ihm?«

»Ja, ich darf hier übernachten.«

»Sehr gut. Sag ihm, dass ich ihn lieb habe.«

Das Erstaunen machte mich für einen Moment stumm. »Kommst du denn nicht her?«

»Ich habe dir doch gesagt, heute Abend wird es spät, wegen dieses Meetings.«

»Ja, aber ...«

»Die Investoren haben eine lange Anreise, Mies. Da kann ich das Meeting nicht einfach absagen. Bei allen quillt der Terminkalender über, und es ist ein großes Wunder, dass es uns überhaupt gelungen ist, einen Termin zu finden. Davon hängt so viel ab. Verschieben lässt sich das nicht, und wir können nicht anfangen, ohne mit Sicherheit zu wissen, dass uns auch Geld zur Verfügung steht.«

»Du guter Gott, Nikolaj, dein Sohn liegt im Krankenhaus.«

»Und dort kümmert man sich ganz ausgezeichnet um ihn.«

»Er braucht seinen Vater.«

»Du bist doch da. Außerdem sehe ich ihn ja morgen. Sicher ist er jetzt schrecklich müde. Wenn ich komme, geht es ihm davon auch nicht besser.«

Ich war so verblüfft, dass mir die Worte fehlten.

»Hör zu, ich muss Schluss machen ...«

»Aber ... Ich bin klatschnass, ich brauche frische Kleidung. Gregory auch, und eine Zahnbürste ...«, stammelte ich.

»Ich rufe deine Mutter an und schicke sie zu euch. Jetzt

muss ich wirklich los. Gib Gregory einen dicken Kuss von mir. Wenn ich Zeit habe und er noch wach ist, können wir später Facetime benutzen. Tschüss, Schatz.« Die letzten Worte kamen automatisch, wie eine Formalität.

Ich musste mich an die Wand lehnen. Ganz kurz befand ich mich in einem anderen Krankenhaus, zwei Jahre vorher. Es war, als würde ich mein altes Ich anstarren, und das schaute zurück, als wollte es sagen: »Was hast du denn erwartet?«

36.

Mischa

Vor einigen Monaten

Halb hinkend erreichte ich den Probenraum. Dort war nur noch Nikolaj anwesend, der gerade vor dem Spiegel eine Schrittfolge durchging. Früher hätte ich ihm stundenlang dabei zusehen können.

»Hast du dich wieder ein bisschen beruhigt?«, erkundigte er sich, als er mein Bild im Spiegel sah.

»Arschloch«, spie ich ihm entgegen.

»Nochmals, Mischa: Es war ein Unfall, du bist gestürzt. Mach nicht so ein Drama draus.«

»Darum geht es gar nicht. Wann hattest du vor, mir von deiner *Giselle*-Bearbeitung zu erzählen?«

Langsam drehte er sich um, hatte nun den Rücken zum Spiegel gewandt. Auge in Auge standen wir einander gegenüber. »Das hätte eine Überraschung sein sollen.«

»Ach ja? So eine Überraschung wie die Mitteilung, dass wir mit anderen Partnern tanzen wollen?«, gab ich sarkastisch zurück.

Er machte ein paar Schritte in meine Richtung und hob die Hände, um sie mir auf die Schultern zu legen. Ich wehrte ihn ab. »Fass mich nicht an.«

»Von wem weißt du das?«

»Von John.«

»Natürlich, von John«, sagte er in spöttischem Ton.

»Wage es ja nicht, das Ganze zu deinen Gunsten zu drehen«, warnte ich ihn.

»John würde doch alles tun, um mir eins auszuwischen.«

»Hier geht es aber nicht um ihn, sondern um dich. Du hättest es mir sagen müssen«, rief ich. »John will nur das Beste für mich. Was man von dir nicht behaupten kann.«

»Ich kümmere mich um unsere Zukunft«, zischte er mir zu.

»Um unsere oder um deine?«

»Um unsere!«

»Und warum tanzt dann Maja die Hauptrolle?«

»Weil ich dich nicht mit in den Abgrund reißen will, wenn meine Inszenierung beim Publikum und bei den Kritikern durchfällt. Risikoverteilung nennt man das. Sobald ich mir als Choreograf einen guten Namen gemacht habe, entwickle ich ein ganz eigenes, besonderes Ballett für dich. Ein völlig neues, kein altes in einem neuen Gewand.«

Voller Geringschätzung schaute ich ihn an. »Du hast einfach auf alles eine Antwort. Nur leider glaube ich dir kein Wort davon.«

»Was um Himmels willen ist hier los?«, erklang eine Stimme hinter uns. Erschrocken drehte ich mich um. Kai stand in der Tür. Hinter ihm entdeckte ich mehrere Tänzer, die sich jetzt aber schnell aus dem Staub machten. Auch das noch.

Kai schloss die Tür und betrat den Raum. »Euer Geschrei ist im ganzen Gebäude zu hören.«

»Wusstest du von seinen Plänen für *Giselle*?«, fragte ich ihn.

Kai nickte und sah zu Nik hinüber. Seine Kiefermuskeln waren angespannt.

»Nik hat gesagt, du wüsstest davon. Genauso wie von der Idee mit dem Tanzpartnerwechsel.«

»Dem war nicht so.«

Nik hob beide Hände. »Okay, erwischt. Was ich getan habe, war nicht gerade anständig, aber ich wusste, ihr hättet nie zugestimmt. Und am liebsten würde ich auch nicht länger hier rumstehen und darüber reden, wie schlimm ich doch bin – ich habe gleich eine Kostümprobe. Sie werden oben furchtbar wütend auf mich, wenn ich wieder zu spät komme.«

Nik nahm sich seine Sachen. Als er an Kai vorbeiging, packte der ihn am Arm. »In dieser Angelegenheit ist das letzte Wort noch nicht gesprochen. Nach der Probe kommst du sofort in mein Büro.«

In meinem Knie hämmerte noch immer der Schmerz. Langsam ging ich zu der Bank vor dem Spiegel und setzte mich hin. Vorsichtig streckte ich das Knie. Kai setzte sich neben mich.

»Was ist denn da passiert?«

Mir war nicht danach, die ganze Geschichte noch einmal zu erzählen. »Ich bin bei einem Sprung falsch aufgekommen. Das wird schon wieder«, gab ich zurück. »Ich war gerade beim Physiotherapeuten.« Eine halbe Lüge. »Entschuldige, dass ich dich so angefahren habe.«

»Schon gut, ich kann so einiges ab«, meinte Kai. »Aber ich dachte wirklich, du wüsstest Bescheid.«

»Dem war nicht so.«

»Du darfst jetzt nicht böse werden, aber ... Was findest

du denn so schlimm daran? Also abgesehen von der Tatsache, dass er dich angelogen hat? Hast du dich vielleicht schon einmal gefragt, warum er dir bestimmte Dinge verschweigt?«

»Ach, das Ganze ist also meine Schuld?«

»Jetzt fühl dich doch nicht gleich wieder angegriffen.«

»Versuchst du mich grade aufzumuntern oder was?«

»Nik hat auf gewissen Gebieten großen Ehrgeiz; er versucht, das Leben nach dem Ballett zu planen. Als Strategie sehr gesund und ganz natürlich.«

»Das geht aber auch zusammen.«

Kai nickte verständnisvoll. »Aha, du hast Angst, ihn zu verlieren. Aber das ist doch überhaupt nicht gesagt. Man kann sich in unterschiedliche Richtungen entwickeln und trotzdem genug Gemeinsamkeiten erhalten. Ihr seid nicht das erste Paar, das so etwas durchmacht, und bestimmt auch nicht das letzte.«

Irgendwo begriff ich sogar, warum sich Kai für Nik einsetzte. Seine Position verbot es ihm, für einen von uns Partei zu ergreifen. Er musste die ganze Truppe zusammenhalten. Keine leichte Aufgabe. Er wollte mich beruhigen, doch seine Worte überzeugten mich nicht. Wie auch? Ich wusste mehr als er.

»Wir werden sehen«, sagte ich, um der Diskussion ein Ende zu bereiten.

»Alles wird gut, das verspreche ich dir. Oder gibt es da noch etwas?«

Erschrocken sah ich auf. Bis mir bewusst wurde, dass Kai gar nichts wissen konnte. Nur Nik und ich kannten das grässliche Geheimnis.

»Nataljas Tod …«

Sofort traten mir die Tränen in die Augen. »Ich kann

nicht über sie sprechen«, erklärte ich mit erstickter Stimme.

»Ich mache mir Sorgen um dich. Wir alle machen uns Sorgen um dich.«

Brüsk wischte ich die aufsteigenden Tränen weg. »Das ist nicht nötig. Ich kann wunderbar tanzen.« Was, wenn man mir das auch noch wegnahm?

»Manchmal gibt es wichtigere Dinge, Mischa. Zum Beispiel deine geistige Gesundheit.«

»Mir geht es ganz wunderbar«, bekräftigte ich.

»Es gibt da Gerüchte ...«

Die Tür flog auf, und meine Mutter stiefelte in den Raum. »Kai, ich suche dich schon überall. Warum nimmst du nicht zur Abwechslung einfach mal dein Handy mit oder sagst mir, wo du hingehst? Du hast einen Termin, jemand wartet auf dich.«

Kai schaute auf seine Armbanduhr. »Schon so spät? Ich wollte nur kurz zur Toilette, und dann ...«

»Ja, das kann ja sein. Los jetzt, Beeilung«, jagte ihn meine Mutter aus dem Raum. Ich hoffte, sie würde ihm folgen, doch sie drehte sich zu mir um. »Was ist los?«

»Nichts.«

»Du bist ja ganz rot im Gesicht. Hast du geweint?« Bei meiner Mutter klang das so, als hätte ich etwas falsch gemacht und wäre dafür gemaßregelt worden. Das reichte, um mich wieder zum Weinen zu bringen. Sie setzte sich zu mir und legte mir einen Arm um die Schulter.

»Nun sag schon, was ist los?«

Ich legte meinen Kopf an ihre Schulter und erzählte ihr alles. Ihre Finger schlossen sich immer fester um meinen Oberarm.

»Er ist einfach nicht gut für dich.«

Das hatte ich schon so oft gehört. Ich hätte es im Schlaf

mitsprechen können, genauso wie ich die Tanzschritte in *Mata Hari*, *Schwanensee* und all meinen anderen Balletten noch ganz automatisch beherrschte. »Mama ...«

»Vielleicht ist das hier ja gerade gut. Manchmal entwickelt man sich auseinander. Dann muss man Abschied nehmen, damit jeder seinen eigenen Weg gehen kann.«

Niedergeschlagen schüttelte ich den Kopf. »Es geht nicht mit ihm, aber auch nicht ohne ihn, Mama. Manchmal denke ich, ich kann mein Leben erst weiterführen, wenn er tot ist.«

In diesem Moment stürmte eine Gruppe zum Proben herein. Der Raum füllte sich mit Unruhe und schien sich gleichsam den Neuankömmlingen entgegenzustrecken, weil er sich auf die Tanzgewalt freute, die gleich über ihn hereinbrechen würde. Taschen und Kleidungsstücke wurden hingeworfen, Wasserflaschen auf dem Boden abgestellt. Einige junge Männer galoppierten sofort durch den ganzen Saal, wie junge Fohlen, die zum ersten Mal auf die Weide dürfen. Das Lachen einiger Mädchen wirbelte durch den Raum. Die Fanatiker fingen sofort mit dem Stretching an. Letzte Textnachrichten wurden gelesen oder verschickt.

Unvorstellbar – vor noch nicht einmal fünfzehn Jahren hatte ich durch dieselbe Tür diesen Saal betreten, frisch engagiert am Nationalballett. Jung, naiv, voller Erwartungen an die Zukunft. Und jetzt verlor ich alles, wofür ich so hart gearbeitet hatte. Einen hohen Preis hatte ich dafür bezahlt.

Das durfte nicht umsonst gewesen sein.

37.

Nikolaj

Vor anderthalb Wochen

»*Was* ist passiert?« Beinahe schrie ich die Worte ins Telefon. Ich hoffte, ich hätte den Mann auf der anderen Seite der Leitung falsch verstanden, der starke Wind spiele mir einen Streich, weil ich gerade auf einer Amstelbrücke stand.

»Es tut mir leid.«

»Es tut Ihnen leid?« Also hatte ich ihn doch gut verstanden.

Nach Kais Mitteilung, meine *Giselle* passe nicht in das nächste Saisonprogramm, hatte ich mich nach einem anderen Aufführungsort umgesehen. Schließlich war ich nicht vom Nationalballett abhängig. Außerdem musste mein Werk innerhalb eines Jahres aufgeführt werden: Für diesen Zeitraum hatte ich die Rechte erworben, danach würden sie verfallen. Weil es mir um das verschwendete Geld leidtat, hatte ich nach einem anderen geeigneten Ort gesucht und ihn auch gefunden. Glaubte ich zumindest. Bis mich vor fünf Minuten der Eigentümer des Gebäudes angerufen hatte, um mir mitzuteilen, dass bei dem gestrigen Sturm ein großer Baum ins Dach gebrochen war. Es war teilweise in sich zusammengefallen, und das Regenwasser hatte drinnen schlimme Verwüstungen angerichtet. Nicht nur die Kulissen waren zerstört, sondern auch die Räumlichkeiten unbrauchbar. Die Bestuhlung war nass und schmutzig, und der Holzfußboden hatte sich verzogen.

»Ja, und jetzt? Das übernimmt doch bestimmt Ihre Versicherung?«

»Nicht für die Kulissen, die gehören Ihnen.«

Ich fluche laut.

»Was den Rest betrifft, greift natürlich unsere Versicherung, aber es wird uns nicht gelingen, das Gebäude bis zur Premiere wieder instand zu setzen, leider nicht.«

»Und gegen solche unseligen Umstände sind Sie auch versichert, darf ich ja wohl hoffen?«

»Nein, dieser Teil fällt wiederum in Ihren Verantwortungsbereich. Unsere Versicherung deckt nur unser eigenes Gebäude und unsere Einrichtung ab, nicht die darin organisierten Aktivitäten.«

»Dafür habe ich keine Versicherung abgeschlossen, weil ich dachte, Sie …«

»Im Vertrag steht aber ganz eindeutig, dass …« Wütend drückte ich die Stimme weg. Fast hätte ich mein Handy ins Wasser geworfen. Stattdessen schrie ich vor Frustration laut auf. Eine Frau, die gerade mit einem Kind vorbeiradelte, schaute mich erschrocken an.

Warum, warum nur musste das passieren? Die Konsequenzen dieses Fiaskos wickelten sich wie böse Greifarme um mich und pressten mir alle Luft aus den Lungen. Ich warf mein Fahrrad hin und lehnte mich kraftlos ans Brückengeländer. Neben mir posierte ein Pärchen für ein Foto, dessen sorglose Fröhlichkeit mich unglaublich wütend machte.

Ich starrte in das unter mir vorbeiströmende Wasser und versuchte ruhig zu bleiben. Die Oberfläche des Flusses verwandelte sich in Geld, das von mir wegtrieb, ohne dass ich es hätte verhindern können: die Kosten für die Rechte, für die Kulissen, die Bilder für die Werbekampagne, das dazugehörende Fotoshooting, der Stoff für die Kostüme ... Alles hatte ich frühzeitig regeln wollen. Hätte ich nur abgewartet. Mit den Tänzern hatte ich noch nicht viel geprobt, weil die Premiere erst in ein paar Wochen hätte stattfinden sollen, aber trotzdem. Einige von ihnen kamen extra aus Russland. Sämtliche Flugtickets und der Aufenthalt hier waren bereits geregelt und bezahlt. Nach der letzten *Nussknacker*-Vorstellung konnte ich sogar einige Wochen unbezahlten Urlaub nehmen, um mich ganz der *Giselle* zu widmen.

Ich versuchte, nicht an den Betrag zu denken, den ich verloren hatte, auch wenn sich alles um mich herum – die Bäume, der Himmel, sogar die Steine der Hauswände – in schwindelerregende Zahlen zu verwandeln schien.

»Geht es Ihnen nicht gut?«, erklang eine Stimme neben mir.

Ich schaute zur Seite und entdeckte eine ältere Dame mit Hund. »Doch, doch. Vielen Dank, dass Sie fragen.«

»Sie sehen so blass aus.«

»Zu wenig gegessen«, erklärte ich.

»Leider habe ich nur Hundekuchen bei mir, der nutzt Ihnen wohl nicht viel«, sagte sie mit einem Lächeln. Dann nickte sie mir freundlich zu und ging weiter. Den Hund zog sie mit.

Ich wischte mir den Schweiß von der Stirn. So konnte ich nicht nach Hause. Mischa würde sofort merken, dass etwas nicht in Ordnung war. Was sollte ich ihr sagen? Ich ließ mich zu Boden sinken und lehnte mich mit dem Rücken an das steinerne Brückengeländer. Den Kopf verbarg ich in den Händen, während ich darauf wartete, dass die schlimmste Übelkeit verging. In meiner Hosentasche vibrierte mein Handy. Eine Nachricht von Mischa. Wo ich denn blieb, wollte sie wissen.

Es hatte keinen Sinn, hier noch länger herumzusitzen. Ich musste eine Lösung finden. Langsam radelte ich nach Hause und hoffte, dadurch einen klaren Kopf zu bekommen. Überall um mich herum gab es sorglose Menschen, so schien es mir: Sie unterhielten sich, lachten, gaben sich ihrer Selbsteingenommenheit hin. Ich war ein Zombie in ihrer Mitte, und sie bemerkten es nicht einmal; ein Zombie, der als normaler Mensch verkleidet war.

Zu Hause traf ich Mischa am Herd an, mit Schürze und allem Drum und Dran. Seit Kurzem hatte sie ein neues Hobby. Diese Frau wirkte auf mich wie eine Unbekannte. Es war, als versuche sie krampfhaft, ein intaktes Familienleben vorzutäuschen. Um uns herum fielen sämtliche Kulissen krachend in sich zusammen, doch sie spielte immer weiter. Was sie da fabrizierte, war ungenießbar. *Faden Fraß* nannte ich es im Stillen, obwohl mir nie eingefallen wäre, das auch laut zu sagen. Kartoffeln eigneten sich meiner Ansicht nach sowieso nur für Pommes frites. Automatisch schaute ich mich nach einer Flasche um, aber ich entdeckte keine.

»Wo ist denn Gregory?«

»Der macht eine Besorgung für mich.«

»Allein?« Ich war dagegen, dass ein Junge in seinem Alter in einer Stadt wie dieser ohne Begleitung auf die Straße ging.

»Allein, ja. Er will die Welt entdecken, Nik. Wir können ihn nicht davon abhalten. Der Supermarkt ist doch gleich hier um die Ecke«, sagte sie. »Hast du übrigens schon Geld von unserem Sparkonto auf das andere überwiesen? Vorgestern beim Einkaufen konnte ich plötzlich meine Sachen nicht bezahlen, weil wir zu sehr im Minus waren. Unglaublich peinlich.« Sie nahm den Deckel von einem Topf und rührte mit einem Löffel darin herum. Dampf kringelte sich in Richtung Decke.

Wenn ich das nur gekonnt hätte. Es würde nicht mehr lange dauern, und Mischa würde herausfinden, was ich getan hatte. Unsere Gehälter allein reichten nicht aus, um die Miete für diese Wohnung und die Hypothek von der Londoner zu bezahlen, deswegen hatten wir unsere Ersparnisse anbrechen müssen. Die Ersparnisse, von denen ich ohne Mischas Wissen einen ordentlichen Teil abgezweigt hatte. Ich brauchte sehr dringend Geld. Sehr, sehr dringend.

38.

Mischa

Vor zehn Jahren

Auf dem Rad überfuhr ich eine rote Ampel, die hupenden Auto- und die schimpfenden Radfahrer ignorierte ich. Mein roter Schal wehte wie eine Warnflagge hinter mir her. Anhalten brachte ich nicht über mich, denn wenn ich das getan hätte, wäre ich vielleicht umgekehrt und zurückgefahren. Nikolaj hatte zum zigsten Mal eine *Sarkasmen*-Probe versäumt. In ein paar Wochen würde die Premiere stattfinden. Paul stellte einen ausgezeichneten Ersatz dar, aber ich wollte keinen ausgezeichneten Ersatz. »Solide« bedeutete in diesem Fall alles andere als ein Kompliment; in der Kunst stand dieses Prädikat für »seelenlos«. Ich wollte ein Feuerwerk, ich wollte Nikolaj – nur er war in der Lage, dem Tanz diese unbeschreibliche Dimension zu verleihen, die einen bezauberte.

Deswegen hatte ich beschlossen, zu ihm zu gehen. Er wohnte für einige Zeit bei einem Freund. Seit Elizas Tod hatte ich ihn nicht mehr gesehen. Ihre Familie gab ihm die Schuld daran, dass sie umgekommen war. Eingeschlafen, während sie einen Joint geraucht hatte. Vor ihrer Beziehung zu Nikolaj hatte sich Eliza von Drogen ferngehalten.

Elizas Familie hatte ihm sogar die Teilnahme am Begräbnis verboten. Seitdem igelte er sich ein. Mehrere Leute hatten versucht, ihn umzustimmen, doch es war ihnen nicht gelungen. Ich hatte keine Ahnung, was ich zu ihm sagen wollte, ich verspürte nur ein quälendes Bedürfnis, bei ihm zu sein. Bis zu dem Hausbesetzergebäude am Stadtrand musste ich etwa eine halbe Stunde fahren, und als ich mein Rad gegen die Hauswand warf, war ich schweißnass und völlig erschöpft. Das Gebäude – viereckig, mit zwei Stockwerken und aus gelbem Backstein – war ein ehemaliges Büro, und Niks Freund bewohnte eines der Zimmer. Ich hatte mir seinen Schlüssel geliehen und öffnete mir selbst die Tür. Der ehemalige Empfangsraum lag im Dunkeln, und der Rezeptionstresen war noch erhalten. Man musste nach rechts, durch den Flur, und dann war es die letzte Tür auf der linken Seite, hatte der Freund mir erklärt. Und: Achte nicht auf das Durcheinander. Er hätte lieber sagen sollen: Achte nicht auf den Geruch! Es stank, als wären sämtliche Toiletten übergelaufen. Ich schlug mir meinen Schal vor den Mund, während ich durch den Gang lief, und versuchte so wenig wie möglich Luft zu holen.

An der Tür zögerte ich kurz. Noch immer hatte ich keine Ahnung, was ich sagen oder tun wollte. Ich klopfte nicht an, sondern öffnete die Tür mit dem Schlüssel.

Es dauerte einen Moment, bis sich meine Augen an das Dunkel gewöhnt hatten. Die Jalousien waren ganz zugezogen. Ich suchte nach dem Lichtschalter, und die Neonröhren flackerten einige Male, als müssten sie erst aufwachen, bevor sie ihr unbarmherzig grelles Licht verbreiteten.

»Licht aus, verdammt noch mal!«, erklang Niks erstickte Stimme. Ganz hinten in dem etwa hundert Quadratmeter großen Raum hatte man mit Tüchern und Laken eine Fläche abgeteilt, auf der linken und auf der rechten Seite. Ich bahnte mir einen Weg durch die Unordnung auf dem Boden: Müllsäcke, Zeitungen, Kleidungsstücke, Pizzakartons, Zeitschriften und leere Flaschen. Ein saurer Geruch stieg auf. Wie konnte man, um Gottes willen, in diesem Dreck wohnen? Unter einer Wölbung aus Decken schauten ein nacktes Bein und ein bloßer Arm hervor. Mit dem Fuß schob ich ein paar leere Weinflaschen zur Seite. Niks Kopf war unter einem Kissen verborgen, und ich zog es weg.

»He!«, protestierte er.

»Du hast dich jetzt lange genug im Selbstmitleid gesuhlt«, verkündete ich.

»Mischa. Ich hätte es mir ja denken können.« Er drehte sich nicht um.

»Du stinkst.«

»Dann geh doch einfach wieder.«

»Ich kann gar nicht glauben, was ich hier sehe. Du bist doch ein Kämpfer, kein Schwächling.« Ich wusste, unter welchen Umständen er aufgewachsen war – alle wussten das.

»Viktor hat mir Essen gekocht, Therese aufgeräumt und Naomi sich mit ihren Zigaretten zu mir gesetzt und mitgetrunken. Die haben sich wenigstens nützlich gemacht.« Nik hob den Kopf und schaute mich endlich an. »Hier hat zum Beispiel schon Jahrhunderte niemand mehr Staub gesaugt.«

»Ich bezweifle stark, dass ihr hier einen Staubsauger habt. Und selbst wenn, würde ich den höchstens in die Hand nehmen, um dich damit aus dem Bett zu scheuchen.« Hatte ich da gerade »Bett« gesagt? Das war einfach eine kahle Matratze auf dem Boden.

»Lass mich in Ruhe.«

»Nichts lieber als das, aber in ein paar Wochen haben wir Premiere, und die kann ich ja wohl kaum allein tanzen.«

»Man hat doch sicher für einen Ersatz gesorgt.«

»Natürlich. Für deinen großen Rivalen, Paul.«

»Paul?« Nik stützte sich auf die Ellenbogen und richtete sich auf. Mit beiden Händen rieb er sich die Augen.

»Es wird sicher ein großer Erfolg.«

Nik lächelte. »Was willst du dann hier?«

»Er ist nicht du. Ein unglaublicher, fantastischer Erfolg muss es werden.«

»Ich kann nicht. Ich werde nie wieder tanzen.«

Was er da sagte, machte mich wütend. Ich stieß gegen die Flaschen, und sie rollten klirrend über den Boden. Wie sich herausstellte, war eine nicht ganz leer gewesen, und der Wein verteilte sich auf dem Boden. An den Flecken überall konnte ich erkennen, dass das nicht zum ersten Mal passierte.

»Was für ein Chaos«, schnauzte ich Nik an. Natürlich hatte ich die Geschichten der Leute gehört, die bei ihm gewesen waren. Dass er sich zu tanzen weigerte, ganze Tage im Bett verbrachte, nur rauchte und trank.

»Du verstehst das nicht. Ich habe sie geliebt.«

»Ich auch.«

»Das ist etwas anderes.«

»Warum? Warum ist das etwas anderes? Warum schätzt man eine Beziehung zwischen einem Mann und einer Frau höher ein als eine zwischen Frauen? Ich habe sie viel länger gekannt als du. Und besser. Wir sind zusammen aufgewachsen, wir waren wie Schwestern. Wer oder was gibt dir das Recht, hier so erbärmlich zu liegen und so zu tun, als wäre dein Leben vorbei? Ihre Mutter hat ihr Kind verloren, ihr Vater seinen Augapfel. Und ich meine beste Freundin. Wir wollten zusammen die Welt erobern. Und später wollten wir zusammen als alte Frauen auf unsere Karrieren zurückschauen, und zwar nicht in irgendeinem langweiligen Altenheim, sondern in Spanien oder auf Bali. Eine Ballettschule eröffnen und mit Achtzig immer noch den Fuß auf die Stange bekommen. Verglichen mit mir hast du sie nicht einmal eine Minute gekannt. Und du meinst, dir allein steht es zu, um sie zu trauern? Ein egoistischer Sack bist du«, beschimpfte ich ihn.

»Ihre Eltern haben einander, und du wirst schon eine neue beste Freundin auftun. Wir waren seelenverwandt, jemanden wie sie finde ich nie wieder.«

»Du hast wenigstens eine Seelenverwandte gehabt. Viele andere dürfen diese Erfahrung niemals in ihrem Leben machen.«

»Ich will nie wieder jemanden so sehr lieben.«

»Alles schön und gut, aber was hat das mit dem Tanzen zu tun?«, wollte ich verärgert wissen. »Du hast eine Gabe. Wenn du jetzt mit dem Tanzen aufhörst, lässt du zu, dass dein Vater gewinnt.«

»Sie fehlt mir.«

»Mir fehlt sie auch!« Jedes Mal, wenn mir eine perfekte Pirouette gelang, erwartete ich, im Spiegel ihr lachendes Gesicht zu sehen. Nach jeder Probe stand ich draußen und wartete auf sie, bis mir bewusst wurde, dass sie nicht gleich mit der Hälfte ihrer Besitztümer im Schlepptau durch die Tür wirbeln, nicht wieder nach drinnen gehen würde, weil sie etwas vergessen hatte, während sie rief, sie wäre gleich wieder da – das stimmte nie, weil sie immer jemandem begegnet war, mit dem sie noch alles Mögliche besprechen musste, während ich mir in der Zwischenzeit draußen den Hintern abfror. Mein Gott, wie gern hätte ich nun wieder so zitternd vor Kälte auf sie gewartet. »Aber *ich* habe mich nicht ins Bett gelegt, um langsam zu verfaulen. Was sollte das auch für einen Sinn haben? Davon bekomme ich sie nicht zurück. Ich mache weiter, ich lebe ihren Traum – wir haben uns einmal geschworen: Wenn wir es nicht beide bis an die Spitze schaffen, muss das zumindest einer von uns gelingen. *Sie* hätte weitergemacht, das weiß ich ganz bestimmt.«

Nik lachte leise. »Heuchlerische Kuh.«

»Bitte?«

Nik stand auf, und ich machte unwillkürlich ein paar Schritte rückwärts. Er trug nur eine Boxershorts, und ich musste mich sehr anstrengen, um den Blick nicht über seinen Körper gleiten zu lassen. Den hatte ich doch bei den Proben unzählige Male gesehen, sagte ich zu mir selbst. Ich hatte überhaupt schon sehr viele bloße Oberkörper zu Gesicht bekommen.

»In Wirklichkeit warst du doch total eifersüchtig auf sie.«

»Jetzt rede keinen Quatsch.«

»Auf ihr Talent, auf uns.«

Ich schluckte. Hatte Eliza es gewusst? Sie hatte nie auch nur ein einziges Wort darüber verloren. Plötzlich wünschte ich mir, ich wäre nie hergekommen.

»Mich beeindruckst du nicht. Du magst hergekommen sein, um mich runterzumachen, aber ich habe dir auch etwas zu sagen.«

Er kam auf mich zu und stand so dicht vor mir, dass ich seine Atemzüge auf der Stirn fühlen konnte.

»Du hast dir gewünscht, ich würde mich für *dich* entscheiden. Darum bist du hier, und nicht, weil du mich zum Weitertanzen überreden willst«, sagte er leise.

»Bilde dir bloß nichts ein.« Ich versuchte einen Schritt zurückzutreten, doch er packte mich heftig an den Oberarmen. Ich wollte mich losreißen, tat es jedoch nicht, auch wenn ich mit keiner einzigen meiner Hirnzellen hätte begründen können, warum nicht. Dieselben Hirnzellen schrien förmlich, ich solle sofort gehen, doch mein Körper verweigerte ihnen den Gehorsam. Eine Gänsehaut bildete sich auf meinen Armen, während Nik quälend langsam mit den Fingern darüberstrich.

Er lachte leise. »Keine Sorge. Eliza hat nichts davon mitbekommen, und ich habe ihr nie etwas gesagt. Ich wollte ihre Gefühle nicht verletzen.«

Intuitiv wusste ich, dass er recht hatte. Eliza hatte mir zu hundert Prozent vertraut und das Wort »Eifersucht« nicht einmal gekannt. Sie hatte mir stets alles gegönnt, was ich umgekehrt nicht getan hatte. Ein Gefühl des Versagens überfiel mich, es fühlte sich an wie Verrat.

»Deine Eifersucht hätte eure Freundschaft kaputtgemacht.«

»Nein, das ist nicht wahr.«

Ich dachte an unser Versprechen, wir würden nie zulassen, dass ein Mann zwischen uns käme. Solche Versprechen geben junge Mädchen einander, die keine blasse Ahnung davon haben, was das Leben noch für sie bereithält, welche Streiche einem das Schicksal spielen kann. Dumme Versprechen sind das, und sie verglühen im Feuer der Liebe, der Begierde und des Neids. Sie gelten nicht länger, als eine Kerze brennt.

Allerdings hätte sich Eliza an dieses Versprechen gehalten.

»Du hast es nicht ertragen, uns zusammen zu sehen, oder?«

»Du bist ganz schön von dir selbst überzeugt. Hier in den Niederlanden bezeichnen wir das als ›eingebildet‹.«

»Was hattest du denn vor?«

Ich erschrak. Wie viel wusste er?

»Was ich *vorhatte*?«

»Du gehörst nicht zu den Leuten, die einfach nur zusehen. Du bist es gewohnt zu bekommen, was du willst. Die zweite Geige spielen, das war und ist nichts für dich.«

Ich wollte dieses Gespräch nicht führen. Ich versuchte mich wieder auf die Muttermale zu konzentrieren, die wie Sternbilder seine Haut schmückten. Trotzdem drangen seine Worte zu mir durch: »Du wolltest weg, habe ich gehört, an ein anderes Ballett, vielleicht sogar ins Ausland.«

»Das ist jetzt alles nicht mehr wichtig.«

»Stimmt, das ist jetzt alles nicht mehr wichtig.«

Ich hob den Kopf und sah ihm direkt in die Augen. Danach stellte ich mich auf die Zehenspitzen und küsste ihn. Oder er beugte sich vor und küsste mich. Oder beides passierte gleichzeitig. Später, als ich nackt auf der Matratze lag, mit Nik auf mir, hätte ich nicht sagen können, wer von uns die Initiative ergriffen hatte.

39.

Mischa

Vor zwei Jahren

Ich schaute nach draußen, obwohl es stockdunkel war, und erkannte im Spiegelbild der Autoscheibe mein verzerrtes Gesicht. Verkehrt, schoss es mir durch den Kopf. Es war eine verkehrte Welt. Er ging fremd, und ich hatte es mit Würde hinzunehmen. Als würde ich etwas falsch machen, nicht er.

Warum reichte ich ihm nicht?

»Ich will, dass du anhältst.«

»Warum? Was willst du denn machen? Schau dich doch um, wir sind hier am Arsch der Welt.«

»Stopp, oder ich steige aus.«

»Bei hundert Stundenkilometern?«

Wie immer bestimmte er alles: Er hielt das Steuer in den Händen, er entschied, welchen Weg wir mit unserer Beziehung einschlugen. Mir blieb nichts übrig, als ihm zu folgen.

»Warum denn jetzt plötzlich?« Er trat noch mehr aufs Gas, und ich sah, wie die Tachonadel auf hundertzehn kletterte. Die Kurven reihten sich immer schneller aneinander, und ich wurde heftig durchgeschüttelt. Um Halt zu finden, presste ich die Hände gegen das Armaturenbrett.

»Mir reicht es wirklich. Du hörst mir nicht zu, du machst einfach nur, was du willst.«

»Tut es dir leid, dass du eingestiegen bist?«

»Du bist ja betrunken. Halt an! Du reißt uns ins Unglück, siehst du das denn nicht?«

»Ich habe alles im Griff.«

Wieder eine Kurve. Eine zu enge Kurve. Auf meiner Seite kamen Hinter- und Vorderrad von der Straße ab. Ich schrie auf. Wir schlugen heftig am Bordsteinrand auf, und das Auto geriet ins Schlingern, doch Nik bekam es wieder unter Kontrolle.

»Genau das meine ich, du Idiot. Ich will, dass du anhältst. Ich werde den Rest fahren.«

»Kommt gar nicht infrage. Du übertreibst einfach mal wieder.«

»Halt jetzt an, *sofort!*«, kreischte ich. Ich verlor jegliche Selbstbeherrschung und stieß ihn in die Schulter. Nik versuchte mich mit einer Hand abzuwehren, aber ich war völlig außer mir. Ich umklammerte das Lenkrad mit beiden Händen und versuchte, den Wagen an den Straßenrand zu zwingen.

»Mies, nicht ... Die Kurve ...«

Ich schaute hin, folgte seinem Blick und entdeckte ein Schild mit dem Hinweis auf eine scharfe und gefährliche Biegung. Ich ließ los, damit Nik wieder übernehmen konnte, doch es war zu spät. Die Räder gerieten in den nun unbefestigten Seitenstreifen, und statt dem Straßenverlauf zu folgen, flogen wir aus der Kurve. Eine einzelne Sekunde dehnte sich aus wie ein Gummiband, während das Auto die Bodenhaftung verlor. Es drehte sich um die eigene Achse, und dann folgte ein dumpfer Schlag.

40.

Mischa

Gegenwart

»Und täglich grüßt das Murmeltier«, stöhnte ich, als ich Hans Waanders an der Glasscheibe erscheinen sah. Nach dem Verbandswechsel hatte ich geschlafen, völlig erschöpft von den Schmerzen, und jetzt saß ich am Tisch. Ich versuchte eine Zeitschrift zu lesen, was sich schwieriger gestaltete als erwartet. Ich war müde, hatte ein kleines bisschen weniger Schmerzen, aber doch immer noch Schmerzen, und die Geräte, an denen ich hing (zu meinem eigenen Besten – das konnte ich schon längst nicht mehr hören), irritierten mich ganz unglaublich. Es war, als hielten sie mich fest, als wäre ich eine Marionette, die von den Ärzten und Pflegekräften gelenkt wurde. Ich verspürte das große Bedürfnis, mich mit jemandem anzulegen. Alles war besser als Selbstmitleid. Dieses Gefühl hatte ich seit Jahren nicht mehr empfunden, doch in letzter Zeit, sogar vor dem Brand, hatte es mir viel zu häufig zugesetzt. Und selbst unter den gegebenen Umständen quälte mich ein furchtbares Verlangen nach Alkohol. Oder besser gesagt nach dem Rausch, den schon ein paar Gläser bei mir verursachten.

»Haben Sie gerade etwas gesagt?«, erkundigte sich der Ermittler, nachdem er den Raum betreten hatte.

»Wenn Sie hier erscheinen, muss ich immer an den Film *Und täglich grüßt das Murmeltier* denken. Da läuft der Tag für den Protagonisten immer genau gleich ab. Sie kommen auch jeden Tag hierher.« Das stimmte nicht ganz, aber es fühlte sich zumindest so an.

Waanders war nicht in der Stimmung für Scherze. »Wenn ich den Film noch richtig im Kopf habe, geht es da um einen egoistischen Fernsehwetteransager, der aus seinen Fehlern lernen muss. Erst dann ist der Zauber gebrochen. An dem könnten Sie sich ein Beispiel nehmen.«

»Wie bitte?«

»Zuallererst wäre es gut, wenn Sie mit dem Lügen aufhören würden. Ich will mit Ihnen über bestimmte Informationen sprechen, die wir auf Ihrem Handy gefunden haben.«

Wenn er die Absicht gehabt hatte, mich einzuschüchtern, war ihm das ganz außergewöhnlich gut gelungen. Er hoffte natürlich, ich würde fragen, um was für Informationen es sich handelte, aber das fiel mir gar nicht ein. Betont desinteressiert blätterte ich um. Von der neuen Seite drang nur zu mir durch, dass irgendein Popstar mit einem anderen fremdging. Genau wie Nik. Und wie ich. Ich hatte gehofft, ich würde entdecken, dass es noch andere Männer gab als Nikolaj. Dass das etwas an meiner obsessiven Liebe zu ihm ändern würde. Meine Suche hatte sich nicht erfüllt. Sonst hätte ich jetzt nicht hier gesessen.

Die Stimme des Ermittlers holte mich in die Realität zurück. »Sie haben nachgeschaut, wie man ein Feuer legt. Aus den Daten geht hervor, dass Sie die entsprechenden

Seiten genau eine Woche vor dem Brand besucht haben, und zwar zwischen drei und vier Uhr nachmittags.«

»Das kann nicht sein«, sagte ich.

»Und doch haben Sie es getan.«

Ich schüttelte den Kopf. »Ich habe mein Handy nicht immer bei mir, und das wissen Sie auch ganz genau.«

»Das macht Sie allerdings zu einer Ausnahme.«

Ganz offensichtlich glaubte er mir nicht. »Nikolaj kann genauso gut mein Smartphone für die Recherche benutzt haben, um mich verdächtig zu machen. Genau das will er doch. Er kennt meinen PIN-Code. Sie können nicht beweisen, dass ich es war, die diese Informationen nachgeschaut hat.« Ich war richtiggehend stolz auf mich. Damit hatte ich Waanders eine unwiderlegbare Theorie geliefert. Mein Körper mochte schwer gelitten haben, aber von meinem Verstand konnte man das jedenfalls nicht sagen.

Waanders setzte sich mir gegenüber an den Tisch. »Was häusliche Gewalt betrifft, habe ich viel Erfahrung«, setzte er an. »Meistens ist es der Mann, der seiner Frau gegenüber Gewalt ausübt, aber es kommt auch andersherum vor. Zwar seltener, aber es kommt vor. Und dann geht es jedes Mal um krankhafte Eifersucht, um Kontrolle, um Zwang.« Er machte eine bedeutungsvolle Pause. »Die Informationen über Brandstiftung waren nicht das einzige interessante Material, das wir auf Ihrem Smartphone gefunden haben.« Wieder Stille. Ich sagte mir, dass ich bereits das Schlimmste hatte durchmachen müssen, was einem Menschen zustoßen konnte. Trotzdem bekam ich Angst.

»Sie sind eher der eifersüchtige Typ, nicht wahr?«

»Wie kommen Sie denn darauf?«

»Sie haben Ihren Mann oft angerufen. Sehr oft sogar.«

»Wir sehen einander nicht viel, müssen aber viel besprechen«, erklärte ich.

»Hm. Das zeigt sich in den Nachrichten, die Sie ihm schicken, aber nicht. Und er reagiert auch höchst selten darauf. *Warum nimmst du meine Anrufe nicht an? Bist du heute Abend zu Hause?* Sie benutzen sogar Ihren Sohn, um Ihren Mann zum Heimkommen zu bewegen. *Gregory hat nach dir gefragt. Ruf wenigstens ihn an, wenn du schon nicht mit mir sprechen willst. Sei doch nicht so kindisch. Warum ignorierst du mich?* Und Sie kontaktieren die Leute in seiner Umgebung. *Ist Nikolaj bei dir? Hast du Nikolaj gesehen? Weißt du, wo Nikolaj steckt? Ich kann ihn nicht erreichen. Ich muss ihn dringend sprechen*«, zählte er pedantisch auf.

So, wie er das vorlas, alles hintereinander, klang es tatsächlich schrecklich, als wäre ich eine Stalkerin. Ich spürte, wie sich meine Wangen röteten, und ich versuchte seinen anklagenden Blick an mir abprallen zu lassen. Er wischte eine unsichtbare Fluse vom Tisch. »Und das mehrmals am Tag. Sogar mehrmals pro Stunde. Einmal haben Sie ihn minütlich angerufen, als er nicht reagierte, und zwar eine ganze Stunde lang, durchgehend. Ich sage ja nicht, dass ich Sie nicht verstehe. Meinem Eindruck nach ist Ihr Mann ein ziemlicher Schwerenöter. Er bekommt tonnenweise Fanpost. Auf seinem Instagram-Account folgen ihm mehr als hunderttausend Leute, und er erhält ein unmoralisches Angebot nach dem anderen. Ganz zu schweigen von den vielen Fotos, die er von sich und anderen Frauen gepostet hat. Das kann nicht einfach für Sie sein. Und dann kommt noch hinzu, dass er viel unterwegs ist …« Er beugte sich zu mir hin, als wolle er zwischen uns eine Atmosphäre der Vertraulichkeit entstehen lassen. »Ist er fremdgegangen?«

Um Zeit zu gewinnen, stand ich auf. Mein Körper protestierte heftig.

Gut für die Muskeln, sagte ich zu mir selbst.

Gut für meine Genesung.

Das war für mich wie ein Mantra geworden. Es verhinderte, dass ich einfach im Bett liegen blieb. Nicht, dass die Pflegekräfte das zugelassen hätten. Wie eine alte Frau schlurfte ich zum Wasserhahn, um ein Glas zu füllen. Ich ließ mir Zeit. Vorsichtig trank ich ein paar Schlucke und wünschte mir, es wäre Wodka. Die zwei oder drei grausamen Meter Rückweg waren genauso eine Hölle.

»Es geht schon, danke der Nachfrage«, kommentierte ich sarkastisch.

»Führen Sie deshalb diese Show auf? Damit ich nicht vergesse, was Sie durchgemacht haben? Um mein Mitleid zu wecken, damit ich sanfter mit Ihnen umgehe?«

»Ich bin schwer verletzt. Und ja, manchmal habe ich den Eindruck, Sie vergessen das. Ich werde nie wieder tanzen können. Ich vermisse meinen Sohn.« Gern hätte ich mir ein paar Tränen herausgepresst, um des Effekts willen, aber ich war zu wütend.

»Das haben Sie sich selbst zuzuschreiben.«

»Das sehen Sie völlig falsch. Irgendwann werden Sie das auch begreifen. Ich freue mich jetzt schon darauf, wie Sie sich dann bei mir entschuldigen werden. Oder vielleicht liegt das auch nicht in Ihrer Art, und Sie kriechen einfach wieder unter den Stein, unter dem Sie hervorgekommen sind«, zischte ich ihn an. Ich zog in Erwägung, den Knopf zu drücken. Dann würde eine Schwester erscheinen und dieser schrecklichen Qual ein Ende bereiten. Auch wenn mich diese Besuche von den Schmerzen ablenkten, hätte ich die Schmerzen vorgezogen.

»Sie weichen meiner Frage aus.«

»Welcher Frage denn?«

»Ist Ihr Mann fremdgegangen?«

»Haben Sie dafür irgendwelche Beweise gefunden?« Meine Stimme klang ein wenig zu schrill und entlarvte so meinen Versuch, mich gleichgültig zu geben. Noch bevor Waanders antworten konnte, sagte ich: »Vielleicht haben wir uns ja für eine offene Beziehung entschieden, haben Sie sich das schon einmal überlegt? Wir Tänzer sind nun einmal sehr körperorientiert. Anders geht es auch gar nicht. Schließlich befassen wir uns den ganzen Tag mit den Körpern anderer Tänzer. Wir tun so, als wären wir ineinander verliebt. Und natürlich kann es dann passieren, dass man Gefühle für einen anderen Menschen entwickelt. Aber wir sind dagegen immun. Wir wissen, dass es dazugehört, dass es nichts zu bedeuten hat. Nach der Vorstellung ist es direkt wieder vorbei – zack.« Ich schnippte mit den Fingern. »Ein Kuss auf den Mund oder eine innige Umarmung bedeutet da wirklich nichts. Auch, was die Fans betrifft«, fügte ich rasch hinzu, weil ich sah, dass Waanders zu einer Antwort ansetzte. »Von denen müssen wir uns das bieten lassen. Sie sind sehr wichtig für uns, und wir müssen sie zufriedenstellen.« Ich hatte mich nicht in die Verteidigung drängen lassen wollen, doch an diesem Vorsatz war ich kläglich gescheitert.

»Führen Sie eine offene Beziehung?«

»Das geht Sie überhaupt nichts an.«

»Diese offene Beziehung wirkt auf mich allerdings stark wie eine Einbahnstraße.«

»Nichts ist so, wie es scheint – so lautet die Redensart, oder?« Es war unheimlich, dass dieser Mann die Macht besaß, so in meinem Leben zu wühlen. Er wusste so viel über mich und ich gar nichts über ihn. War er mit einer Frau verheiratet, die es ihm daheim gemütlich machte? Hatte er Kinder, war er ein stolzer Opa? Kochte er in seiner Freizeit gern, lief er mit einem Strohhut auf dem Kopf über den Markt? Oder war er geschieden, lebte in einer kleinen Wohnung und hatte nur die Fernbedienung zum Freund?

»Sind *Sie* fremdgegangen?«

»So etwas wie Fremdgehen gibt es in einer offenen Beziehung nicht.«

»Ich kenne mich da nicht so aus, das will ich gern zugeben, aber wenn sich jemand verliebt und die Beziehung zu diesem anderen Menschen vertiefen will, wirkt das auf mich wie Fremdgehen. Hat sich Ihr Mann in eine andere verliebt?«

Plötzlich merkte ich, dass ich mich auf dünnem Eis bewegte. Was als Versuch begonnen hatte, von mir abzulenken, wurde nun zu einem Damoklesschwert, das über meinem Kopf schwebte. Krankhafte Eifersucht und einen Partner, der Affären hatte – das konnte bedeuten, dass ich mich an Nikolaj rächen wollte. Oder hatte Waanders genau darauf von Anfang an abgezielt? Natürlich, begriff ich in einem Augenblick der Erkenntnis. Das, in Kombination mit dem, was man auf meinem Handy gefunden hatte.

»Das müssen Sie ihn schon selbst fragen. Vielleicht ist es ja so. Vielleicht hat er darum die Brandstiftung begangen, weil er mich loswerden wollte.«

»Wenn mir nicht andere Informationen vorlägen, würde ich Ihnen vielleicht sogar glauben.«

»Was denn für andere Informationen?«

Hans Waanders nannte mir ein Datum. »An diesem Tag hat Ihr Mann den Notruf gewählt, weil er Rattengift zu sich genommen hatte. Haben Sie versucht, ihn zu vergiften?«

Stirnrunzelnd schaute ich ihn an. »Ich habe keine Ahnung, wovon Sie sprechen.« Nervös zupfte ich an meinen Händen herum, merkte das jedoch erst, als mir auffiel, dass Waanders hinstarrte. Es wirkte schuldbewusst, wie ein nervöses Zucken im Gesicht, wenn man log. Ich legte mir die Hände in den Schoß.

»Und als Ihnen das nicht gelungen ist, haben Sie beschlossen, schwerere Geschütze aufzufahren?«

Bisher hatte ich mir keinen Moment lang vorstellen können, ich würde einmal als Beschuldigte gelten. Mit diesem Szenario hatte ich überhaupt nicht gerechnet. Glaubte Hans Waanders wirklich, ich hätte das Haus angesteckt? Die Möglichkeit, nach meiner Genesung geradewegs ins Gefängnis zu wandern, wirkte plötzlich erschreckend real. Die Sorge, ob ich wieder würde tanzen können oder nicht, rückte in den Hintergrund. Die Angst umkreiste mich wie eine hungrige Hyäne. Was sollte dann aus Gregory werden?

»Nochmals: Ich habe nicht die geringste Ahnung, wovon Sie da sprechen. Ich habe gar nichts Falsches getan. Es würde mich nicht wundern, wenn Nik dieses Gift selbst genommen hätte.« Ich traf eine Entscheidung. Es war an der Zeit, meinen größten Trumpf auszuspielen. »Wissen Sie denn, dass seine erste Freundin auch bei einem Feuer umgekommen ist? Und zwar kurz, nachdem er fremdgegangen war. Mit mir.« Das Letzte war gelogen, aber da stand mein Wort gegen das von Nikolaj. »Ein ganz schöner Zufall, finden Sie nicht auch?«

41.

Nikolaj

Vor zehn Jahren

Innerlich fluchte ich, als ich nur Mischa im Studio antraf. Ich hätte wissen müssen, dass da etwas faul war, als mich John fragte, ob ich eine Rolle in seinem neuen Ballett übernehmen wolle. Vom Stück kannte ich nur den Namen, *Sarkasmen*, mehr hatte er mir noch nicht erzählt. Und er hatte mir auch nicht gesagt, dass ich nur mit Mischa tanzen und niemand sonst anwesend sein würde. Seit wir miteinander im Bett gelandet waren, hatten wir uns nicht mehr gesehen, obwohl ich danach wieder täglich ins Musiktheater gekommen war.

Es war seltsam, hier zu sein, als könnte ich jeden Moment Eliza begegnen, und gleichzeitig fühlte es sich vertraut an. Das Gebäude, die Menschen, die Studios, die Garderobe, der Geruch – all das hatte etwas Tröstliches. Diese Mischung aus harter Arbeit, Hoffnung und Erfüllung: Nichts hatte sich verändert. Das hier, der Tanz, würde immer für mich da sein. Auf mich warten, nach mir verlangen, voller Sehnsucht.

Ich gab mich ruhiger, als ich mich fühlte, und hielt auf John zu, der sich angeregt mit dem Pianisten unterhielt.

Er hatte mir halb den Rücken zugewandt, deshalb dauerte es einen Moment, bis er mich bemerkte. Ich wollte das Gespräch der beiden gerade unterbrechen, als er sich umwandte und sagte: »Schön, dass du endlich da bist, dann können wir anfangen.«

Endlich? Ich war fünf Minuten zu früh dran und klopfte mir in Gedanken selbst auf die Schulter. Noch vor einem Jahr hätte jetzt meine Wut die Regie übernommen.

»Wo sind denn die anderen?«, fragte ich.

»Es gibt keine anderen, nur Mischa und dich. Und natürlich den Pianisten.«

Er klopfte kurz auf das Klavier, ging dann zu Mischa hinüber. Ich folgte ihm. Mischa nickte mir zu und schaute dann wieder zu John hin.

»Also, worum geht es? *Sarkasmen* handelt von zwei Tänzern, die versuchen, die Illusion aufrechtzuerhalten, dass sie überhaupt nicht aneinander interessiert sind, während gleichzeitig alles, was sie tun, auf den anderen ausgerichtet ist. Der ganze Tanz basiert auf einem Spiel des sich Anziehens und Abstoßens.«

Ich wusste nicht, was ich zuerst tun sollte: in Gelächter ausbrechen, wütend werden oder Johns Kreativität bewundern. Hätte es mich selbst nicht betroffen, hätte ich sein Konzept brillant gefunden. Mischa ließ sich nichts anmerken, und im Stillen pries ich sie für ihre Selbstbeherrschung.

John redete einfach weiter und zeigte uns die ersten Schrittfolgen. »Mach das mal nach, Nik.«

Meine Neugierde wuchs rascher als mein Widerwille, und hölzern setzte ich mich in Bewegung. Ich hatte größere Schwierigkeiten erwartet; dass der Kummer, der wie ein Leichentuch um mich gewickelt war, mir das Tanzen unmöglich machen würde – aber ich konnte es immer noch. Mein Instinkt, oder vielleicht auch mein Überlebenswille, übertrumpfte Vernunft und Gefühl. Das glaubte ich zumindest, denn wie sich herausstellte, war es nicht leicht, John eine zufriedene Reaktion zu entlocken. Ich kannte seine Angewohnheit, sich jeden Tag jemanden auszusuchen, den er auseinandernehmen konnte. Heute war ich an der Reihe, und das bedeutete, dass die Probe eine Tortur werden würde.

»Komm, das kannst du aber besser. Du hüpfst hier herum wie ein Dreijähriger.«

»Was ist denn mit dem Arm da los? Ein weichgekochter Spaghettiarm oder was?«

»Verdammt noch mal, Nik, du hebst die Hand, als wolltest du eine Glühbirne in eine Lampe schrauben. Null Gefühl steckt da drin. Also: Du wendest dich in einer Mischung aus Hoffnung und Verzweiflung zum Himmel, als warte dort der Beistand, ohne den du diese Frau nicht erobern kannst, okay?«

»Nein, diesen Schritt machst du falsch. So ist es richtig.«

Dieser eine Schritt wollte mir einfach nicht gelingen. Im Türrahmen hatten sich inzwischen einige Kollegen versammelt. Lauthals verbesserte mich John und machte mich nach, wobei er es ziemlich übertrieb, und alle schauten dabei zu. Ich gab aber nicht auf, sondern machte weiter. Der Schweiß rann mir in Sturzbächen von der Stirn, und die Kleidung klebte mir am Leib. Ich nahm meinen eigenen Körpergeruch wahr, ich bekam Muskelkrämpfe und spürte, wie sich langsam ein Zehennagel löste. Das Blut lief mir in den Ballettschuh.

»Dir als Primoballerino müsste das doch leichtfallen?«

Mischa war meine Rettung. »John, können wir bitte mit etwas anderem weitermachen? Ich stehe hier einfach nur rum und warte, und meine Muskeln sind schon ganz kalt.«

John nickte knapp.

»Danke dir«, flüsterte ich ihr ins Ohr, als wir in der nächsten Szene zusammen tanzen mussten.

»Ich habe einfach Mitleid mit dir bekommen«, wisperte sie zurück.

»Da bist du nicht die Einzige«, meinte ich mit einem Nicken in Richtung Publikum.

»Das darfst du nicht persönlich nehmen. Er will herausfinden, wie stark du bist und ob du ihn verstehst. Das geht nicht mit Höflichkeit oder Vorsicht. Letztes Mal hat er das auch bei mir gemacht. Vielleicht klingt das seltsam, aber dank ihm traue ich mich jetzt mehr. Als hätte er meine besten Seiten zum Vorschein gebracht und mir den Mut geschenkt, sie auch zu zeigen.«

Wir studierten die nächste Schrittfolge ein. Dabei sprachen wir kaum miteinander, nur das Allernötigste. Wir brauchten alle Energie für den Tanz.

Halt mich etwas höher fest, wenn ich fertig bin. Ja, so.

Nicht ganz so weit drehen.

Du musst ein bisschen langsamer werden, sonst bin ich nicht rechtzeitig da.

Ich hätte nicht sagen können, ob ich unsere Bettgeschichte bereute oder nicht. Wir ähnelten uns so sehr, sie und ich. Beide waren wir eifersüchtig, besitzergreifend und ehrgeizig, bereit zum Äußersten. Wenn wir tanzten, passte unsere Einstellung prima, weil wir einander deswegen auf der Bühne »in beachtliche Höhen emportreiben konnten«, wie ein Kritiker es umschrieben hatte. Abseits der Bühne sah die Sache allerdings ganz anders aus. Mischa war so anders als Eliza. Sie neckte mich, quälte mich und machte mich manchmal einfach nur wahnsinnig. War Eliza wie ein heilendes, wohltuendes Pflaster gewesen, so war Mischa wie eines, das eine allergische Reaktion hervorrief. Trotzdem faszinierte sie mich, obwohl es mir sehr schwerfiel, das zuzugeben.

Meine Gedanken wurden von Johns Stimme unterbrochen, die wie ein Messer den Raum durchschnitt. »Warum hältst du sie fest, als wäre sie eine Pflanze mit giftigen Stacheln? Du würdest sie am liebsten auf der Stelle nehmen. Schau, so.« John bedeutete mir mit einer Handbewegung, ich solle zur Seite treten, und nahm Mischa in die Arme. Von Bildern kannte ich einen John aus jüngeren Jahren, und es war schwierig gewesen, die Augen von ihm abzuwenden. Er trat vielleicht nicht mehr auf, aber tanzen konnte er immer noch. Sinnlich, beherrscht, kraftvoll, mit unglaublicher Darstellungskraft.

John legte Mischa eine Hand an den unteren Rücken, mit gespreizten Fingern, und seine Fingerspitzen berührten gerade so den Ansatz ihres Gesäßmuskels. Er ließ einen Abstand von etwa fünf Zentimetern zwischen seinem und ihrem Körper und bewegte sich immer weiter auf sie zu. Als er sich ihr bis auf einen halben Zentimeter genähert hatte, hielt er inne und warf sie fast wie eine Puppe von sich.

Ich bemerkte, wie er sie anschaute. Sah, wie er ihr mit dem Blick folgte. Wäre Verliebtheit ein Duft, wären wir inzwischen völlig benebelt. *John ist verliebt in sie*, begriff ich plötzlich. Je mehr ich sie haben wollte, desto mehr machte er mich fertig. Dieses Wissen verlieh mir Kraft, oder besser noch: Macht. Wie ein mentaler Schlagstock. Seine Kritik hatte nichts mit dem Tanz zu tun, dafür aber alles mit mir. Er war eifersüchtig, sehr sogar. Wusste er, dass Mischa und ich miteinander geschlafen hatten?

»Also los, noch mal«, forderte John. Kopfschüttelnd schaute er zu, wie ich mich in Position brachte. »Man könnte wirklich meinen, du hättest noch nie eine Frau angefasst.«

Mischa hingegen erntete natürlich nichts als Lob.

Je mehr John schimpfte, desto ruhiger wurde ich. Jedes negative Wort lud mich auf wie eine Batterie.

»Stopp. Wir machen uns jetzt an die Szene, die euch das größte Unbehagen verursachen wird, dann haben wir die schon mal hinter uns.«

John wies Mischa an, mit weit gespreizten Armen und Beinen und erhobenen Zeigefingern dazustehen. Ich musste mich etwas seitlich vor sie hinstellen. John hielt mich fest und schob mich ein Stück näher zu Mischa hin, sodass ihre Hand auf der Höhe meines Geschlechts landete.

»Und jetzt fasst du da hin, Mischa.«

»Was?«

»Auf jetzt, nicht so ängstlich. Ich weiß, ich weiß: Das ist neu und unheimlich; solche Sachen kommen in den klassischen Balletten, die du bisher getanzt hat, nicht vor, aber das hier wird ein modernes Stück. Glaub mir, die Leute sind ganz schön was gewohnt.« Was das betraf, hatte John durchaus recht. Eine bloße Frauenbrust oder das männliche Pendant stellte da bestimmt keine Ausnahme dar.

Mischa sah mich an und legte mir vorsichtig eine Hand zwischen die Beine. Ich spürte, wie ihr die Finger zitterten. Eine Welle der Zärtlichkeit ließ mein Herz überfließen. Ihre Wangen färbten sich rot, was ihr etwas Liebliches gab.

»Richtig hinlangen, habe ich gesagt. Das ist doch nichts. Du willst ihn, Mischa, also musst du dir auch holen, was du willst.«

»Ich dachte, ich will ihn *nicht*«, brachte sie mit erstickter Stimme heraus.

»Du *tust* so, als würdest du ihn nicht wollen«, erklärte John.

»Und später folgt dann die Strafe?«, fragte sie, während sie tatsächlich kräftiger zupackte.

»Eins nach dem anderen. Das Spiel des einander Verführens ist jetzt das Wichtigste, aber du stehst da, als würdest du im Supermarkt Trauben abwiegen.«

Ich schaute auf Mischa herunter. Sie schaute zu mir auf. »Was hält dich zurück? Mach schon«, flüsterte ich so leise, dass John es nicht hören konnte.

»Habe ich doch schon, oder?«

John klatschte in die Hände und durchbrach so den Zauber. »Das ist doch kein Theaterstück hier.«

Mischa verstärkte ihren Griff. »Mit Zurückweisung kann ich nicht so gut umgehen.«

»Wer sagt denn, dass das passieren wird?«

Hinter uns erklang ein Kichern, und mir wurde wieder bewusst, wie viele Kollegen uns zusahen.

»Ja, ich glaube, das nehmen wir für das Werbeplakat«, murmelte John.

Mischa ließ die Hand sinken und trat einen Schritt zurück. Sie ging zum Spiegel, wühlte in ihrer Tasche und holte eine Flasche Wasser heraus. Dann trank sie einige rasche Schlucke und spritzte sich danach etwas Wasser ins Gesicht. Anschließend bot sie mir die Flasche an, die ich dankbar annahm. Mit einem Handtuch trocknete ich mich ab.

»Wunderbar, und jetzt noch einmal von vorn«, befahl John.

Wie von selbst glitten wir einander in die Arme. Mischas Rippen hoben und senkten sich rhythmisch unter meinen Fingern. Ihr Herz klopfte unregelmäßig gegen meine Hände, wie Morsezeichen. Ihre schmale Taille konnte ich mit beiden Händen umfassen. Mischa war leicht wie eine Feder. Das war vor einigen Wochen anders gewesen, und ich begriff, wie recht sie bei ihrem Besuch gehabt hatte: Ich litt nicht als Einziger unter Elizas zu frühem Tod.

Als ich sie nach einer Pirouette mit einer Hand auffing, stockte ihr der Atem. Es erinnerte mich an das Geräusch, das sie von sich gab, als sie unter mir gelegen hatte. Ich erinnerte mich, wie ich sie festgehalten, wie leidenschaftlich sie auf meine Berührungen reagiert hatte.

Die Hitze loderte ihr wie Flammen am Körper, und ich wärmte mich daran. Mühelos, in einer anmutigen Bewegung, hob sie ein Bein und ließ die Zehen an meiner Schulter ruhen. Ich umfasste ihre Wade, die sich kräftig und zart zugleich anfühlte. Danach schleifte ich sie ein paar Meter rückwärts. Wir kamen zum Stillstand, unsere Gesichter nur wenige Millimeter voneinander entfernt, doch wir sahen einander nicht in die Augen. Wir keuchten, und ihr warmer Atem kitzelte mich am Hals. Ein kleines Schweißrinnsal lief ihr zwischen die Brüste. Unter dem dünnen Stoff ihres Ballettanzugs waren ihre Brustwarzen deutlich zu erkennen.

»Wunderbar, das reicht fürs Erste. Fantastisch wird das«, rief John. Er winkte uns zu und ging.

Wir ließen voneinander ab. Eine der Tänzerinnen lief sofort auf Mischa zu und hinderte mich so daran, mit ihr zu sprechen. Ich beschloss, in die Garderobe zu gehen, und begegnete auf der Treppe noch einmal John. Er schlug mir auf die Schulter und machte mir Komplimente. »So, mein Lieber«, rief er, »du warst großartig. Du fandest es doch hoffentlich nicht schlimm?«

Ich musste an Mischas geflüsterte Worte denken. Für sie galten die vielleicht, aber ich zweifelte daran, dass sie auch auf mich zutrafen. »Alles für den Tanz«, erklärte ich mit einem Lächeln.

»Wir verstehen einander«, gab John zurück, erwiderte mein Lächeln aber nicht.

»Mischa ist einfach fantastisch. Ich darf mich glücklich preisen, wieder mit ihr tanzen zu dürfen. Aber ihr seht auch gut zusammen aus, das muss ich zugeben. Zu schade, dass du inzwischen zu alt bist.« Kurz fürchtete ich, zu weit gegangen zu sein. John sah aus, als wolle er mich erwürgen.

»Dann bis morgen«, sagte er nur.

Ich starrte ihm nach. Ich begriff einfach nicht, warum er uns zusammen tanzen ließ. Was erhoffte er sich davon? Ich würde ein Auge auf ihn haben müssen.

42.

Nikolaj

Gegenwart

»Sie gottverdammtes Arschloch«, blaffte ich den Ermittler an. »Wagen Sie es ja nicht, Eliza in diese Sache reinzuziehen.«

»Wenn ich das richtig sehe, habe ich das bereits getan. Ist es vielleicht Zufall, dass Ihre Freundin bei einem Brand ums Leben gekommen und Ihrer Frau nun beinahe dasselbe zugestoßen ist? Ich habe im Polizeiprotokoll nachgelesen. Eliza und Sie haben zusammen gewohnt, aber an dem Abend, als es brannte, waren Sie nicht zu Hause. Außerdem haben Sie kein Alibi.«

Als ihr Name fiel, war das für mich wie ein Schlag ins Gesicht. Reflexartig fuhr ich hoch und wollte ausholen, doch im selben Moment machte Waanders einen Schritt zurück. Ich fiel nach vorn, griff ins Leere und verlor das Gleichgewicht, sodass ich auf Händen und Knien auf dem Boden landete. Ich schrie vor Schmerzen.

Wie aus dem Nichts erschien Willy. »Was geht denn hier vor sich? Was ...« Sie wollte mir aufhelfen, doch ich stieß ihre Hand weg. Ich stützte mich an der Wand ab, kam hoch und ließ mich wieder in den Stuhl sinken. Mein

Rücken war verschwitzt, und ich keuchte. Waanders stand an meinem Bett. Er musste auf den roten Knopf gedrückt haben.

»Lassen Sie mich.«

»Sie sind einer der stursten Männer, denen ich jemals begegnet bin«, sagte Willy in strafendem Tonfall.

»Genau, ein Mann bin ich, kein Kind«, fuhr ich sie an.

»Ich halte es für besser, wenn Sie jetzt gehen«, wandte sich Willy an den Ermittler.

»Nein, er soll bleiben. Ich will hören, was er zu sagen hat.«

»Das erscheint mir alles andere als vernü…«

»Sie können jetzt gehen, vielen Dank«, unterbrach ich sie barsch.

Ohne ein weiteres Wort wandte sich Willy um und verließ den Raum.

»Wir sprachen gerade über Eliza und Ihr nicht existentes Alibi.« Waanders gab sich unbeeindruckt. Er erinnerte mich an einen Mann, den ich einmal auf einer Kirmes gesehen hatte. Gegen Bezahlung durfte man ihn mit Eiern bewerfen. Der Mann hatte die ganze Zeit einen neutralen Gesichtsausdruck beibehalten, ganz egal, wie viel Eigelb an ihm herunterlief.

»Ich brauchte auch keins. Wenn Sie das Polizeiprotokoll gelesen haben, wissen Sie, dass Elizas Tod ein Unfall war.«

»Das Feuer wurde durch eine brennende Zigarette verursacht, das stimmt.«

»Wir haben oft im Bett geraucht. Sie muss eingeschlafen sein, und …«

»Die abschließende Bewertung meiner Kollegen erstaunt mich. Es gab durchaus verdächtige Umstände.«

»Das wäre mir neu.«

Ich wartete darauf, dass mir Waanders mitteilen würde, worum es sich bei diesen verdächtigen Umständen handelte, doch das tat er nicht. »In der Kneipe hätten Sie gesessen«, sagte er stattdessen. »Haben Sie zumindest der Polizei erzählt.«

»Ja.«

»Allein.«

»Ja.«

»Niemand konnte Ihr Alibi bestätigen.«

Ich schwieg.

»Auch der Barkeeper nicht.«

»Was soll ich Ihrer Meinung nach dazu sagen? Ich kann nichts dafür, dass er sich nicht an mich erinnert. Hören Sie, ich bin nicht schuld an Elizas Tod, aber in gewisser Hinsicht fühle ich mich trotzdem verantwortlich: Durch mich hat sie mit dem Rauchen angefangen. Mit Hasch, um genau zu sein. Das benutzte ich regelmäßig zum Entspannen. Sie war die Liebe meines Lebens, und ich hätte alles für sie aufgegeben, sogar das Tanzen.«

»Und was ist dann Ihre Frau für Sie?«

Ich schwieg erneut.

Waanders wähnte sich offensichtlich auf der Siegerseite, denn er fügte hinzu: »Wollen Sie nach dem Vorfall von gerade eben immer noch behaupten, Sie seien Ihrem Vater nicht ähnlich?«

»Es macht einen Unterschied, ob man ohne Grund zuschlägt, oder ob man das tut, um sich gegen Unrecht zu verteidigen.«

»Dann möchte ich Ihnen jetzt etwas über *meinen* Vater erzählen. Der hat immer gesagt: ›Als unser lieber Herrgott die Körpergröße verteilt hat, hattest du keine gute Position in der Schlange, aber als die großen Gehirne an der Reihe waren, standest du ganz vorn.‹ Tun Sie mir einen Gefallen und ersparen Sie mir noch mehr von diesem Unsinn. Und übrigens: Aufgrund des Brandes von neulich werden wir Elizas Fall wieder aufnehmen.«

Wieder aufnehmen. Der Ausdruck nistete sich wie ein Parasit in meinem Ohr ein. »Wenn Sie das tun, sollten Sie auch mal meine Frau unter die Lupe nehmen. Vor ein paar Monaten wurde mein Sohn verletzt, weil er eine Ladung kochend heißes Wasser abbekommen hat. Verbrennungen zweiten Grades hatte er.«

»Was wollen Sie damit sagen?«

»Das war nicht der erste Vorfall, bei dem er verletzt wurde. Haben Sie schon einmal vom Münchhausen-Stellvertretersyndrom gehört?«

»Mütter machen ihre Kinder mit Absicht krank oder behaupten, sie wären krank, um Aufmerksamkeit zu erhalten. Sie verursachen, erfinden oder verschlimmern psychische oder soziale Probleme oder körperliche Beschwerden. Die Ärzte untersuchen das Kind, können aber nichts finden. Und wenn sie dann doch etwas finden, stellt sich heraus, dass der Elternteil die Symptome verursacht hat, zum Beispiel mit Gift«, gab Waanders zurück.

»Darum ging es in unserem Streit. Ich verlangte von ihr, dass sie sich Hilfe suchen soll. Darum wollte ich mit Gregory weg.«

»Und warum haben Sie mir das nicht sofort erzählt?«

Weil ich dachte, das wäre nicht nötig. Weil ich geglaubt habe, meine anderen Lügen hätten ausgereicht. Weil ich, wenn ich das getan hätte, damit das Ende meiner Karriere heraufbeschworen hätte. Aber ich hatte keine Wahl. Entweder meine Karriere oder meine Freiheit. Ich hatte immer geglaubt, ein Leben ohne Tanzen wäre kein Leben, aber jetzt, wo es Spitz auf Knopf stand, übernahm mein Überlebensdrang die Regie.

Und weil irgendwo in mir noch ein winziges Fünkchen Hoffnung glomm, Mischa würde schweigen, weil sie an dem Vorgefallenen ebenfalls einen großen Anteil hatte. »Weil ich nicht will, dass die ganze Geschichte herauskommt. Mein Sohn hat genug durchgemacht. Es reicht schon, dass ich ihm sagen muss, seine Mutter wollte seinen Vater umbringen. Soll ich ihm dann auch noch sagen, dass sie ihm und seiner Schwester Schaden zugefügt hat?«

43.

Mischa

Vor zwei Jahren

Die nächsten Minuten wurden wie eine Harmonika zusammengedrückt. Alles ging viel zu schnell. Das ganze Licht war weg, und ich sah die Hand vor Augen nicht. Das Wasser drang rasend schnell in den Wagen und strömte mir in den Mund, ertränkte den Schrei, der nach draußen wollte. Ich beugte mich vor, hustete und bekam wieder Luft. Der Gurt schnitt mir in die Schulter, in den Magen, und ich versuchte, mich loszumachen. Ich rief nach Nik, doch er antwortete nicht. Da war nur diese grausige Stille. Selbst das Wasser, das auf uns einströmte, tat es leise, heimlich. Ich hörte keinen Laut von den Kindern. Waren sie verletzt? Die Kinder! Ich musste sie unbedingt herausholen. Sie konnten zwar schwimmen, aber nur in einem Pool mit klarem Wasser. Mit Wasser, das verglichen mit dieser eiskalten Brühe geradezu warm war. Ich betete darum, dass sie nicht verletzt waren und aus eigener Kraft würden schwimmen können.

»Nik, Nik, hörst du mich? Die Kinder ...« Wie eine Besessene drückte ich auf den Knopf der Gurtschnalle, der sich endlich löste. Ich trieb im Wasser und bekam fast keine Luft mehr. Mit den Fingern berührte ich die Wagendecke. Da begriff ich, dass wir uns überschlagen hatten. Das bedeutete, ich musste in die andere Richtung. Ich drehte mich und presste den Mund an den Wagenboden, sodass ich noch einen ordentlichen Zug Luft abbekam, bevor sich das Auto ganz mit Wasser gefüllt haben würde.

Wenn ich schon keine Luft mehr hatte, wie stand es dann um Natalja und Gregory? Die Panik durchströmte meine Adern wie Gift. Wo war Nik? Ich tastete die Stelle neben mir ab, fand jedoch nichts. Es war so schrecklich dunkel um mich herum. Ich kannte mich in diesem Auto nicht aus. Wir fuhren einen Mietwagen, weil es in London praktischer und auch günstiger war, öffentliche Verkehrsmittel zu benutzen. Sollte ich ein Fenster öffnen? Ging das überhaupt? Ich hatte nicht überprüft, ob das elektrisch oder manuell funktionierte. Oder sollte ich die ganze Tür öffnen? Was, wenn sich die Tür nicht öffnete?

Desorientiert tastete ich weiter herum und fand die Verriegelung. Mit der Schulter drückte ich gegen die Wagentür, die sich quälend langsam öffnete. Aber ich wollte noch nicht aus dem Auto. Nicht ohne meine Kinder. Ich drehte mich wieder um, suchte mit beiden Händen und fand den Raum zwischen den Kopfstützen. Nun griff ich nach den Kindersitzen, die sie mit ihren sechs Jahren trotz ihrer Proteste noch immer benutzen mussten. Sie waren noch unter einem Meter fünfunddreißig groß, sagte ich immer zu ihnen, wenn sie meckerten, dass diese Stühle für Babys seien und ihre ganzen Freundinnen und Freunde auch nicht mehr in solchen Dingern sitzen bräuchten. Gregory links, Natalja rechts. Oder war es jetzt andersherum, weil wir auf dem Kopf standen? Ich wusste es nicht mehr. Ich zerrte an einem Gurt, der sich nicht lösen wollte. *Immer anschnallen. Wenn man einen Unfall hat, kann einem das das Leben retten.* Aber nicht, wenn das Auto mit Wasser vollgelaufen war. Dann konnte es den Tod bedeuten. Wütend zerrte ich weiter. Ich brauchte Sauerstoff. Ich wand mich wieder nach hinten, oder nach vorne, was es auch war, und fand die offene Tür.

Wie tief befanden wir uns im Wasser? Sanken wir noch, oder lagen wir bereits auf dem Grund? Wo war jetzt wieder oben, wo unten? In welche Richtung musste ich? Nirgendwo gab es Licht, das mir hätte zeigen können, wo oben war. Ich verließ mich auf meinen Instinkt, und er ließ mich nicht im Stich, denn plötzlich spürte ich kühle Luft an meinem Kopf.

»Nik, wo bist du?«, rief ich verzweifelt.

44.

Mischa

Vor neun Jahren

»Und?«, wollte ich von Nik wissen. Hinzuschauen wagte ich nicht.

»Du bist schwanger.«

»Das ist nicht witzig, Nik.«

»Ich mache keine Witze. Guck doch selbst.«

Er reichte mir den Schwangerschaftstest, über den ich vor wenigen Minuten uriniert hatte. Zwei Streifen. Vor mir erschienen bald weitere. Vier, sechs, acht. Ich hielt mich an der Toilettenschüssel fest und schloss die Augen. Verrückterweise dachte ich als Allererstes an meine Mutter: Wenn ich es ihr erzählte, würde sie wütend werden. Mir passierte, was ihr passiert war. Oder war »passieren« gar nicht das richtige Wort? Eine Schwangerschaft passierte einem nicht so einfach, nicht wie ein Regenschauer oder ein Niesanfall, ein Loch im Pullover, ein platter Reifen.

»Alles in Ordnung? Du bist furchtbar blass.«

Ich schüttelte den Kopf und holte ein paar Mal tief Luft. Ein- und ausatmen. So fühlte es sich also an, wenn man kurz davorstand, in Ohnmacht zu fallen. »Wir können den Test ja noch einmal machen.«

»Wozu denn? Ich hätte dir auch so sagen können, dass du schwanger bist.«

Schon seit ein paar Wochen wurde mir vor allem morgens schlecht, und mein Busen schien täglich zu wachsen. Außerdem verspürte ich oft einen wilden, nagenden Hunger, der Tag und Nacht anhielt. Ich wusste es, weil ... Ja, warum? Als ich heute Morgen wieder einmal kotzend über dem Spülstein hing, hatte mich Nik gefragt, was denn los sei. Ob ich einen Infekt hätte. Danach waren wir im strömenden Regen losgeradelt, um in einer Drogerie einen Test zu kaufen. Und der lag jetzt vor mir wie eine rote Ampel: Er bedeutete das Ende meiner Tanzkarriere, das Ende meines Traums, das Ende meiner Beziehung zu Nik, oder was auch immer es war, was wir da führten. Das Resultat meiner jahrelangen erfolgreichen Arbeit war ein Kind. Ich würde meine Zeit nicht mehr auf der Bühne oder in einem Proberaum, sondern mit der Sorge für ein Baby verbringen. Statt in Kostüme würde ich mich in Umstandsmode hüllen.

Der Test verwandelte sich in den erhobenen Zeigefinger meiner Mutter.

»Ich dachte, du nimmst die Pille.«

»Tue ich auch.«

»Wie kannst du dann schwanger sein?«

»Woher soll ich das wissen? Nicht einmal die Pille ist hundertprozentig sicher.« Ich stöhnte. »Bist du sauer?«

»Warum sollte ich? Es ist genauso meine Schuld.«

Erleichtert atmete ich auf, bis er meinte: »Wir brauchen einen Termin.«

»Bei einem Arzt? Oder bei der Geburtshelferin?«

»Um es wegmachen zu lassen.«

Das war unter den gegebenen Umständen natürlich

die logische, naheliegendste, richtige Entscheidung. Auf diese Weise würde ich einfach weitermachen können mit dem Tanzen. Doch in einer plötzlichen Erleuchtung sah ich vor mir, wie mich Nik in Zukunft links liegen lassen würde. Darüber machte ich mir keine Illusionen. Für ihn war ich nicht mehr als ein Zeitvertreib, eine ausgestreckte Hand, die ihn aus dem tiefen Loch des Kummers über Elizas Tod gezogen hatte. Ich hatte ihn gerettet, verkündete er häufig. Aber eines Tages würde er wieder er selbst sein und mich nicht länger brauchen. Oder doch? Ich konnte es einfach nicht wissen.

»Nein«, sagte ich.

»Nein?«

»Ich will das Kind behalten.«

»Das ist nicht allein deine Entscheidung. Ich fühle mich nicht bereit dazu, ein Kind in diese Welt zu setzen.«

»Das hättest du dir vorher überlegen müssen«, sagte ich resolut – resoluter, als mir zumute war.

»Das Tanzen kannst du dann aber vergessen.«

»Ich bin noch jung, ich kann nach der Geburt auf die Bühne zurückkehren.«

»Deine Mutter ...«

»Das waren damals andere Zeiten. Ihre Eltern haben sich von ihr abgewandt, mein Vater hat sie fallen lassen, und damals verdiente man als Tänzerin kaum Geld.«

»Und heute ist das anders?«

»Es gibt staatliche Unterstützung für alleinerziehende Mütter. Krippen und andere Einrichtungen sind billiger ... Vielleicht würde uns auch meine Mutter helfen.«

Je länger ich redete, desto mehr schöpfte ich Vertrauen, ich könnte sowohl mit Nik ein Kind bekommen als auch eine Karriere haben. Ich würde allen zeigen, dass es sehr wohl möglich war. »Du bist ja auch noch da.« Sagte ich das im Tonfall einer Frage oder einer Feststellung? Ich hatte keine Ahnung.

Nik erwiderte nichts.

»Wir kriegen das hin, Nik. Du und ich.« Ich schluckte. Wegen der ganzen Gefühle, die sich durch die enge Öffnung einen Weg nach draußen bahnen wollten, tat mir der Hals weh. *Naive Kuh*, sagte ich zu mir selbst. *Hast du wirklich erwartet, Nik würde vor dir auf die Knie sinken und dir seine Liebe erklären, dir einen Heiratsantrag machen?* »Wenn es ein Mädchen wird, nennen wir sie Eliza.«

Nik schaute mich verblüfft an. War ich zu weit gegangen?

»Man hat mir ein Angebot gemacht«, sagte Nik, ohne auf meine Idee einzugehen. »Ich kann nach London.«

Als Kind hatte ich einmal im Sportunterricht über das Pferd springen sollen. Ich prallte mit voller Wucht gegen das Gerät, weil ich zu springen vergessen hatte. Dann stolperte ich rückwärts und blieb desorientiert und nach Luft ringend liegen. Etwa so fühlte ich mich jetzt.

»Und, gehst du?« *Und was wird dann aus uns?*, wollte ich ihn anschreien. *Und aus mir? Lässt du mich einfach so im Stich?*

»Ich muss nachdenken«, verkündete er. Er stand auf, nahm seine Jacke und verließ die Wohnung.

Ich blieb völlig niedergeschlagen zurück. Der Vergleich mit meiner Mutter drängte sich mir wieder auf. War es ihr damals auch so ergangen?

45.

Mischa

Gegenwart

Ich nahm meine Tasche und setzte mich auf die Bank vor dem Spiegel. Während die anderen weiterübten, holte ich ein neues Paar Spitzenschuhe heraus. Sie bestanden aus Leim, Pappe, Papier und Satin, und durch das viele Schwitzen wurden sie steif. Ich brauchte schon wieder ein neues Paar. Wie viele Ballerinas nahm ich meine Spitzenschuhe auseinander und fügte sie wieder zusammen, damit sie meine Füße besser umschlossen. Jede Tänzerin schwor auf ihre ganz persönliche Lieblingsmarke. Vor ein paar Monaten hatte mein Hersteller zu meiner großen Wut und Frustration die Produktion von Spitzenschuhen aufgegeben, und es hatte mich wochenlanges Suchen und viele Spitzenschuhe gekostet, einen geeigneten Nachfolger zu finden.

Seit Kurzem sammelte eine Freiwillige unsere alten Schuhe ein; sie säuberte sie und bot sie danach zum Verkauf an. Der Erlös wurde wieder dem Nationalballett zugeführt. Die einer Primaballerina brachten natürlich mehr Geld ein als die von jemandem aus dem Corps de Ballet wie mir.

Ich bog die Pappe um und schlug mit dem Schuh auf den Boden, um ihn in die gewünschte Form biegen zu können. Danach nahm ich Nadel und Faden und nähte alles wieder zusammen. Die Tätigkeit war mir so zur Routine geworden, dass sie mit der Zeit etwas Beruhigendes bekommen hatte.

Kurz schaute ich auf, um den Tänzern zuzusehen. Eine Mischung aus Spannung und Konzentration hing in der Luft. Je näher die Premiere rückte, desto mehr steigerte sich diese Atmosphäre. Es wurde geflucht, geseufzt und geschimpft. Der Tag neigte sich dem Ende zu, und alle waren müde. Es wurden häufiger Fehler gemacht, man hob die Arme nicht mehr ganz so hoch und streckte die Beine nicht mehr ganz so weit. Wenn Ehrgeiz einen Geruch hatte, dann diesen hier: altes Deo, Schweiß und Waschmittel.

Ich passte nicht auf und stach mich mit der Nadel. Blut quoll hervor, und ich leckte mir die roten Tropfen vom Zeigefinger. Doch die Blutung wollte nicht aufhören, strömte schneller und immer schneller, bis es auf den Boden tropfte. Ich schaute auf, wollte um Hilfe rufen, aber da war niemand mehr. Ein dicker roter Streifen lief über den Boden zur Wand, wo in blutroten Buchstaben ein Wort stand: MORD. Ich blinzelte, aber das Wort verschwand nicht: *Mord*. Es blieb, wo es war:

MORD

MORD

MORD

MORD

Es würde für immer dort stehen. Ich stand auf, ließ die Spitzenschuhe fallen, wankte zur Wand und wischte die Buchstaben weg, doch sie kamen immer wieder zum Vorschein, als blute die Mauer! Verzweifelt schaute ich mich um. Hinter mir standen einige Tänzer, sie hatten mir den Rücken zugewandt.

»Helft mir«, brachte ich heraus, aber so leise, dass sie mich wohl nicht hören konnten.

Sie bemerkten mich aber doch und wandten sich um. Voller Entsetzen starrte ich sie an. Sie besaßen keine Nasen mehr, die Augen lagen tief in den Höhlen, in ihren Haaren klebte der Ruß, ihre Haut wirkte ledern und schwarz versengt, die Kleidung hing ihnen in Fetzen an den ausgemergelten Körpern. Ich schrie, doch da kam nichts aus meinem Mund, nur riesige Flammen. Langsam krochen die Tänzer auf mich zu, ihre verkohlten Finger griffen wie Klauen nach mir, hielten mich fest und zogen mich mit. Sie hoben mich hoch über ihre Köpfe und schleppten mich weg wie eine Trophäe.

»Mischa!«

Erschrocken fuhr ich aus dem Schlaf hoch. Über mir schwebte das Gesicht meiner Mutter. Sie schaute mich besorgt an.

»Du hast einen Albtraum gehabt, Liebes.«

Ich spürte nur kalten Schweiß und setzte mich mühsam auf. Meine Mutter reichte mir ein Glas Wasser.

»Wie lange bist du denn schon hier?«, brachte ich heraus.

»Schon eine Weile.« Die Hände hatte sie im Schoß gefaltet und die Knie steif aneinandergepresst. Kerzengerade saß sie da, wie eine viktorianische Jungfrau. »Hast du von dem Brand geträumt?«

»Das weiß ich nicht mehr«, log ich. Ich konnte die Finger noch an den Armen spüren, wie Brandmale. Mir war eiskalt, und ich zitterte.

»Ich habe dir frische Sachen mitgebracht«, sagte meine Mutter. Wie ich sie kannte, hatte sie die Kleidung schon in den Schrank einsortiert. »Die alten nehme ich mit und wasche sie.«

»Was gibt es Neues von Gregory?«, wollte ich wissen. Manchmal war ich eifersüchtig darauf, wie sie mit ihm umging. Vollkommen natürlich und ungezwungen. Sie neckte ihn. Sie betrachtete ihn nicht als den bedauernswerten kleinen Jungen, der seine Schwester verloren hatte, so wie ich es tat. Nach dem Unfall hatte ich die Fähigkeit verloren, ihn so zu behandeln wie vorher. Ich konnte ihm nicht mehr böse sein, weil er Natalja nicht mehr hatte. Warum sollte ich ihm nicht geben, was er wollte – das Leben war schließlich zu kurz. Ich wollte nicht mit ihm streiten, denn was, wenn ihm etwas zustieß? Dann hätten wir nicht die Möglichkeit gehabt, uns zu versöhnen. Dann wäre er gestorben, während ich böse auf ihn war.

»Ich habe beschlossen, ihn erst mal nicht in die Schule zu schicken. Er ... Ich versuche, ihn so gut es geht von den Nachrichten fernzuhalten, aber seine Klassenkameraden ...«

»Sie wissen es.« Armer Schatz, in seinen Nachrichten hatte er das gar nicht erwähnt. Und hier lag ich, außerstande, ihm zu helfen. Dieses Gefühl der Machtlosigkeit kannte ich nur allzu gut.

»Kinder können grausam sein.«

Nicht nur die, dachte ich.

»Nicht weinen, Mischa.«

»Es geht nicht anders«, schluchzte ich. »Ich finde es so schrecklich, dass ich ihn nicht trösten kann.«

»Bei mir geht es ihm sehr gut. Ach, ich hätte dir gar nichts erzählen dürfen. Ich bin doch seine Oma, ich verwöhne ihn nach Strich und Faden. Bald wird er überhaupt nicht mehr zu euch zurückwollen. Zu dir«, verbesserte sie sich.

»Stell dir doch nur vor, ich muss ins Gefängnis, Mama.«

»Mischa ...«

»Nein, lass uns realistisch sein, die Möglichkeit besteht durchaus.« Ich erzählte ihr von den Besuchen des Ermittlers, von seinen Anschuldigungen. »Dann lebt Gregory bei Nik, und ich sehe ihn nie wieder.«

»Mach dir keine Sorgen. Es kann einfach nicht sein, dass Nik damit davonkommt. Du musst auf deine Mutter hören. Habe ich jemals unrecht gehabt?« Sie hatte den Zweifel in meinem Blick wohl bemerkt, denn sie fügte hinzu: »Ich habe mich immer um dich gekümmert, und das werde ich auch weiterhin tun.«

46.

Nikolaj

Vor neun Jahren
»Tut mir leid, dass ich so spät bin«, sagte ich zu Nina, einer der Kostümbildnerinnen. Ich öffnete eine Wasserflasche und trank gierig. Mit dem Handtuch um meinen Hals wischte ich mir den Schweiß von der Stirn. Ich kam direkt aus einer Probe.

»Ach, wir kennen das schon, dass ihr nie pünktlich seid«, meinte sie. Sie saß vornübergebeugt auf einem hohen Hocker an dem langen, breiten Holztisch, der den rechteckigen Raum dominierte. Auf der linken Seite am Fenster standen lange Tische, rechts hingen Kostüme in verschiedenen Stadien der Bearbeitung. Es herrschte ein enormes Chaos – überall lagen Scheren, Stoffe, Bänder, Muster, Bleistifte, Sicherheitsnadeln, Knöpfe, Glitzerapplikationen, Nadeln und Garn in verschiedenen Farben herum. Trotzdem strahlte der Raum eine wohltuende Ruhe aus. Vielleicht lag es daran, dass alle so konzentriert dabei waren, Kostüme zu nähen und anzupassen. Und an der feierlichen Stille, die so ganz anders war als die lebhafte Atmosphäre unter den Tänzern, die Stretchübungen machten, stöhnten, sich unterhielten oder wild gestikulierten.

Nina legte ihre Näharbeit zur Seite und ging mir voran in den Anproberaum neben dem Magazin voller Schränke und Laden, in denen bis an die Decke noch mehr Kostüme hingen, versehen mit Etiketten, die angaben, für welchen Tänzer und welches Ballett sie bestimmt waren.

»Das ist für dich«, verkündete Nina und reichte mir eine auberginenlila Hose und ein Oberteil in derselben Farbe.

Ich machte große Augen, was Nina nicht entging. »Befehl von John. Der mischt sich wie immer in den Entwurf der Kostüme ein.«

»Spannende Sache«, erklärte ich mit einem Augenzwinkern. Mühsam zog ich meine verschwitzte Jogginghose und das Hemd aus, sodass ich nur noch in Unterhose dastand. Nina reichte mir das Outfit. Fast wagte ich das Oberteil nicht anzuziehen, weil ich fürchtete, es kaputt zu machen. Während Nina alles inspizierte, betrachtete ich mich im Spiegel.

»Sieht den Kostümen von Freddy Mercury ähnlich«, meinte ich. »Jetzt brauche ich nur noch einen Schnurrbart.«

»Das haben wir auch schon gesagt«, gab Nina lachend zurück.

Auf der Höhe meines Oberschenkels zog sie an dem Stoff. »Also, wenn du mich fragst, ist alles prima so. Jedenfalls eng genug, findest du nicht auch?«

Ich nickte. Sämtliche Muskeln waren im Spiegel deutlich zu erkennen. Ich machte ein paar Tanzschritte. Das funktionierte wunderbar.

»Jetzt musst du dir noch die Brust rasieren, das sieht so wirklich nicht gut aus.« Sie zog an den Haaren, die durch die Gaze lugten.

»Wie Sie wünschen, gnädige Frau«, erwiderte ich. »Was

wird denn Mischa tragen?«, erkundigte ich mich dann neugierig.

»Genau das Gleiche«, erklärte sie.

»Mit durchsichtigem Oberteil?«

»Ja.« Nina bedeutete mir, ich solle das Kostüm wieder ausziehen.

»Das ging jetzt aber schnell«, kommentierte ich.

»Herrlich, was? Das darf zur Abwechslung ruhig auch mal sein.«

Bei neuen, modernen Ballettinszenierungen waren die Kostüme meistens ziemlich einfach gehalten. Bei traditionellen Aufführungen wie bei *Schwanensee* oder beim *Nussknacker* verwendete man die Kostüme mehrmals, sonst wäre das Ganze unbezahlbar geworden. Weil jeder Balletttänzer und jede Tänzerin ein wenig anders gebaut war, mussten die Kostüme häufig angepasst, gekürzt oder weiter gemacht werden, was für die Näherinnen eine Heidenarbeit bedeutete. Da die Kostüme auch nicht gewaschen werden konnten, mussten sie nach jeder Vorstellung vom Schweiß gereinigt werden, indem man sie mit Alkohol einsprühte.

Auf dem Weg zum Aufzug begegnete ich John.

»Hattest du schon deine Anprobe?«, wollte er wissen.

Mit einem Nicken hob ich den Daumen, um anzugeben, dass mir das Kostüm passte.

»Wie gefällt es dir denn?«

»Prächtig ist es. Jedenfalls kann ich mich gut darin bewegen«, sagte ich. Wir Männer hatten oft noch Glück, was das betraf, aber die Tänzerinnen mussten häufig schwere, unpraktische Kostüme tragen, in denen sie sich kaum rühren konnten, vom Tanzen ganz zu schweigen.

»Dann hoffe ich nur, dass Mischa überhaupt noch in

ihres reinpasst«, fügte ich hinzu. Ich hatte keine Ahnung, warum ich das sagte, aber die Tatsache, dass John in Mischa verliebt war, löste ein enormes Bedürfnis in mir aus, mein Territorium abzustecken. Die Bemerkung war mir einfach so herausgerutscht. Ich wollte die Kinder ja nicht einmal behalten. Gestern war Mischa bei einer Hebamme gewesen und hatte mir mitgeteilt, dass sie Zwillinge bekam. Als wäre *ein* Kind nicht schon schlimm genug gewesen.

»Was meinst du damit?«

»Die Schwangerschaft.«

John musste sichtlich schlucken. »Du machst wohl Witze.«

»Nein, Mischa ist schwanger. Sie erwartet Zwillinge.«

John fluchte. »Das ist ... Du liebe Güte, wie konntet ihr nur so leichtsinnig sein?« Er wurde feuerrot im Gesicht. »Nicht zu glauben, so dumm und unreif.«

»Tja«, gab ich mit einem Schulterzucken zurück. »Wenn es so richtig zur Sache geht, vergisst man eben manchmal was.«

»Bitte erspare mir die Einzelheiten«, fuhr John mich an. »Wie weit ist sie denn?«

»Mach dir keine Sorgen. Die Premiere kann sie auf alle Fälle noch tanzen, und einige Aufführungen danach auch noch. Aber irgendwann wird man sie ersetzen müssen.«

»Wollt ihr es denn behalten? Die beiden, meine ich?« Voller Unglauben sah mich John an.

»Ja, wahrscheinlich schon.« Es war eine wahre Wohltat, John so außer sich zu sehen. Das betrachtete ich als Entschädigung für die ganzen Male, die er mich während der Proben heruntergemacht hatte. Schade nur, dass jetzt kein Publikum zugegen war, obwohl sich in diesem Fall die

Neuigkeit wie ein Lauffeuer im Gebäude verbreitet hätte. Dann hätte Dorothée es auch erfahren, und sie hatte noch keine Ahnung. Wenn Mischa wüsste, dass ich John davon erzählt hatte, würde sie mich umbringen.

»Das ist …«

»Was denn? Eine schlechte Neuigkeit für dich?«

»Wie meinst du das?«

»Ich habe doch gesehen, wie du Mischa anschaust.«

»Ich weiß nicht, wovon du sprichst.«

»Sie hat mir erzählt, dass du ihr Avancen gemacht hast.«

John errötete noch heftiger. »Ein Missverständnis …«

»So hat mir Mischa das aber nicht erzählt.«

»Das ist auch überhaupt nicht wichtig. Ihr beiden seid zusammen, oder etwa nicht?«

Ich nickte. »Eins wollte ich immer schon wissen, seit du mich aufgefordert hast, bei *Sarkasmen* mitzumachen: Warum hast du uns zusammen tanzen lassen, wenn du so scharf auf sie bist und du weißt, dass sie wiederum scharf auf *mich* ist?«

Johns Lippen verzogen sich zu einem Strich. »Damit wir uns verstehen, Nik: Ich finde, du wirst als Tänzer überschätzt. Hugo hat dich in die Truppe geholt, aber unter Kais Leitung wäre es dazu nie gekommen.«

»Auch Kai hat die lobenden Kritiken gelesen und die gefüllten Säle registriert«, unterbrach ich John, doch der redete einfach weiter, als hätte er mich gar nicht gehört.

»Du verdienst Mischa überhaupt nicht, und ich begreife auch nicht, was sie an dir findet. Aber gut, Verliebtsein hat nichts mit Vernunft oder Logik zu tun. Es ist wie ein Fieber, das einen überfällt. Und manchmal muss man das Fieber einfach wüten lassen, verstehst du? Das ist die einzige Möglichkeit, die Krankheit zu besiegen. Mischa

304

wird schnell genug begreifen, dass du nicht zu einer Beziehung taugst, und falls, nein, in dem Augenblick, in dem du ihr das Herz brichst, werde ich zur Stelle sein, um sie zu trösten.«

Eine schlaue Taktik, das musste ich ihm lassen. Ganz kurz empfand ich eine Art Bewunderung für ihn, bis etwas anderes zu mir durchdrang. Ich dachte an mein eigenes gebrochenes Herz und an Mischa, die die Stücke aufgesammelt hatte.

»Nun, das kann auch sehr gut anders ablaufen.«

»Du liebst sie nicht.«

Zwei Tänzerinnen stiegen aus dem Aufzug, und ich wartete, bis sie in der Anprobe verschwunden waren. John und ich nickten den beiden freundlich zu. »Ich führe eine Beziehung mit ihr.«

»Das ist etwas anderes. Du benutzt sie. Sie ist für dich nur eine Ablenkung nach Eliza, sie ...«

»Ja?«

»Sie verdient jemanden, der sie wirklich liebt.«

»Jemanden wie dich.«

»Ja, jemanden wie mich.«

Ich konnte nicht anders, ich musste einfach lachen. »Jetzt wird mir klar, was das Sprichwort wirklich bedeutet. Liebe macht tatsächlich blind, was?«

»Was willst du damit sagen?«

»Mischa ist kein unschuldiges, naives Mädchen, das man beschützen muss.«

»Lass sie gehen.«

»Sonst?«

»Hier gibt es Leute, die deine Karriere fördern oder beenden können.«

Plötzlich wurde mir etwas Wichtiges klar, etwas, das ich

zu meinem Vorteil nutzen konnte: Dorothée und John besaßen hier großen Einfluss, und davon konnte ich, über Mischa, ebenfalls profitieren. »Nicht, solange Mischa an meiner Seite ist. Wenn du mir schadest, schadest du auch ihr.«

An Johns Blick konnte ich erkennen, dass er wusste, wie recht ich damit hatte.

47.

Mischa

Gegenwart

Niemand hatte meine neue Handynummer, außer Gregory, meiner Mutter und John, und das verschaffte mir eine herrliche Ruhe. Aus Neugierde hatte ich meine Facebook-Seite besucht und auf Google nachgesehen, was es Neues über den Brand gab, doch schon nach fünf Minuten war mir schwindlig geworden. Über Facebook hatte ich Tausende von ermutigenden Nachrichten erhalten und fast genauso viele Fragen. Und natürlich waren da auch die sogenannten Tastaturkrieger. Die hinterließen auch Kommentare unter den häufig sehr einseitigen, suggestiv formulierten Artikelüberschriften:

»Feuer bei Ballettehepaar offensichtlich Brandstiftung.«
»Gerüchte: Mischa de Kooning legt Feuer.«
»Gerüchte: Nikolaj Iwanow legt Feuer.«
»Auch erste Freundin Iwanows bei geheimnisvollem Brand ums Leben gekommen.«

Woher wussten die Journalisten das?

Es gab vielerlei Reaktionen, darunter auch Spekulationen. Ich scrollte schnell hindurch, und als ich die vielen abscheulichen Kommentare las, wurde mir übel. Menschen schrieben, ich hätte mein Schicksal verdient, ich sei eine arrogante Tussi. Das stammte von einer Frau, die behauptete, einmal zusammen mit mir getanzt zu haben, doch ich erkannte den Namen nicht wieder. Es hieß, ich hätte Nik wegen seiner vielen Affären ermorden wollen. Andere ermutigten mich, weil ich schon so große Verluste hatte durchstehen müssen. Die Schreibenden – konnte man Menschen, die häufig anonym den gröbsten Schmutz online hinterließen, überhaupt so nennen? – reagierten auch untereinander auf ihre Kommentare. Sie wünschten anderen den Tod, weil die *mir* den Tod wünschten, oder forderten sie auf, mir gegenüber respektvoll zu sein und die Tatsachen abzuwarten, bevor sie irgendwelchen Blödsinn verzapften.

Seit ich hier lag, war die Außenwelt für mich zu einem exotischen Ort geworden: Hin und wieder dachte ich daran, und irgendwann, so hoffte ich, würde ich wieder dorthin zurückkehren. Aber da draußen wurde über uns gesprochen, über das, was vorgefallen war. Die Leute spekulierten, es wurden Lügen verbreitet. Lager bildeten sich, man ergriff für Nik und gegen mich Partei, und andersherum. Und auf der Grenzlinie bewegte sich der Ermittler, der untersuchte, was vorgefallen war.

Ich loggte mich aus, doch selbst das dunkle Display hatte kein Mitleid mit mir, sondern reflektierte schwach mein verbranntes Gesicht. Ich war so vertieft in meinen eigenen abscheulichen Anblick, dass ich nicht hörte, wie jemand durch die Schleusentür kam.

»Alles in Ordnung?«, fragte Willy.

Erschrocken und einigermaßen ertappt schaute ich auf. »Ich wollte nachschauen, was man über mich schreibt. Das hätte ich lieber bleiben lassen«, erklärte ich.

»Als wäre das, was Sie haben durchstehen müssen, nicht schon schlimm genug«, meinte Willy.

Ich nickte dankbar.

»Ich darf gar nicht daran denken, dass Ihr Leben so in die Öffentlichkeit gezerrt wird«, sprach sie weiter.

Bevor ich reagieren konnte, schob sich die Tür auf, und Hans Waanders betrat den Raum.

»Können Sie uns kurz allein lassen?«, bat er Willy. Nach einem fragenden Blick in meine Richtung, den ich mit einem kurzen Nicken beantwortete, nickte auch sie und verließ mein Zimmer.

Waanders warf einen Papierstapel auf den Tisch.

»Was ist das?«

»Berichte von allen Vorfällen, bei denen Ihren Kindern etwas zugestoßen ist.«

Vor meinen Augen bildete sich ein Nebel, und Waanders verwandelte sich in einen grünen Streifen, den ich nur zu gern einfach weggewischt hätte. Mein Magen wurde zu einer inneren Alarmglocke, die mit einem lauten Schrillen in mir zum Leben erwachte. Ich zog die Papiere zu mir heran und begann darin zu blättern. »Das verstehe ich nicht.«

Waanders klopfte mit den Fingern auf die oberste Seite.

»Natalja, zwei Jahre alt, wird mit hohem Fieber im Krankenhaus aufgenommen. Keine Ursache gefunden. Nach fünf Tagen entlassen. Natalja, drei Jahre alt, isst einen halben Blister eines Schmerzmittels und hat Vergiftungserscheinungen. Gregory, vier Jahre alt, gerät mit dem rechten Fuß zwischen die Fahrradspeichen. Gregory, fünf Jahre alt, bricht sich das Schlüsselbein, als er von einem Stuhl fällt. Gregory, vor ein paar Monaten, kommt mit Brandwunden ins Krankenhaus, verursacht durch kochend heißes Wasser. Immer in andere Kliniken. Haben Sie das absichtlich gemacht? Damit man keine Fragen stellt, damit es nicht auffällt?«

»Damit was nicht auffallen würde?«

»Da gibt es doch ein Muster.«

»Das waren alles Unfälle.«

»Das ist Kindesmisshandlung.«

»Natalja, die mit drei Jahren diese Tabletten aufisst? Daran ist eine unserer Nannys schuld, die hat nämlich telefoniert. Das mit den Fahrradspeichen bei Gregory? Er hat hinter Nik auf dem Rad gesessen. Und Gregorys gebrochenes Schlüsselbein? Da hat er bei meiner Mutter übernachtet und wollte vom Sofa auf den Holztisch im Wohnzimmer springen, und das ist schiefgegangen. Und seine Brandwunden? Das war ein Unfall, den ich mir übrigens bis heute jeden Tag vorwerfe. Sie können sich bei den Kindermädchen erkundigen, bei meiner Mutter und bei Nik, wobei ich bezweifle, dass Ihnen Nik die Wahrheit sagen wird. Diese Informationen haben Sie doch von ihm, oder?«

»Einweisungen ins Krankenhaus sind häufig nur die Spitze des Eisbergs. Ich habe mich auch bei Ihren Hausärzten erkundigt.« Waanders zauberte einen weiteren Papierstapel zum Vorschein. Er schob ihn mir hin, aber ich weigerte mich, ihn zu betrachten. Plötzlich hasste ich dieses Zimmer mit derselben Intensität, mit der ich Nik hasste. Es hielt mich gefangen. Es gab zwar keine Gitterstäbe, aber trotzdem hielten mich die Wände fest. Als Waanders begriff, dass ich nicht vorhatte, die Blätter zu lesen, fasste er zusammen, was darin stand.

»Da sind so einige Besuche beim Hausarzt zusammengekommen.«

»Ich habe zwei Kinder«, erwiderte ich. *Hatte.*

»Trotzdem. Ich habe zwei Söhne, und die haben als Kinder nie ein Krankenhaus von innen gesehen.«

»Was soll ich Ihrer Meinung nach jetzt sagen? Ich bin eine besorgte Mutter, und dafür werde ich mich nicht entschuldigen.«

»Eine besorgte Mutter oder eine Mutter, die ihren Kindern mit Absicht Verletzungen zufügt? Haben Sie schon einmal vom Münchhausen-Stellvertretersyndrom gehört?«

Wütend fegte ich die Papiere vom Tisch. Die Art und Weise, wie sie auf den Boden flatterten, ließ mich noch wütender werden: ruhig, sanft, als hätten sie alle Zeit der Welt, in ihrem eigenen Tempo, unbeeindruckt von meinem Gemütszustand. »Jedes Mal, wenn Sie hier erschienen sind, habe ich Ihnen freundlich Rede und Antwort gestanden, obwohl Sie mich mit schweren Anschuldigungen konfrontiert haben, aber jetzt gehen Sie zu weit. Ich will einen Anwalt, sonst werde ich keine einzige Frage mehr beantworten.«

»Den brauchen Sie noch nicht. Sie gelten noch nicht als Beschuldigte.«

Noch nicht, dachte ich. »Sie beschuldigen mich aber der Kindesmisshandlung. Natalja und Gregory wurden zu früh geboren, beide haben einige Zeit im Brutkasten verbracht. Ihre Lungen waren noch nicht vollständig ausgereift, und sie hatten einen Infekt nach dem anderen. Finden Sie es unter diesen Umständen seltsam, dass ich mir Sorgen mache, wenn sie krank werden, und dass ich dann einen Arzt aufsuche?«

»Neun von zehn Mal war es nichts Schlimmes, aber Sie haben jedes Mal darauf bestanden, in ein Krankenhaus weiterverwiesen zu werden. Warum? Um noch mehr Aufmerksamkeit zu bekommen?«

»Aufmerksamkeit?«

»Frauen, die unter diesem Syndrom leiden, wollen Aufmerksamkeit. Reicht Ihnen die auf der Bühne nicht? Geht es darum?«

»Die reicht mir vollkommen.« Ich wies auf die Blätter, die rund um den Tisch verstreut lagen. »Und für diese Aufmerksamkeit arbeite ich auch sehr hart. Sechs Tage in der Woche, um genau zu sein. Ich habe überhaupt keine Zeit, all die Dinge zu tun, derer Sie mich beschuldigen. Neun von zehn Mal ist unsere Nanny mit den Kindern zum Hausarzt gegangen.« Mit diesen Worten wollte ich mich selbst vom Verdacht befreien, aber gleichzeitig bestätigten sie das Bild, das Waanders von mir hatte, wenn auch auf eine andere Art: Ich war eine schlechte Mutter gewesen. Oder eine abwesende Mutter. Die Besuche beim Hausarzt waren nicht die einzigen Momente geblieben, in denen ich meine Kinder im Stich gelassen hatte. Ihre ersten Schritte, der erste Zahnarztbesuch, der erste verlorene Zahn, die Aufführungen am Schuljahresende. Diese Augenblicke hatten sie mit anderen geteilt, und andere hatten mir davon erzählt, oder ich hatte Fotos davon gesehen. Andere Eltern hatten mir Bilder geschickt, auf denen Natalja in einem grünen Glitzeranzug und mit einigen Blättern in der Hand einen Baum darstellt. Oder Bilder von Gregorys blassem Gesicht hinter dem Busfenster, als er auf einer Klassenfahrt zusammen mit seiner Schwester in einen Vergnügungspark aufbricht. Es gab einen kurzen Film von Gregory, der zum ersten Mal ohne Stützräder Fahrrad fährt, aufgenommen vom Kindermädchen.

Für Nik galt dasselbe – er hatte nie einen Hehl daraus gemacht, dass er keine Zeit hatte und seine Arbeit vorging. Weil ich meinem Mann anders als so viele Mütter in nichts nachstehen wollte, hatte auch ich meiner Arbeit Vorrang gewährt. Als hätte ich eine Art Statement abgeben wollen. Ganz kurz schloss ich die Augen. *Spielchen*, dachte ich. *Dumme Spielchen.* John hatte tatsächlich recht gehabt mit seiner Behauptung, dass uns die Rollen für *Sarkasmen* wie auf den Leib geschrieben waren.

»Frau de Kooning?«

Ich öffnete die Augen wieder.

»Erzählen Sie mir doch noch einmal von dem Streit, den Sie und Ihr Mann am Abend des Brandes hatten. Da ging es nicht darum, dass sich Nik scheiden lassen, sondern dass er Ihnen Ihren Sohn wegnehmen wollte, um Ihren Sohn vor Ihnen zu schützen. Sie haben behauptet, Sie hätten ihn stoppen müssen, weil Sie wussten, dass die Chance groß gewesen wäre, Nikolaj würde das Sorgerecht für Ihren Sohn bekommen. Wegen der Unfälle Ihres Sohnes und wegen Ihres Alkoholmissbrauchs.«

Nikolaj. Natürlich. Waanders hatte sich das alles nicht selbst ausgedacht. Nikolaj hatte ihn auf diese Spur gebracht. Plötzlich ließ er den perfekten Vater heraushängen! Ich saß hoffnungslos in der Falle. Nikolaj hatte mich in die Zange genommen. Mein Denkvermögen zappelte wie ein Fisch auf dem Trockenen, während ich verzweifelt nach einem Ausweg suchte. Ich wollte nachdenken, ruhig nachdenken, doch der scharfe Blick des Ermittlers gönnte mir keine Ruhe.

Alles war kaputt. Meine Beziehung. Meine Karriere.

Die Worte hallten tief in meinem ganzen Körper nach. Jetzt war alles egal. Ich hatte nichts mehr zu verlieren, nur noch eins: meine Freiheit. Meine Freiheit stand auf dem Spiel. Mein Leben mit Gregory.

48.

Mischa

Vor zwei Jahren

Ich sog so viel Luft in meine Lungen wie möglich und tauchte wieder nach unten. Durch das viele Wasser, mit dem sich mein Mantel vollgesogen hatte, wurden meine Bewegungen frustrierend träge. Die Strömung war stark und kümmerte sich nicht um meinen Instinkt, mit dem ich meine Kinder retten wollte. Ich kämpfte mich nach unten, bewegte Arme und Beine so kräftig wie möglich. Die Augen hatte ich geöffnet, sah jedoch nichts. Alles war schwarz. Es dauerte endlos lange. Wie tief war es hier? Befand ich mich auf dem richtigen Weg? Was, wenn ich mich irrte?

Gerade wollte ich in eine neue Richtung schwimmen, als meine Finger das Gummiprofil eines Reifens berührten. Ich hielt mich mit einer Hand an der Unterseite des Wagens fest und öffnete mit der anderen den Reißverschluss meines Mantels. Meine Finger waren eiskalt und gehorchten mir kaum. Die Zeit verging wie ein schnell davonströmender Fluss. Endlich hatte ich den Reißverschluss gelöst und konnte mich in entsetzlicher Langsamkeit aus dem Mantel winden, erst aus dem einen Ärmel, dann aus dem anderen. Meine Lungen schrien nach Luft, sie protestierten, kreischten nach Sauerstoff, doch ich wusste, dass ich nicht noch einmal nach oben schwimmen konnte. Dafür fehlte mir die Zeit. Meinen Kindern fehlte die Zeit. Waren sie wach? Hielten sie die Luft an? Waren sie bewusstlos und hatten das alles erstickende Wasser bereits eingeatmet?

Ich suchte nach der Tür, bis ich bemerkte, dass ich mich auf Höhe der Hinterräder befand. Dann hielt ich mich an der Unterseite des Autos fest und arbeitete mich zur Beifahrertür vor, während ich mich dafür verfluchte, dass wir einen Dreitürer geliehen hatten. Auf halbem Wege überfiel mich ein Gedanke, der mir alle Kraft raubte. Welchen Sinn hatte das Ganze? Das Wasser hatte doch sicher schon gewonnen und meine Kinder als Tribut gefordert.

Wo war Nik? Ich betete darum, er hätte unsere Kleinen bereits aus dem Wagen geholt. Während ich nach unten geschwommen war, befand er sich schon auf dem Weg nach oben. Wir hatten einander um Sekunden verpasst. In Gedanken sah ich vor mir, wie er Natalja und Gregory mit einem einzigen Griff packte und sie an die Oberfläche zog. Mit kräftigen Armbewegungen erreichte er das Ufer. Er war stark, er konnte mich mit einem Arm über seinen Kopf heben. Die Kinder wogen zusammen so viel wie ich. Ja, während ich hier im Dunkeln herumsuchte, waren sie längst in Sicherheit. Ich wollte schon aufgeben, die letzten Kräfte nutzen, um wieder nach oben zu kommen.

Aber nein, nein, das kam nicht infrage. Ich musste es sicher wissen.

Ich fand die Türöffnung und schwamm in den Wagen. Plötzlich wusste ich es wieder. Gregory hatte hinter mir gesessen und Natalja hinter Nik. Ich wand mich durch die schmale Öffnung zwischen den Vordersitzen. Meine Hände ertasteten zwei Köpfe, die sich im Wasser auf und ab bewegten. Ein Schrei wallte in meiner Brust auf, wie der Urschrei, mit dem ich sie zur Welt gebracht hatte, jetzt jedoch umgekehrt.

Nein, jetzt gab es keinen Platz für Emotionen, ich musste handeln, einfach nur handeln. Wenn ich mich mit Gefühlen aufhielt, verlor ich kostbare Sekunden, die ich nicht verschwenden durfte. Die Gurtschnallen befanden sich nebeneinander, und mit zwei Händen konnte ich sie lösen. Ich zog und zerrte an den dicken Wintermänteln, bis ich spürte, dass beide Kinder frei im Wasser schwebten. Sie hatten überhaupt kein Gewicht, und ganz kurz erwies sich das Wasser als mein Freund. Beide hielt ich an den Kapuzen ihrer Mäntel fest, und es gelang mir, erst ein Kind und dann das andere mit viel Stoßen und Ziehen durch die schmale Öffnung zwischen den Vordersitzen hindurchzubekommen.

Es war, als würde mir die Euphorie dieses Sieges Flügel verleihen, denn ehe ich es mich versah, hatten wir es durch die Tür geschafft. Doch das Gefühl ebbte ebenso schnell ab, als ich mit einem Kind an jeder Hand nach oben zu schwimmen versuchte. Sämtliche Kräfte verließen mich. Die beiden waren nicht länger unendlich leicht, sondern zehnmal so schwer wie sonst. Mein Körper verfügte nicht mehr über genug Sauerstoff, um meine Arme und Beine zu versorgen, sie mit der lebensrettenden Energie auszustatten, die ich brauchte, um an die Oberfläche zu gelangen. Ich fing an zu zucken, während ich gegen den alles beherrschenden Drang ankämpfte, Luft zu holen.

Ich verfluchte meine Schwäche. Beim Ballett war ich so stark, konnte endlos weitermachen. Das musste auch so sein, wenn man eine Vorstellung von zwei oder drei Stunden zu absolvieren hatte. Mein körperliches Durchhaltevermögen war riesig. Beim Messen meiner Lungenkapazität hatte ich ein überdurchschnittlich gutes Ergebnis erzielt. Mein größter Stolz waren meine Beine. Sie vollführten die fantastischsten hohen Sprünge – und zwar hintereinander. Ich konnte Pirouetten drehen, bis mir schwindlig wurde. Beim täglichen Fitnesstraining, das nötig war, um die so sehr benötigte Muskulatur aufzubauen, konnte ich mühelos fünfzig Kilo stemmen.

Und nun war ich hilflos. Das alles nutzte mir nichts. Meine Arme und Beine wurden übersäuert, meine Lungen waren leer. Ich hatte nicht die Kraft, beide Kinder in Sicherheit zu bringen. Ich musste eines von ihnen loslassen.

Aber wen?
Wen?
Gregory oder Natalja?
Gregory.
Natalja.
Entscheide dich.
Jetzt.

49.

Mischa

Gegenwart

Das Geräusch der Schleusentür erklang, doch ich wagte die Augen nicht zu öffnen. Ich hatte Angst, es wäre wieder Hans Waanders, fürchtete mich vor seinen Fragen, die wie ein Hobel alle Lügen abtrugen, eine nach der anderen, bis nur die nackte, kahle, hässliche Wahrheit übrig blieb.

Gott sei Dank war es John. Er hatte zwei Gläser Nutella in den Händen. »Ich dachte, du schläfst. Gerade wollte ich alles auf den Tisch stellen und wieder gehen.«

Nach Waanders' Aufbruch hatte ich sofort John angerufen. Weil er nicht abnahm, hatte ich ihm eine SMS geschickt, in der ich ihn bat, so schnell wie möglich zu mir zu kommen. Ich brauchte jemanden, der mir als Airbag diente, der die Stöße von mir abhielt, ein Sprungnetz, das meinen Fall bremste. Meine Mutter konnte ich nicht anrufen, denn sie wäre hysterisch geworden.

»Wage es ja nicht«, sagte ich und streckte die Hände nach den Gläsern aus, die mir John überreichte. Ich legte sie zu beiden Seiten von mir hin, genauso wie ich vor Jahren mit den Zwillingen im Bett gelegen hatte. Mit Natalja, die zusammengerollt auf die Hälfte meines Unterarms passte, die kleiner und schwächer gewesen war als ihr Bruder.

Ich ließ den Kopf wieder ins Kissen zurücksinken. »Die kannst du mir bald ins Gefängnis bringen. Ich stecke bis zum Hals in Schwierigkeiten«, meinte ich. Diese Worte brachte ich nur mühsam hervor und erzählte ihm von Waanders' Besuch.

»Lass dir keine Angst einjagen«, meinte John. »Das will er doch, dich nervös machen, damit du möglicherweise Dinge sagst oder tust, die er gegen dich verwenden kann. Er hat aber überhaupt keine Beweise.«

»Die hat er doch«, sagte ich voller Panik. »Hast du mir nicht zugehört?«

»Ich *habe* dir zugehört, aber jetzt musst du *mir* zuhören. Ich habe nämlich Neuigkeiten für dich, und diese Neuigkeiten werden vielleicht den ganzen Ermittlungen eine andere Richtung geben.«

Ich nickte duldsam, spürte, wie ich in ein Meer der Lethargie versank, weil mein Körper durch die so schlimmen Gedanken schwer wurde – sie hefteten sich an meine Arme und Beine, sodass ich den Kopf nicht an der Oberfläche halten, nicht atmen konnte. Fühlte sich so eine Panikattacke an?

»Wie du weißt, hat Nik seine *Giselle*-Version ans Theater von Van Campen verlegt.«

»Nachdem man die *Giselle* wegen deines Jubiläums verschoben hat, ja.« *Ruhig ein- und ausatmen. Ein. Aus.*

»Gerade habe ich erfahren, dass das Theater am Tag vor dem Brand durch den Sturm beschädigt wurde.«

Wie durch einen Nebel schaute ich John an.

»Ich habe mit dem Gebäudeeigentümer gesprochen, wir kennen uns noch von früher, und er hat mir von seinem

Gespräch mit Nik erzählt. Er fühlte sich ziemlich mies, weil Nik nicht versichert war.«

»Was?« Ganz kurz schien mir das Herz im Körper zu schweben und dann mit einem Schlag wieder an seinen alten Platz zurückzufallen.

»All das Geld, das er in die Sache gesteckt hat, ist also futsch.«

Plötzlich war mir alles klar. Deswegen hatte Nik nichts von unserem Sparkonto auf das andere Konto überwiesen. Es *gab* kein Geld mehr auf dem Sparkonto. Trotzdem begriff ich immer noch nicht, wie sich das auf die Ermittlungen auswirken sollte.

»Die Lebensversicherung …«, fuhr John fort.

Plötzlich verstand ich, was er meinte. »Natürlich, Nik wollte mich ermorden, um eine halbe Million Euro einzustreichen, damit er seine Schulden abbezahlen konnte«, brachte ich mit erstickter Stimme heraus. Die enorme Erleichterung, die ich nun empfand, ließ einen Kloß in meinem Hals entstehen.

»Es sieht ganz danach aus«, meinte John.

»Du musst mit Waanders sprechen.«

John packte meine Hand und beugte sich vor, um mir einen Kuss auf die Stirn zu geben. Dankbar schmiegte ich mich an ihn. John rettete mich, wie immer.

50.

Mischa

Vor zwei Jahren

Ich hörte ein Platschen. Ganz nah oder weiter weg? Ein Schatten zeichnete sich schwach gegen das Dunkel des Wassers ab. War es Nik, der da schwamm?

»Nik! Nik!«

Was machte er denn da? Schwamm er etwa davon?

»Nik! Die Kinder!«

Keine Antwort.

Der Fluss war nicht breit, doch durch die starke Strömung dauerte es entsetzlich lange, bis ich das Ufer erreichte. Ein paar Meter vorher wurde der Boden seicht, sodass ich stehen konnte. Ich packte Gregory unter den Achseln und schleppte ihn ans Ufer. Es erstaunte mich, wie schnell das Auto in den tieferen Teil getrieben war.

Am Ufer legte ich Gregory hin. Sein blasses Gesicht hob sich scharf vom Boden ab. Die Augen hatte er geschlossen, und seine Lippen waren wie dunkle Schatten. Ich strich ihm das Haar aus dem Gesicht.

»Gregory, Schätzchen, sag doch was«, flehte ich ihn an. »Mach die Augen auf, für Mama. Du kannst es.«

Verzweifelt schaute ich mich um. Niemand. Ich war

allein. Ich schrie um Hilfe, falls es da doch jemanden gab. Der Wind war stark, und die Kälte des Wassers war nichts im Vergleich zu der, die mich nun umhüllte. Ich begann mit den Zähnen zu klappern und konnte gar nicht aufhören zu zittern. Mit steifen Fingern suchte ich an Gregorys Hals nach einem Puls, aber da war keiner. Ungeschickt löste ich den Reißverschluss seines Mantels. Es fühlte sich an, als könnte ich nicht einmal mehr ein Sandkorn festhalten. Ich legte ihm das Ohr auf die Brust, spürte jedoch kein beruhigendes Klopfen an der Wange. Schon seit der Geburt der Kinder überprüfte ich auf diese Weise, ob sie noch lebten. Manchmal schliefen sie so tief, dass ich sie nicht atmen hörte und sich ihre Brust kaum bewegte. Dann legte ich die Hand darauf, und meine Finger spürten das vertraute, kräftige und regelmäßige Klopfen.

Was sollte ich tun? Wieder ins Wasser gehen, um Natalja herauszuholen, oder erst Gregory reanimieren? Ersteres würde bedeuten, dass ich vielleicht beide Kinder verlor.

Es war, als sprächen mein Verstand und mein Gefühl zwei verschiedene Sprachen. Mein Gefühl war für die erste Lösung und mein Verstand für die zweite. Beide schrien um die Wette.

Dann legte ich die Hände auf die Brust meines Sohnes. Ich drückte, hielt inne, um ihn zu beatmen, drückte wieder, spürte, wie sich sein kleiner, magerer Körper bewegte, wie seine Rippen unter meinen Fingern nachgaben, schloss meinen Mund um seine kalten Lippen, blies ihm Sauerstoff in die Lungen, drückte wieder. Wieder und wieder und wieder. *Komm zurück, komm zurück, komm zurück, komm bitte zurück.*

Wassertropfen glitten von meinem Gesicht, über meinen Hals meinen Rücken entlang. Pullover und Hose klebten mir am Körper und behinderten mich.

»Mischa!«

Ich hob den Kopf, schaute mich um, sah eine dunkle Gestalt auf mich zukommen.

»Hier, hier bin ich!«, rief ich.

Nik kniete sich neben mich.

»Wo *warst* du, verdammt noch mal?«, schrie ich.

»Ich bin in Panik geraten. Es tut mir so leid, so entsetzlich leid.«

Wie ein warmer Strahl durchströmte eine Erkenntnis mein Gehirn: Nik konnte nicht schwimmen. Anders als ich hatte er nie schwimmen gelernt. Im Wasser paddelte er immer nur ein wenig herum.

»Natalja ... Sie ist noch im Wasser«, brachte ich heraus.

»Ich übernehme die Massage, du die Beatmung.«

»Nein, nein, Natalja ...«

»Natalja lebt nicht mehr, Mies. Ich habe sie gefunden, sie hat sich in ein paar Ästen verfangen. Sie lebt nicht mehr.«

Plötzlich bewegte sich Gregory. Er fing an zu husten, und ich half ihm auf. Ich nahm ihn in die Arme, wiegte ihn hin und her. Ich musste zu Natalja, vielleicht gab es noch Hoffnung. Ich stand auf.

51.

Nikolaj

Gegenwart

»Hast du noch Ärger bekommen deswegen?«, fragte ich Jantien. Ich schlurfte vom Bett zum Tisch, während sie mich beobachtete. Ein paar Minuten war sie nun hier, und sie sprach nicht viel, nur das Nötigste; Blickkontakt vermied sie. Endlich erwischte ich sie allein. Davor war sie immer zusammen mit Willy gekommen, und ich hatte sie nichts fragen können. Ich wollte wissen, was Hans Waanders aus meinen Beschuldigungen gegenüber Mischa gemacht hatte.

Sie wusste sofort, was ich meinte. »Willy hat gesagt, ich muss angemessenen Abstand zu den Patienten halten. Pffft, als würde *sie* das immer tun«, berichtete Jantien empört. »Nur weil sie hier schon länger arbeitet als ich glaubt sie, sie könnte sich mir gegenüber aufspielen.«

Ich musste lachen.

»Ja, sehr lustig. Ich habe noch keinen festen Vertrag hier, ich muss mich also gut benehmen.«

»Ich kann doch mit ihr sprechen«, bot ich an.

»Lieber nicht, dann weiß sie, dass wir geredet haben. Oder geklatscht, wie sie das nennt.«

»Hast du denn neuen Klatsch für mich?« Langsam ließ ich mich in einen Sessel sinken.

»Die Polizei ist wieder bei ihr gewesen. Ach, warte, wenn man vom Teufel spricht ...«, meinte sie, als Hans Waanders in der Schleuse erschien.

»Lass ihn das lieber nicht hören«, meinte ich.

»Lass das lieber nicht Willy hören.«

Wir lachten noch, als der Ermittler den Raum betrat. Etwas an ihm hatte sich verändert, auch wenn ich nicht gleich sagen konnte, was es war. Lag es daran, wie er mich ansah? An seiner Haltung? Nein, es war sein Blick. Er musterte mich. Schlimmer noch, er tat es mit einer gewissen Selbstzufriedenheit.

Ich wurde unruhig. Ich stand auf, allein schon, weil ich ihn so um mindestens zwanzig Zentimeter überragte.

»Bleiben Sie ruhig sitzen«, sagte Hans Waanders.

»Ein bisschen Bewegung tut mir gut«, erwiderte ich. Es tat entsetzlich weh, und ich bereute es sofort, aber jetzt konnte ich nicht mehr zurück. Wie ein alter Mann schlurfte ich durch den Raum, mit gekrümmtem Rücken. Die Haut, die man an diese Stelle transplantiert hatte, gab keinen Millimeter nach. Ich fürchtete, sie würde reißen, wenn ich mich zu sehr aufrichtete – als wäre ich dazu überhaupt in der Lage gewesen. An meinem Oberschenkel fehlte nun ein Stück, etwa zehn Zentimeter lang und drei Zentimeter breit, und dadurch glich die Stelle einer Hügellandschaft. Gestern hatte man dort das verbrannte Gewebe weggemacht. Weggeschabt. Zehn Prozent pro Operation, hatte mir der Arzt erklärt. Danach standen mir noch zwei weitere Eingriffe bevor, an der Schulter und am Rücken. Pro Woche wächst Haut einen Millimeter. Eine Wunde verheilt vom Wundboden aus. Bei mir war dieser Wundboden jedoch so stark beschädigt, dass die Heilung von den Wundrändern erfolgen musste. Man hatte ein Stück Haut von meinem gesunden Oberschenkel genommen und sie daraufgesetzt. Dann erfolgte die Heilung innerhalb von fünf Tagen, sofern die Haut gut mit dem Rest verwuchs und keine Infektion entstand, lautete die optimistische Botschaft.

Ich fühlte mich völlig erschöpft, hatte größere Schmerzen als vorher und absolut keine Lust auf neue Beschuldigungen oder Fragen des Ermittlers.

»Dann lasse ich Sie mal allein«, verkündete Jantien.

»Wie ich sehe, haben Sie die Schwester auch um den Finger gewickelt«, kommentierte Hans Waanders, nachdem Jantien durch die Schleuse verschwunden war.

»Eifersüchtig?«, fragte ich.

»Nicht einmal hier können Sie es lassen.«

»Ich bin ein freier Mann.«

»Das waren Sie vorher nicht, und Sie haben trotzdem gemacht, was Sie wollten.«

»Die Vereinbarung zwischen Mischa und mir geht Sie nichts an.«

»Oh doch, wenn sie ein Mordmotiv darstellt.«

»Hat Mischa darum das Feuer gelegt?«

»Dieser Punkt geht an Sie«, gab Waanders zurück. »Aber ich bin nicht gekommen, um über Ihre Affären zu reden ...«

»Folgen Sie diesem Beruf aus einer Berufung heraus?«, unterbrach ich ihn.

»So wie Sie dem Tanz aus einer Berufung heraus folgen?«

»Tanzen ist keine Berufung, es ist eine Lebensweise.« Ich schaute auf die Uhr über der Schleuse. »Es ist fast fünf, und bald gehen Sie nach Hause. Sie kaufen ein, kochen oder schieben sich ein Gericht in die Mikrowelle, und dann schauen Sie den ganzen Abend fern. Kunst dagegen betreibt man vierundzwanzig Stunden am Tag.«

»Ganz offensichtlich fühlen Sie sich mir überlegen. Aber auch unter Künstlern gibt es Verbrecher. Sie sind ganz eindeutig nicht besser als der Rest der Menschheit, nur weil Sie Ihren Körper extrem verbiegen können.«

Ich musste lachen. »Haben Sie schon einmal eine Ballettaufführung besucht?«

Hans Waanders schüttelte den Kopf.

»Sobald ich wieder auf den Beinen bin, lade ich Sie dazu ein.«

»Sobald Sie wieder auf den Beinen sind, gehen Sie ins Gefängnis. Begreifen Sie eigentlich den Ernst Ihrer Lage? Ihnen steht eine Anklage wegen versuchten Totschlags bevor, vielleicht sogar wegen Mordversuchs, wenn wir beweisen können, dass Sie vorsätzlich gehandelt haben. Und das Abschließen einer neuen Lebensversicherung von einer halben Million Euro vor ein paar Monaten deutet stark darauf hin.«

Wovon sprach er da? Ein Gefühl des Unbehagens breitete sich wie eine Infektion in meiner Brust aus. »Nein, nein, das muss Mischa gewesen sein.«

»Unterschrieben haben aber Sie beide.«

»Das heißt nicht viel, fürchte ich. Mischa lässt mich ständig Dokumente unterzeichnen.«

»Und Sie lesen diese Dokumente nicht?«

»Mein Niederländisch ist nicht so gut, wie ich das gerne hätte. Hören Sie, ich wurde gerade erst operiert, können wir dieses Gespräch bitte ein andermal führen?«

»Wir können dieses Gespräch auch sehr kurz halten. Sie brauchen nur mit Ja oder Nein zu antworten.«

Ich gab nach. Alles andere hätte mich zu viel Energie gekostet. »Und was war noch einmal die Frage?«

»Sie haben eine Lebensversicherung abgeschlossen und das Feuer gelegt, um Ihre Frau zu ermorden, weil Sie das Ganze wie einen Unfall aussehen lassen wollten. Mit dem Geld für die Lebensversicherung wollten Sie Ihre Schulden begleichen.«

Innerlich fluchte ich. Wer hatte da geredet? »Welche Schulden denn?«

»Ich habe mit John Romeijn gesprochen. Er hat mich über Ihr Vorhaben informiert, in Eigenregie ein Ballett aufzuführen. Von ihm weiß ich auch, dass dieses Projekt geplatzt ist, weil der Sturm das Gebäude beschädigt hat, in dem die Vorstellung hätte stattfinden sollen.«

Dieses Arschloch. In all den Jahren war sein Hass auf mich nicht weniger geworden. »John würde ich an Ihrer Stelle kein Wort glauben. Er ist schon seit Ewigkeiten in Mischa verliebt und betrachtet mich als seinen schlimmsten Feind. Ich stehe zwischen ihm und seiner großen Liebe.«

»Ein Blick auf Ihre Bankkonten zeigt, dass Sie tief in den roten Zahlen stecken. Von Ihren Ersparnissen ist nichts mehr übrig, und Sie haben sich von der Bank Geld geliehen.«

»Vor Kurzem sind Sie hier erschienen und haben behauptet, ich wäre ein Mann, der seine Impulse nicht unter Kontrolle hat. Wie passt das zu dem Bild eines Mannes, der immer vorsätzlich und nach Plan handelt?«

»Jetzt zeigt sich ja, dass das eine das andere nicht ausschließt. Auf der Basis dieser neuen Informationen gibt es genug Beweise, um Sie zum Beschuldigten erklären zu können.«

Bis jetzt hatte ich die Gespräche mit Waanders als eine Art sportlichen Kampf betrachtet. Er schlug zu, dann ich. Ich hatte das Ganze nicht ernst genommen, weil ich nie damit gerechnet hatte, er würde irgendwelche Beweise für meine Taten finden. Das war ein großer Fehler gewesen, wurde mir zu spät bewusst. Hans Waanders war die Sache die ganze Zeit ernst gewesen. Ich sah den Schlag nicht kommen und wurde ausgeknockt.

»Nikolaj Iwanow, ich verhafte Sie wegen versuchten Mordes an Mischa de Kooning.«

52.

Mischa

Vor zwei Jahren
»War sie schon einmal wach?«
»Nein.«
»Soll sie nur schlafen.«
»Einfach schrecklich für sie.«
»Pssst, sonst hört sie uns noch.«

Stimmen, die sich mir gnadenlos in die Gehörgänge bohrten. Ich wollte nicht aufwachen und den schrecklichen Reigen der Realität um mein Bett tanzen sehen, ihren widerlichen Atem auf meinem Gesicht spüren.

Eine Hand auf meiner. Ein Flüstern: »Mischa.« Ich öffnete die Augen. Nik saß neben mir. Er strich mir übers Haar. Sein Mund bewegte sich.

Ich war wegen der Unterkühlung ohnmächtig geworden.

Ein junges Paar, gerade Eltern geworden, hatte uns gerettet. Dessen Tochter war ein Schreikind, das sich nur beruhigen ließ, wenn man es im Auto durch die Gegend fuhr.

Gregory hatte den Sauerstoffmangel auf wundersame Weise ohne Schäden überstanden.

Man hatte ihn mit Unterkühlungserscheinungen ins

Krankenhaus eingeliefert, doch inzwischen war er wieder der Alte.

»Natalja«, flüsterte ich.

Nik schüttelte den Kopf. Meine Hoffnung wurde vom Faustschlag des Todes zerschmettert.

Ich weinte.

Schrie.

Kreischte aus Leibeskräften.

Schlug um mich, als mir eine Krankenschwester »etwas zur Beruhigung« geben wollte.

Spürte eine Nadel im Oberarm.

Glitt davon.

Wachte auf.

Sah Nik an meinem Bett. »Die Polizei will uns sprechen«, kündigte er an.

Eine Frau erschien in meinem Blickfeld. Im Nachhinein hätte ich nicht sagen können, wie sie ausgesehen hatte. Jung, alt, hübsch, hässlich – ich wusste es nicht. Es interessierte mich auch nicht.

»Ich finde ganz entsetzlich, was Ihnen passiert ist«, sagte sie.

Ich schluckte krampfhaft.

»Können Sie mir sagen, was vorgefallen ist?«

Nik antwortete.

Er erklärte, er sei am Steuer eingeschlafen.

Ich hatte ihm ins Steuer gegriffen.

Er hatte Gregory und mich aus dem Auto geholt und war uns dann mit Natalja gefolgt.

Er war weggeschwommen. Weg von mir. Weg von uns.

Die Frau nickte. Schrieb alles auf. Ging. Endlich. Ich konnte ihre mitleidigen Blicke nicht mehr ertragen.

Nik und ich blieben allein zurück. Er kniete neben meinem Bett, verbarg das Gesicht in meinem Schoß, klammerte sich an mich, weinte und sagte immer wieder, wie unendlich leid es ihm tat, dass er in Panik geraten war. Ich brachte es nicht über mich, einen Arm um ihn zu legen, sondern blieb stocksteif liegen.

»Feigling«, flüsterte ich.

»Ich weiß. Ich weiß.«

»Du bist der schlimmste, erbärmlichste Feigling, den es gibt. Deine eigenen Kinder lässt du ertrinken und bringst dich selbst in Sicherheit.«

»Es war keine Entscheidung zwischen ihnen und mir, es war … Ich bin in Panik geraten, weil ich fast überhaupt nicht schwimmen … Ich hätte sie unmöglich retten können. Wenn ich das versucht hätte, würde ich jetzt nicht hier sitzen.« Nik schwieg abrupt, schüttelte den Kopf und sprach weiter. »Es gibt keine Entschuldigung für das, was ich getan habe. Das Wohl der Kinder steht über dem eigenen Wohl. Ich habe jämmerlich versagt, und Natalja hat den Preis dafür bezahlt.«

»Warum hast du gelogen?«

»Für uns. Wenn das hier ans Licht kommt, dann …«

»Was dann?«

»Dann bedeutet es das Ende unserer Karriere. Dann wird uns niemand mehr wollen.«

Verblüfft schaute ich ihn an. Wie konnte er sogar in diesem Augenblick an unsere Karrieren denken, an ein Leben ohne – nach Natalja?

»Schau mich nicht so an«, sagte Nik.

»Das Ende unserer Karriere?«

»Hättest du mir nicht ins Steuer gegriffen, wären wir nicht im Wasser gelandet. Das Ganze ist genauso deine Schuld.«

53.

Mischa

Also schwieg ich darüber, was genau an jenem Abend vorgefallen war. Was nutzte es denn, die Wahrheit zu sagen? Dadurch bekam ich Natalja nicht zurück. Die Wahrheit würde mir den Rest meiner sorgfältig aufgebauten Existenz, meine Ehe und meine Karriere auch noch nehmen. Dann hätte ich gar nichts mehr.

Und war ich letztlich nicht genauso schuld? Nik hatte recht. Ich hatte ihm ins Steuer gegriffen.

In den folgenden Monaten funktionierte ich nur sehr bedingt. Mein Leben kreiste Tag und Nacht um die drei alles vernichtenden Worte wie ein Mond um einen Planeten: Wenn ich nur. Wenn ich nur nicht losgelassen hätte. Wenn ich nur Nik nicht ins Steuer gegriffen hätte. Wenn ich nur selbst gefahren wäre.

Mein Verrat an Natalja machte mich kaputt. Warum hatte ich sie losgelassen? Liebte ich Gregory doch mehr, obwohl ich immer beteuert hatte, ich liebte beide gleich, wenn sie mir diese Frage stellten? War er mein Liebling gewesen? Lag es daran, dass Gregory umgänglicher war als Natalja, mit der ich immer wieder aneinandergeriet, weil sie nicht auf mich hören wollte? Hatte all das insgeheim meine Entscheidung beeinflusst, sie loszulassen? Hatte ich Gregory gerettet, weil er mein Erstgeborener war? Hatte mich weniger Liebe durchströmt, als man mir Natalja auf den Bauch legte, weil er schon den größeren Teil empfangen hatte?

Ich hatte Natalja das Leben geschenkt und es ihr wieder genommen. Was für ein Monster war ich nur? Mich befiel die Überzeugung, ich hätte beide retten können. Ich hätte sie sofort aus dem Auto ziehen müssen, ohne erst an die Oberfläche zu schwimmen. Dann hätte ich mehr Kraft gehabt. Dann hätte Natalja kürzere Zeit ohne Sauerstoff auskommen müssen. Ich hätte einfach weiterschwimmen sollen, ein Kind in jeder Hand.

Das hätte ich bestimmt geschafft.

Bestimmt.

Ich betete darum, dass meine Tochter sofort ohnmächtig gewesen war und nicht gespürt hatte, wie ich sie losließ, sie aufgab, sie einem kalten, einsamen Tod hatte entgegensinken lassen.

Manchmal träumte ich, ich hätte beide gerettet. Dieses selige Glücksgefühl dauerte den Bruchteil einer Sekunde an, bis nach dem Aufwachen zu mir durchdrang, dass mich mein Gehirn zum Narren hielt. Häufiger hatte ich Albträume, von Natalja, entsetzlich bleich und mit großen Augen, mit leerem Blick und den langen Haaren in nassen Strähnen, die ihr im Gesicht klebten. Wie sie die Arme nach mir ausstreckte und mit blutleeren Lippen lautlos nach mir rief: *Mama, hilf mir. Mama!*

Der Kummer grub immer tiefere Furchen in meine Seele, wie ein Felsen von den Wellen abgetragen wurde.

Alle Psychologen, die ich in meinem verzweifelten Bestreben aufsuchte, wieder irgendeinen Halt im Leben zu finden, sagten mir dasselbe: dass ich meinen Verlust verarbeiten musste. Aber ich wollte meinen Verlust nicht verarbeiten, ich wollte ihn behalten, ihn in den Armen wiegen, ihn betrachten können, mich an seinen scharfen Rändern schneiden und den Schmerz spüren. Der Verlust hatte den Platz meiner Tochter eingenommen. Wenn ich ihren Verlust verarbeiten würde, hätte ich nichts mehr. Dann würde ich sie noch einmal verraten. Dann würde ich sie noch einmal loslassen.

Das Tanzen bedeutete meinen einzigen Trost, meine einzige Ablenkung. Als Ballerina war ich kompetent, keine Mutter, die ihr Kind nicht hatte retten können. Ich war Giselle, der schwarze Schwan, Aschenputtel, Mata Hari.

Ich tanzte, aber schlechter als vorher, das wusste ich. Meine Gliedmaßen waren schwer vor Kummer, vor Melancholie, vor Reue und vor Schuld. Meine Arme sehnten sich nach dem warmen kleinen Körper meiner Tochter, nicht nach Bras Allongées; ich wollte die Arme nach meiner Tochter ausstrecken, nicht nach meinem Tanzpartner. Was nutzten mir meine Arme denn noch?

Langsam entglitt mir das Tanzen. Und Nik. Die Außenwelt gewann den Eindruck, wir wären gestärkt aus der Tragödie hervorgegangen, aber das stimmte nicht. Je häufiger er diese Lüge von sich gab, desto mehr widerte er mich an. Diese Lüge höhlte mich langsam von innen aus, wie ein fleischfressendes Bakterium, ihn jedoch nicht. Die Leute überhäuften ihn mit Unterstützungsbekundungen, hatten Mitgefühl mit ihm, Mitgefühl, das er nicht verdiente. Er war ein Verräter, ein Feigling – kein Opfer, kein tragischer Held.

Ich hasste Nik aus tiefster Seele, weil er einfach weiterlebte, weil er log und damit davonkam.

»Was soll ich denn deiner Meinung nach tun?«, fragte er, wenn ich ihn mit meinen Vorwürfen konfrontierte. »Im Bett bleiben und mich aus Buße verzehren? Wem nutzt das etwas? Ich bekomme sie damit nicht zurück. Wir haben noch einen Sohn, wir haben die Pflicht, ihn aufzuziehen, für ihn da zu sein. Und das tue ich auf die einzige mir bekannte Art und Weise: Ich verdiene Geld, indem ich tanze. Ja, ich fühle mich schuldig, aber ich bin ein Kämpfer. Wenn ich jetzt aufgebe, war alles umsonst.«

Nik tanzte, als hinge sein Leben davon ab, und vielleicht stimmte das sogar.

Unsere Gespräche, die Auseinandersetzungen, die Vorwürfe, sie glichen einem schlechten Tanz, der unwiderruflich in derselben Position endete, sodass wir nicht weiterkamen: Ich hatte ihm ins Steuer gegriffen. Er hatte uns im Stich und Natalja ertrinken lassen. Unsere Beziehung war zu einer Notgemeinschaft verkommen.

Bis er die Initiative ergriff und sich von mir lösen wollte. Ich hatte das nicht kommen sehen. Wie konnte er es wagen, nach allem, was ich für ihn getan hatte? Er besaß nicht einmal den Mut, es mir direkt ins Gesicht zu sagen.

Ich spielte mit dem Gedanken, die Wahrheit über diese Nacht öffentlich zu machen, fürchtete jedoch, mein eigener Anteil würde auf mich zurückfallen.

Also blieb mir nur eine einzige Möglichkeit.

54.

Nikolaj

Ein Jahr später

Weil ich die niederländische Staatsbürgerschaft angenommen hatte, durfte ich meine Strafe in den Niederlanden absitzen. Mein Rechtsanwalt meinte, ich solle dankbar dafür sein. Witzbold.

Ungeduldig schaute ich zur Tür hin, durch die gerade die ersten Besucher in den Raum strömten und sich einen Weg zu den Tischen suchten, an denen Gefangene wie ich ungeduldig und mit gereckten Hälsen warteten.

Natürlich kam Mischa als Letzte herein. Nein, sie kam nicht herein, sie machte ihr Entree, wie man es von ihr gewohnt war. Sie lief nicht, sie schritt, als befände sie sich auf der Bühne. Man folgte ihr mit den Blicken, drehte sich automatisch zu ihr um – aber nicht mehr wegen ihrer Schönheit, wie ich feststellen konnte, als sie sich mir näherte. Ihre Augen, Augenbrauen und Lippen waren wie immer, Nase und Wangen jedoch schwer gezeichnet. Der Anblick erfüllte mich mit einiger Genugtuung, einem Gefühl, das ich genoss, weil mir bewusst war, dass ich lange Zeit davon würde zehren müssen.

Sie hatte ein wenig zugenommen. Das Haar trug sie

offen – wahrscheinlich, um ihre Narben so gut wie möglich zu verbergen. Sie hatte einen braunen Trenchcoat an, darunter einen eng anliegenden schwarzen Rollkragenpullover und einen roten Rock. Sie trug viel Make-up und hatte versucht, den verbrannten Teil ihres Gesichts so gut es ging zu kaschieren. Ich fragte mich, wie es wohl darunter aussah. Hoffentlich hatte sie große Schmerzen, größere Schmerzen als ich. Genau wie sie hatte ich mich zahlreichen Operationen unterziehen müssen. Und es warteten noch weitere auf mich. Dadurch war ich im Gefängnis einigermaßen sicher. Niemand wollte in der Nähe von jemandem sein, der wie ein Freak aussah.

Seit dem Brand war ich Mischa nicht mehr begegnet. Ich hatte sie unzählige Male gebeten, mich besuchen zu kommen, natürlich über meinen Anwalt. Das hatte sie immer abgelehnt. Bis letzte Woche die Nachricht gekommen war, dass sie einem Besuch zustimmte.

Sie setzte sich mir gegenüber und legte die Handtasche auf dem Schoß ab. Der Inbegriff der Arroganz.

»Guten Tag, Mischa«, sagte ich.

»Guten Tag, Nikolaj«, sagte sie.

Ich saß hier schon ein ganzes Jahr und hatte viele Stunden damit verbracht, mir vorzustellen, wie es sein würde, Mischa zu sehen, mit ihr zu sprechen. Ich hatte mir genau überlegt, was ich zu ihr sagen, wie ich sie in die Falle locken, zu einem Geständnis zwingen würde. Anfangs waren sämtliche dieser Konfrontationen, dieser Gespräche in meiner Vorstellung darauf hinausgelaufen, dass ich sie tätlich angriff. Ich stürzte mich auf sie und rammte ihr immer wieder die Faust ins Gesicht, bis ich spürte, wie ihr Schädel unter meinen Händen brach, bis ihr Kopf zu einer nicht wiederzuerkennenden blutenden Masse geworden wäre.

Nun war ich so weit, dass ich ruhig bleiben konnte. Das hoffte ich zumindest. In meinem Kopf hatte das gut geklappt, aber jetzt spürte ich, dass mich die rasende Wut, die mich seit meiner Verhaftung in einem Würgegriff hielt, wieder in Besitz nahm. »Schön, dass du kommen konntest« hatte ich mir zurechtgelegt, um sie für mich einzunehmen, aber ich bekam es plötzlich nicht mehr über die Lippen. Diese Frau hatte meine Zukunft auf dem Gewissen. Im Krankenhaus hatte ich geglaubt, nie wieder tanzen zu können sei das Schlimmste, was mich erwartete. Die Möglichkeit, ich könnte im Gefängnis landen, meiner Freiheit beraubt werden, hatte mir keine Sekunde lang vor Augen gestanden.

Um uns herum herrschte ein lautes Gemurmel. Es wurde gelacht, Menschen tauschten liebevolle Blicke aus, und hier und da berührten Geliebte einander heimlich, wenn ein Wärter gerade nicht hinsah. Ganz anders bei uns.

»Ich habe dich unterschätzt«, erklärte ich.

Fragend zog sie die Augenbrauen hoch.

»Du hast mich in eine Falle gelockt«, sprach ich weiter. Ich beugte mich ein wenig vor, und Mischa wich zurück, als hätte ich sie geschlagen. Blöde Kuh.

»Was soll ich hier?«

»Es erstaunt mich, dass du nicht schon früher gekommen bist. Es muss dich doch mit großer Freude erfüllen, dass ich hier sitze.«

»Ganz und gar nicht. Ich bin einfach nur unendlich traurig, dass alles so kommen musste«, sagte sie mit leiser Stimme.

Ich lachte gepresst. »Hör doch auf mit deiner Show.«

»Ich bin nur gekommen, weil mein Therapeut meint, es wäre gut für mich, die ganze Sache abzuschließen.«

Ich spürte, wie mir vor Widerwillen die Fingerspitzen prickelten.

»Nicht, dass ich dir jemals vergeben könnte, was du getan hast«, sprach sie weiter.

»Ich brauche keine Vergebung, weil ich nichts getan habe.«

»Nichts getan? Du hast mehr getan, als ich überhaupt aufzählen kann. Du hast unser gemeinsames Leben mutwillig zerstört.« Sie deutete auf ihr Gesicht. »Das hier hast du auf dem Gewissen.«

Kopfschüttelnd tat ich, als würde ich sie nicht verstehen. »Du hast mich in die Falle gelockt«, wiederholte ich.

Mischa seufzte tief. »Ich hatte gehofft, du würdest endlich die Verantwortung für deine Taten übernehmen. Dass du mich aus diesem Grund gebeten hast, dich zu besuchen.« Sie strich sich eine Locke aus dem Gesicht. »Dass du dich entschuldigen wolltest.«

Ich fluchte und schlug mit der Faust auf den Tisch. »Du ...« Man schaute zu uns hinüber, und ich beruhigte mich.

»Warum, Nikolaj? Warum wolltest du mich loswerden?«

»Du konntest es noch nie ertragen, dass es Leute gibt, die nicht nach deiner Pfeife tanzen«, ging ich zum Gegenangriff über.

»Es hätte alles so anders sein können, wenn du nur ...« Sie zögerte.

»Wenn ich nur was?«

»Wenn du nur bei mir geblieben wärst. Wenn du nur mich, unsere Familie, nicht verraten hättest.« Sie schaute tatsächlich betrübt drein. »Nach allem, was ich für dich getan habe.« Eine Träne rann ihr über die Wange. Anmutig wischte sie sie mit dem Zeigefinger weg.

Gott, wie ich sie hasste.

»Nach allem, was *du* für *dich* getan hast, meinst du.«

Mischa stand auf, schüttelte den Kopf. »Es war keine gute Idee hierherzukommen. Das hier ist ein sinnloses Gespräch, das nirgendwohin führt.« Sorgfältig schob sie ihren Stuhl an den Tisch. »Gregory geht es übrigens gut, den Umständen entsprechend. Nett, dass du nach ihm gefragt hast.«

»Tu nicht so, als würde ich mich nicht für meinen Sohn interessieren. Ich habe unzählige Anträge gestellt, ihn sehen zu dürfen.«

»Er will nicht.«

»Ich habe ein Recht darauf, ihn zu sehen. Du hältst ihn von mir fern.«

»Ich werde ihn nicht zwingen. Dass dich Gregory nicht sehen will, hast du ganz allein dir selbst zuzuschreiben. Sein Vater wollte seine Mutter aus dem Weg räumen – kannst du überhaupt nachvollziehen, wie traumatisch das für ihn ist?«

»Du hast ihm eine Gehirnwäsche verpasst.«

Lachend warf Mischa den Kopf zurück. »Jetzt interessierst du dich also plötzlich für deinen Sohn?« Sie wandte sich um und ging mit wiegenden Hüften weg.

»Früher oder später kommt die Wahrheit ans Licht, Mischa!«, rief ich ihr hinterher. »Mein Anwalt wird in Berufung gehen. Mich bist du noch nicht los!«

55.

Mischa

Eine Woche später

An Johns Arm schritt ich über den breiten roten Teppich zum Eingang des Mariinski-Theaters. Die Farbe der Fassade konnte ich noch immer nicht definieren – irgendetwas zwischen Hellblau und Hellgrün.

Ich trug ein Abendkleid von Valentino, allerdings aus zweiter Hand. Ein smaragdgrünes Exemplar mit einem gezackten Saum und einem Blumenmotiv aus Spitze.

Bevor wir das Gebäude betraten, wandten wir uns um und winkten den anwesenden Presseleuten zu. Vor den Kameras küssten wir einander. Ich winkte noch einmal. Mein neuer Ehering funkelte im Blitzlicht.

John und ich hatten erst vor zwei Tagen geheiratet. Es war eine kleine, intime Zeremonie gewesen, nur mit unseren nächsten Angehörigen und Freunden. Ich hatte mir ein richtiges Brautkleid gekauft, ein trägerloses Kleid im Trapezschnitt, mit Spitze, aber doch stilvoll. »Genau wie du«, hatte John bei meinem Anblick gesagt, während ihm die Tränen über die Wangen liefen. Ganz anders als das simple Stück, das ich bei meiner Hochzeit mit Nik getragen hatte (an einem Montagmorgen, weil es dann nichts kostete und die Trauzeugen vom Standesamt gestellt wurden).

Danach waren wir mit unserer handverlesenen Gesellschaft essen gegangen, und John und ich hatten unsere Hochzeitsnacht im Hotel Ambassade verbracht. Kai war unser Standesbeamter gewesen. Kai, von dem ich inzwischen wusste, dass er mein Vater war. Das hatte mir John verraten, schon vor dem Feuer. Meine Mutter wusste nicht, dass ich es wusste, und was mich anging, würde das auch so bleiben. John meinte, meine Mutter und Kai hätten eine kurze Affäre gehabt, die Kai jedoch beendet hatte, weil er verheiratet war und Vater wurde. Kurz darauf war er zu einer anderen Ballettruppe gegangen. Er vermutete zwar, ich wäre seine Tochter, doch meine Mutter hatte das immer abgestritten. Nur John, sie und ich kannten die Wahrheit. Und das sollte auch so bleiben. Es gab nicht den geringsten Anlass, dass weitere Leben aus den Fugen gerieten.

Diese Reise nach Sankt Petersburg gehörte zu unseren Flitterwochen, und danach würden wir auf die Malediven fliegen; Gregory blieb in der Zwischenzeit bei meiner Mutter.

Nun reichte mir John die Hand, und wir gingen nach drinnen. In einer halben Stunde würde die Aufführung des Mariinski-Balletts beginnen, das Johns Werk ein ganzes Programm widmete. Seit meiner Entlassung aus dem Krankenhaus arbeitete ich als Johns Assistentin. Ich unterstützte ihn dabei, seine Inszenierungen mit anderen Truppen einzustudieren. Bei einem seiner vielen Krankenbesuche hatte er mir das vorgeschlagen.

»Inzwischen interessiert man sich sehr für *Sarkasmen* und meine anderen Werke. So sehr, dass ich Anfragen habe ablehnen müssen, weil ich keine Zeit habe, diese ganzen Truppen zu besuchen und die Ballette mit ihnen einzustudieren.«

»Wie schrecklich für dich, John. Du gehst an deinem eigenen Erfolg zugrunde«, hatte ich gesagt.

»Ja, lach du nur. Ich habe nachgedacht, und vielleicht kommt das auch viel zu früh, dann musst du es mir sagen, aber ich könnte dich gut als Assistentin gebrauchen.«

»Als deine Assistentin?«

»Ja, als Assistentin, die mit anderen meine Ballette einübt. Wie ich schon sagte: Allein schaffe ich es nicht. Ich brauche jemanden, der meine Stücke genauso gut kennt wie ich. Und weil du schon in so vielen von ihnen getanzt hast, wärst du für diesen Job perfekt. Ich hoffe natürlich, dass du einmal wieder tanzen wirst, bitte versteh mich nicht falsch, aber stell dir vor, das geht nicht – dann kannst du immer bei mir, für mich arbeiten.«

»John …« Ich war gerührt.

Einmal mehr erwies er sich als mein Retter. »Ich weiß gar nicht, was ich sagen soll.«

»Du brauchst auch überhaupt nichts zu sagen. Denk in aller Ruhe darüber nach, das Ganze hat wirklich keine Eile.«

»Ich habe dich gar nicht verdient. Du tust so viel für mich.«

»Weil ich dich liebe, das weißt du.«

Im Foyer, wo zurzeit eine Skulpturenausstellung zu besichtigen war, schüttelten wir Hände, nippten am Champagner – ich leerte mein Glas nicht, denn der Alkohol und ich waren keine Freunde mehr. Doch es gab einen noch wichtigeren Grund: Ich war seit einigen Wochen schwanger. Mein Körper konnte nicht mehr tanzen, aber Leben konnte er noch hervorbringen. Ich hoffte auf ein Mädchen, auf eine Tochter, die die Balletttradition fortsetzen würde. Dabei unterhielten wir uns angeregt mit Männern in gut sitzenden Anzügen und mit schmuckbehangenen Frauen in den schönsten und engsten Kleidern.

Nun kündigte eine Glocke an, dass die Vorstellung in einer Viertelstunde beginnen würde und es an der Zeit war, uns zu unseren Sitzplätzen zu begeben.

»Ich gehe noch schnell auf die Toilette«, sagte ich zu John. Während ich mir einen Weg durch die Menge bahnte, schaute ich mich kurz um. Ein Gefühl des Stolzes überwältigte mich. John sah gut aus in seinem Smoking. Er hatte vierzig Kilo abgenommen, und das stand ihm gut. Manchmal tanzten wir zusammen. Das war seltsam und zuweilen auch traurig, weil ich nie wieder mein altes Niveau erreichen würde, aber gleichzeitig war es wunderschön.

Vor dem Spiegel überprüfte ich mein Make-up. Nach unzähligen Operationen konnte sich meine Nase wieder einigermaßen sehen lassen. Eine Maskenbildnerin, die zu den Besten ihres Fachs gehörte, hatte mir beigebracht, wie ich meine Narben am besten kaschieren und die Aufmerksamkeit davon ablenken konnte, indem ich meine Stärken betonte.

An manchen Tagen war der Juckreiz kaum zu ertragen, aber ich gab ihm nicht nach. Der Juckreiz hatte den Schmerz ersetzt. Ich wusste, wie ich damit umzugehen hatte.

Ich zog mir die Lippen nach.

Dann schaute ich auf meinen Ehering, das Zeichen meines Bundes mit John. Meine Hand im Tausch für sein letztes Opfer.

Dass mein Plan so perfekt aufgegangen war, musste ein Wunder sein.

Auge um Auge, Zahn um Zahn.

Ich hatte nur wenig übrig für diesen anderen Bibelspruch, in dem es hieß, man müsse die andere Wange hinhalten.

Nun ja, *fast* perfekt war mein Plan aufgegangen, denn Nik hatte das Feuer überlebt, und das hätte nicht so sein sollen, aber aus heutiger Sicht war dieses Ergebnis vielleicht sogar noch besser. Er würde einen Großteil seines Lebens hinter Gittern verbringen und nie wieder tanzen.

Ich dachte an den Nachmittag zurück, an dem mir John von Niks Plänen berichtet hatte, von denen ich nichts wusste.

»Ich könnte ihn umbringen«, hatte ich gesagt.

»Meinst du das ernst?«, hatte John gefragt.

Ich hatte damit meine Wut darüber zum Ausdruck bringen wollen, dass Nik mich verraten hatte, aber in diesem Augenblick wurde mir bewusst, dass ich es wirklich so meinte.

»Manchmal glaube ich, es ist die einzige Möglichkeit, mich von ihm zu befreien. Für immer.« Und Nik hatte noch eine Schuld zu begleichen, aber das erwähnte ich John gegenüber nicht.

»Ich kann einen Komplizen gut gebrauchen«, hatte ich hinzugefügt. »Ich weiß, was du für mich getan hast, vor all den Jahren.« Damit riskierte ich etwas. Entweder er hatte Eliza umgebracht, oder es war meine Mutter gewesen. Als Nik von der kaputten Figur angefangen hatte, hatte ich keine Ahnung gehabt, wovon er redete; mir war sie jedenfalls nicht heruntergefallen. Das hatte ich aber nicht zugegeben, weil ich herausfinden wollte, was da los war. Schon zuvor, als ich mitbekam, wie sich John meinetwegen mit Hugo stritt, hatte ich die starke Vermutung gehabt, dass er mehr über Elizas plötzliche Erkrankung wusste. Eine Woche vor dem gemeinsamen Essen hatte ich Rattengift gekauft – aus Versehen, statt Gift gegen Mäuse –, und etwas später stellte ich fest, dass jemand die Packung angebrochen hatte. Eliza hätte sich nie selbst vergiftet, und ich hatte es auch nicht getan, deswegen kamen noch genau zwei Menschen infrage. Zwei Menschen, die später an meine Schlüssel zu Niks und Elizas Wohnung gelangen und sich welche nachmachen lassen konnten, nachdem ich wieder bei meiner Mutter eingezogen war. Und an dem Abend, als Eliza starb, hatte ich sie noch angerufen, um den Streit über die dumme Figur beizulegen. Sie war völlig pleite, hatte sie geklagt, dabei wollte sie unbedingt eine Zigarette oder einen Joint rauchen, hatte aber nichts im Haus. Also hatte sie gar nicht mit brennender Zigarette oder einem Joint einschlafen können. Damals hatte ich den Mund gehalten, weil ich instinktiv begriffen hatte, dass sich entweder meine Mutter oder John für mich geopfert hatten. John tat nicht so, als wüsste er von nichts. »Das habe ich für dich getan. Du solltest im Scheinwerferlicht stehen, nicht sie.«

Ich beugte mich vor und küsste ihn. Meine Zunge fand seine. Unsere Berührung war sanft, zärtlich, ganz anders als Niks harte, beinahe strafende Küsse. Wenn wir uns überhaupt jemals küssten.

»Ich habe einen entsetzlichen Fehler begangen. Hilf mir, den wiedergutzumachen.«

Und so hatte es angefangen.

In den kommenden Monaten hatten John und ich einen unfehlbaren Plan ausgeheckt. Wir waren verschiedene

Szenarien durchgegangen. Selbstmord stellte die beste und sicherste Option dar, hatten wir schließlich entschieden. Nik konnte nicht mehr länger mit den Schuldgefühlen leben, die ihm seit Nataljas Tod zusetzten, mit den Gewissensqualen, die ihn auffraßen – diese Lüge würde ich natürlich verbreiten, ohne meinen eigenen Anteil daran preiszugeben. Er würde sich im Bad mit einem Stromschlag töten. Nik schlief oft in der Wanne ein. Es wäre lächerlich einfach, ein Handy am Ladekabel ins Wasser fallen zu lassen.

Wir hatten uns Zeit gelassen, denn wir hatten nur eine Chance, und nichts durfte schiefgehen. Schließlich hatten wir auch überhaupt keine Eile. Die hatten wir dann aber auf einmal doch, als Nik an dem bewussten Abend ankündigte, er wolle sich scheiden lassen. Dann würde sein plötzlicher Tod sicher Fragen aufwerfen. Deswegen hatte ich rasend schnell handeln müssen.

In den wenigen von Panik erfüllten Minuten, die seiner Ankündigung folgten, wusste ich es auf einmal: Nik sollte auf genau dieselbe Art sterben wie Eliza. So einfach, und doch so brillant. Manchmal dachte ich, es hätte so kommen müssen. Vor allem, weil Gregory genau an diesem Abend irgendwo auf Übernachtungsbesuch war, zum ersten Mal in seinem Leben.

Nachdem Nik eingeschlafen war, hatte ich eine brennende Zigarette auf sein Bettzeug fallen lassen, das rasch in Flammen aufging. Ein Funke reichte aus, genauso wie vor Jahren der Funke zwischen ihm und Eliza übergesprungen war, was meinen Untergang bedeutet hatte.

Danach musste ich warten. John, den ich sofort angerufen hatte, und zwar auf Niks Handy, weil ich meins nicht finden konnte, sollte mich vor dem Feuer »retten«.

Er hatte angeblich eine Verabredung mit Nik und würde so zur richtigen Zeit am richtigen Ort sein.

Das Ganze verlief ein klein wenig anders. Auf grausame Weise anders.

Nik wachte auf und konnte dem Feuer entkommen, das sich inzwischen im Schlafzimmer ausgebreitet und das Wohnzimmer erreicht hatte. John, durch die Tür zum Garten ins Haus gelangt, schlug ihn von hinten nieder. Plötzlich ging alles viel zu schnell. Die Flammen griffen nach mir. Ich ließ mich zu Boden fallen und stieß mit dem Kopf gegen den Salontisch. John rollte mich herum, um das Feuer zu löschen, und hatte mich dann nach draußen geschafft. Er war verschwunden, wie er gekommen war, nachdem ich ihn flehentlich darum gebeten hatte. Er wollte mich nicht im Stich lassen, doch wir wussten nicht, ob Nik noch lebte, ob er John nicht vielleicht doch gesehen hatte. Und Johns Anwesenheit hätte uns sofort verdächtig gemacht.

John hatte Tage der Angst durchlebt. Nicht nur meinetwegen, auch seinetwegen, doch Gott sei Dank hatte ihn niemand gesehen.

Weil Hans Waanders so in der ganzen Geschichte herumgestochert hatte, musste ich einige grausame Tage lang große Ängste ausstehen. Ich konnte immer noch nicht fassen, wie gelegen uns der Sturm gekommen war, der Niks Aufführung vereitelt und ihn in riesige Schulden gestürzt hatte. Natürlich war es meine Idee gewesen, die Lebensversicherung zu erhöhen; Nik hatte keine Ahnung, was er da unterschrieb. Er tat es einfach, weil ich es ihm sagte – so hatte er es immer gehalten, schließlich konnte er Niederländisch kaum lesen. Und so hatte Nik plötzlich ein Motiv, mich aus dem Weg zu räumen.

Unglaublich, dass mir diese Versicherung plötzlich zum Vorteil gereichte.

Ich bereute nichts. Nik konnte den unschuldig Verurteilten spielen, soviel er wollte, doch ich war es nicht gewesen, die auf meinem Handy recherchiert hatte, wie man ein Feuer legte. Hatte er vorgehabt, unser Londoner Haus in Brand zu stecken? Mit mir darin? War ich einfach schneller gewesen als er?

Nach einem letzten Blick in den Spiegel begab ich mich in den Saal, der einfach nur prächtig anzusehen war. Er erstrahlte in Himmelblau und Sonnengold, und diese Farben wurden durch das Licht der riesigen Kronleuchter noch unterstrichen. Als Ehrengäste saßen wir in einer der seitlichen Logen, quasi auf der Bühne. Unter uns befand sich der Orchestergraben, in dem sich die Musiker bereit machten.

Ich nahm neben John Platz. Die Musik setzte ein, der Vorhang öffnete sich. Tänzer schossen aus den Kulissen wie Pfeile aus einem Bogen.

Ich schaute zur Seite. Ich konnte mich glücklich preisen, diesen Mann zu haben. John ging buchstäblich für mich durchs Feuer, das hatte er bereits bewiesen. Ich nahm seine Hand und verflocht seine Finger mit meinen.

»Ich liebe dich«, flüsterte ich.

»Ich dich auch.«

Nachwort und Danksagung

Mein Dank gebührt Laura de By von Het Nationale Ballet und Nancy Burer, die dort als Tänzerin engagiert ist. Es war großartig, dass ich einen Tag lang überall dabei sein durfte.

Danke an Gera Hartlief vom Brandwundenzentrum des Martini Ziekenhuis Groningen. Ich empfinde große Bewunderung für ihre Arbeit.

Danke, Chris Kooi, für die kritischen Anmerkungen und für den Titel.

Außerdem gilt mein Dank meiner Cheflektorin Marjolein Schurink, deren ständige Ermutigung und aufmunternde Worte für mich von unschätzbarem Wert sind.

Danke an alle bei De Bezige Bij/Cargo, die in irgendeiner Form zur Entstehung und Verbreitung dieses Buches beigetragen haben.

Zugunsten der Handlung habe ich mir gewisse Freiheiten erlaubt. Eventuelle Fehler gehen auf mein Konto.

Zu der Figur des Nikolaj Iwanow inspirierte mich in einigen Punkten Sergei Polunin, außerdem gibt es gewisse Übereinstimmungen zwischen der Figur des John Romeijn und Hans van Manen. Sämtliche im Roman dargestellten Ereignisse wurden allerdings von mir erfunden.

Ein zum Tode verurteilter Mann, eine Frau, die genau weiß, was sie will und eine Geschichte, die einen das Fürchten lehrt ...

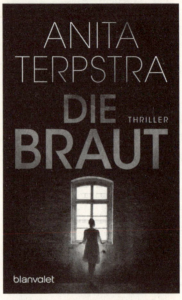

350 Seiten. ISBN 978-3-7341-0576-0

Als Mackenzie Walker und Matt Ayers heiraten, reagiert ihr Umfeld mit Unverständnis. Warum geht eine junge Frau die Ehe mit einem Mann ein, der angeklagt ist, mehrere Frauen entführt und festgehalten zu haben – und deshalb in der Todeszelle sitzt? Mackenzie wird öffentlich beleidigt und sogar bedroht, doch sie versucht unbeirrt, Matts Unschuld zu beweisen und damit sein Leben zu retten. Als ihr das nicht gelingt, beschließt sie, ihm bei der Flucht aus dem Hochsicherheitsgefängnis zu helfen. Denn für sie steht viel mehr auf dem Spiel als irgendjemand ahnt – und mit dem Tod von Matt Ayers wäre für Mackenzie alles verloren ...

Lesen Sie mehr unter: **www.blanvalet.de**